读懂诗意的中国
——"新选中国名诗1000首"丛书总序

韩经太

中华民族伟大复兴之路,也是一条充满诗意的道路,从悠远的历史深处走来,又向光明的未来高处走去,一路上伴随着历史风雨对生活真相的冲刷,也伴随着思想信念对人生理想的雕塑。所有这一切,又通过诗人的艺术语言凝练为文学形象世界中的华彩乐章,展示着中华民族精神世界的精彩与微妙。特别是历代名家之名作,在传诵人口的过程中被反复解读,自然而然地浸入人民大众的感情生活而塑造着整体国民性格,从而使我们这个盛产诗歌文学作品的文明古国具有堪称"诗意中国"的特色。而当今时代无疑是这种特色日益显著的时代,融媒体多元而高速的传播手段,助力中华诗词尽可能普及地走进千家万户,诗词大会的竞赛机制牵引着大众百姓的诗词习得,于是乎记诵名篇名句而着力于养成诗意交流能力,从大学讲堂到幼儿教育,处处弥漫着感受诗意的生活空气。随着中华诗词迅速普及的客观形势,真正热爱诗歌艺术继而更加热爱中华诗词艺术的读者,越来越意识到一个最浅显却又最深刻的道理,"诗意中国"需要"诗意阅读",而在此讲求真正"读懂"诗意的解读之路上,从事文学专业研究而积淀丰厚的"学术名家"的特殊作用,日益凸显出来。这也是我们特邀当代学界名流来完成这一套"新选中国名诗1000首"丛书的"初心"所在。

"新选中国名诗1000首"丛书,在编选体例上兼备诗歌选本的"选释"功能和诗词鉴赏的"鉴赏"功能,而在更为重要的编选原则上,则有现实针对性地强调通观古今的历史视野和兼容道艺的诗学思维。如果说通观古今的历史视野具有超越当今学科壁垒的现实针对性,那道艺兼容的诗学思维就是对长期以来诗歌艺术研究相对忽略其艺术性分析的一种纠偏。更何况一篇精彩的诗歌鉴赏文章,往往是作者人格学养的浓缩式体现,尤其是对作品整体的解读把握,不仅包含着关于诗歌史发展脉络和思想史发展逻辑的深入思考,而且包含着"这一个"诗意典型世界如何具体生成的艺术性分析,这是空洞的理论表述根本无法替代的,而恰恰是我们这套丛书非常看重的。

一代有一代之文学,一代也有一代之"选本"学。文学和学术,与时代背景息息相关。我们正处在这样一个时代,"诗意栖居"的西哲命题,在中国新时代阐释学的创意发挥下,不仅重新燃起了原始儒家"吾与点也"人格理想的精神火花,而且有望于激活原始道家"吹万不同,而使其自己"的主体创造精神。惟其如此,就使"每个人的自由发展是一切人的自由发展的条件"这一马克思主义者之

北京语言大学语言资源高精尖创新中心 组编

新选中国名诗1000首

先秦两汉诗鉴赏

韩经太 主编

赵敏俐 注评

人民文学出版社

图书在版编目（CIP）数据

先秦两汉诗鉴赏/北京语言大学语言资源高精尖创新中心组编；韩经太主编；赵敏俐注评．—北京：人民文学出版社，2022

（新选中国名诗1000首）

ISBN 978-7-02-017361-7

Ⅰ.①先… Ⅱ.①北… ②韩… ③赵… Ⅲ.①古典诗歌—诗歌欣赏—中国—先秦时代 ②古典诗歌—诗歌欣赏—中国—汉代 Ⅳ.①I207.22

中国版本图书馆CIP数据核字（2022）第140851号

责任编辑　高宏洲　李　昭
装帧设计　黄云香
责任印制　任　祎

出版发行　人民文学出版社
社　　址　北京市朝内大街166号
邮政编码　100705

印　　刷　三河市中晟雅豪印务有限公司
经　　销　全国新华书店等

字　　数　173千字
开　　本　880毫米×1230毫米　1/32
印　　张　9.625　插页7
印　　数　1—3000
版　　次　2022年9月北京第1版
印　　次　2022年9月第1次印刷

书　　号　978-7-02-017361-7
定　　价　52.00元

如有印装质量问题，请与本社图书销售中心调换。电话：010-65233595

桃之夭夭灼灼其華之子于歸宜其室家
桃之夭夭有蕡其實之子于歸宜其家室
桃之夭夭其葉蓁蓁之子于歸宜其家人
桃夭三章章四句

凱風自南吹彼棘心
棘心夭夭母氏劬勞
凱風自南吹彼棘薪
母氏聖善我無令
人爰有寒泉在浚
之下有子七人母氏勞
苦 睍睆黃鳥載好
其音有子七人莫慰
母心

凱風四章章四句

[清]御笔诗经全图书画合璧图册

北風其涼雨雪其雱
惠而好我攜手同行㷉
云其虛邪既亟只且北
風其喈雨雪其霏惠
而好我攜手同歸㷉
云其虛邪既亟只且
莫赤匪狐莫黑匪烏惠
而好我攜手同車其
虛其邪既亟只且

北風三章之六句

蒹葭蒼蒼白露為霜所
謂伊人在水一方遡洄
從之道阻且長遡游從
之宛在水中央蒹葭
淒淒白露未晞所謂伊
人在水之湄遡洄從之
道阻且躋遡游從之宛
在水中坻蒹葭采采
白露未已所謂伊人在
水之涘遡洄從之道阻
且右遡游從之宛在水
中沚

蒹葭三章章八句

【清】御笔诗经全图书画合璧图册

七月流火九月授衣一之日觱发二之日栗烈无
衣无褐何以卒岁三之日于耜四之日举趾同我
妇子馌彼南亩田畯至喜七月流火九月授衣
春日载阳有鸣仓庚女执懿筐遵彼微行爰求柔
桑春日迟迟采蘩祁祁女心伤悲殆及公子同归
七月流火八月萑苇蚕月条桑取彼斧斨以伐
远扬猗彼女桑七月鸣鵙八月载绩载玄载黄我
朱孔阳为公子裳四月秀葽五月鸣蜩八月其
获十月陨萚一之日于貉取彼狐狸为公子裘二
之日其同载缵武功言私其豵献豜于公五月
斯螽动股六月莎鸡振羽七月在野八月在宇九
月在户十月蟋蟀入我床下穹窒熏鼠塞向墐户
嗟我妇子曰为改岁入此室处六月食郁及薁
七月亨葵及菽八月剥枣十月获稻为此春酒以
介眉寿七月食瓜八月断壶九月叔苴采荼薪樗
食我农夫九月筑场圃十月纳禾稼黍稷重穋
禾麻菽麦嗟我农夫我稼既同上入执宫功昼尔
于茅宵尔索绹亟其乘屋其始播百谷二之日
凿冰冲冲三之日纳于凌阴四之日其蚤献羔祭
韭九月肃霜十月涤场朋酒斯飨曰杀羔羊跻彼
公堂称彼兕觥万寿无疆
七月八章章十一句

［南宋］马和之 诗·唐风图·鸨羽

鸨羽刺時也昭公之後大亂五世
君子下從征役不得養其父母而
作是詩也肅肅鸨羽集于苞栩王
事靡盬不能蓺稷黍父母何怙悠
悠蒼天曷其有所肅肅鸨翼集于
苞棘王事靡盬不能蓺黍稷父母
何食悠悠蒼天曷其有極肅肅鸨
行集于苞桑王事靡盬不能蓺稻
梁父母何嘗悠悠蒼天曷其有常

　　鸨羽

〔南宋〕马和之 诗·小雅·鹿鸣之什图·伐木

伐木燕朋友故舊也自天子至于
庶人未有不須友以成者親親以
睦友賢不棄不遺故舊則民德歸
厚矣伐木丁丁鳥鳴嚶嚶出自幽
谷遷于高木嚶其鳴矣求其友聲
相彼鳥矣猶求友聲矧伊人矣不
求友生神之聽之終和且平伐木
許許釃酒有藇既有肥羜以速諸
父寧適不來微我弗顧於粲洒埽
陳饋八簋既有肥牡以速諸舅寧
適不來微我有咎伐木于阪釃酒
有衍籩豆有踐兄弟無遠民之失
德乾餱以愆有酒湑我無酒酤我
坎坎鼓我蹲蹲舞我迨我暇矣飲
此湑矣
伐木

〔南宋〕马和之（传）诗·小雅·节南山之什图·十月之交

十月之交大夫刺幽王也十月之交
朔月辛卯日有食之亦孔之醜彼月
而微此日而微今此下民亦孔之哀
日月告凶不用其行四國無政不用
其良彼月而食則維其常此日而食
于何不臧爗爗震電不寧不令百川
沸騰山冢崒崩高岸為谷深谷為陵
哀今之人胡憯莫懲皇父卿士番維
司徒家伯維宰仲允膳夫棸子内史
蹶維趣馬楀維師氏豔妻煽方處抑
此皇父豈曰不時胡為我作不即我
謀徹我牆屋田卒汙萊曰予不戕禮
則然矣皇父孔聖作都于向擇三有
事亶侯多藏不愁遺一老俾守我王
擇有車馬以居徂向黽勉從事不敢
告勞無罪無辜讒口囂囂下民之孽
匪降自天噂沓背憎職競由人悠悠
我里亦孔之痗四方有羡我獨居憂
民莫不逸我獨不敢休天命不徹我
不敢傚我友自逸
十月之交

"初心",成功实现了与中华优秀传统文化的本质契合。这里不仅有学界人士所确认的"儒道互补"的整合阐释方式,而且有时代需求所指示的"中西参融"的辩证阐释路向,只有两者的成功结合,才能真正有助于发扬中华传统文化特有的追求天人合一而又讲求诗情画意的人文精神。天人合一是一个涵涉深广的思想命题,然而无论民胞物与的仁者襟怀还是以物观物的自然理念,其中都有孕育诗情画意的精神土壤,也正是在这个意义上,中华传统文化是一种最富诗情画意的思想文化。待到历史进入现代文明社会,诗意中国对于诗情画意的追求,在现代工业文明持续发展的历史背景下,更有其特殊的价值和意义。想必人们已经注意到,从经济发展的某个节点开始,出现了与城市化发展趋势相呼应的精神生活新取向,那就是希望把精神安顿在绿水青山之间!对于当代中国来说,这兴许是因为,经济发展在为国人提供了相应的物质基础之后,人之所以为人的精神生活质量的提升,越来越成为"人的自觉"的中心内容,而超越物质欲望的精神追求,总是与"蓝天白云""绿水青山"的审美相伴随。缘此之故,诗意中国的古典传统自然而然地融入到当今中国人的性情自然之中,而读懂诗意的中国也因此而成为新时代美学追求的题内应有之义。

伴随着中华传统诗文走进学校课堂,各式各样的诗歌选本,犹如雨后春笋,琳琅满目,层出不穷。于是,自然就有了人们对选本的选择。而正是在选本之选择的过程中,人们越来越意识到"精品"的价值。"新选中国名诗1000首"丛书作为北京语言大学语言资源高精尖创新中心的规划项目,其"名家选名诗"的选题立意已经充分表达了追求"精品"之"初心"。一般来说,当下的读者不再会为了一种诗歌选本的问世而兴奋,除非像《钱锺书选唐诗》那样给唐诗之美再添上文化名流的影响力。当年,钱锺书的《宋诗选注》曾以其独到的编选眼光和更其独到的注释话语,产生了跨越特殊历史时期的文学影响力。然而,《钱锺书选唐诗》有选而无注,相信很多人会感到遗憾。弥补这种遗憾的机会当然很多,"新选中国名诗1000首"丛书中的由葛晓音撰写的《唐诗鉴赏》(200首),以其特有的精选眼光和精妙解读,必将成为唐诗爱好者的最佳选择。由唐诗而扩展至宋诗,于是又有莫砺锋的《宋诗鉴赏》(200首),进而扩展至由《诗经》时代直抵当下的整个中国诗歌历史,于是还有赵敏俐的《先秦两汉诗鉴赏》、钱志熙的《魏晋南北朝诗鉴赏》、张晶的《辽金元诗鉴赏》、左东岭的《明诗鉴赏》、蒋寅的《清诗鉴赏》、张福贵的《现当代诗鉴赏》(各100首)。总之,"新选中国名诗1000首"所推出的八部选本,覆盖了诗歌史发展的各个时代,而借此推出的八位"选家",也代表了当代诗歌各阶段研究的一流水平。在琳琅满目的诗歌选本中间,由此八位"选家"合作完成的这个选本系列,显然是极富特色的。

八位"选家"的集体合作,自然而然地赋予"新选中国名诗1000首"之选诗、注解和鉴赏以"名家解读"的整体特色,而八位"选家"的学术个性,又自然而然地呈现出彼此不同的个体风貌,在此整体特色和个体风貌之间,是一种彼此默契的诗学追求,其间当然有学术共识的坚实基础，但更为重要的默契，犹如本序开头之所言，一是"通古今之变"的大历史视野，一是"道艺不二"的诗歌美学精神。

"通古今之变"的通观历史眼光，必将聚焦于"五千年"传统文化和"一百年"现代文化涌动冲撞的历史大变局，并因此而追求对中华诗词的整体观照和全面把握。在我们看来，诗意中国的精神意态，是植根于中华优秀传统文化的丰厚土壤而又吸收新文化的智慧营养，并在古今大变局的历史转型过程中经受严峻考验而茁壮成长起来的诗性生命之树，其风采光华兼备古典美和现代美而得两端之妙。也正是在这个意义上，"传统"不是外在于"当代"的"他者"，就像"现代"的价值并不仅仅是为了替代"古典"那样。自从中国古代文学和中国现代文学被分为两大学科以来，各自表述的学科性思维实际上已经遮蔽了许多历史真相。其中最显著的一点是将中国古典诗歌和中国现当代诗歌分为两橛，不利于古今之间的融会贯通。"新选中国名诗1000首"丛书和2020年5月出版的《中国名诗三百首》有意识地突破这一点，将中国古典诗歌和中国现当代诗歌贯通起来予以选析，这对于读者诸君通过观古今之变的大历史视野领会诗意中国当具一定的启发意义。

至于"道艺不二"的诗歌解读，关键在于主题阐释与艺术分析的浑然一体，为此，首先需要诗意解读者具有特殊的诗性审美的艺术鉴赏力。鉴于当今许多文学论著很难显现作者的文学鉴赏能力，导致文学研究缺少"文学性"的现象，"新选中国名诗1000首"丛书格外重视每首诗的艺术鉴赏，试图通过这1000篇出自知名专家笔下的鉴赏文章，有效提升全社会"文学阅读"的艺术水准。从完成质量来看，八位"选家"对此是非常用心的，他们一方面深入每首名诗产生的历史文化语境，阐发每首名诗蕴含的思想底蕴和精神高度；另一方面又在诗歌史的纵向延展和横向渗透方面，揭示每首名诗所达到的艺术高度和独特魅力。这对于读者诸君妙悟诗歌真谛当有重要帮助。八位"选家"在选释的过程中，既有对前贤选释本精华的采撷，又有青出于蓝的独到之见。如或不信，请读者诸君对读本丛书中的葛晓音的《唐诗鉴赏》和2020年热销的《钱锺书选唐诗》，莫砺锋的《宋诗鉴赏》和钱锺书的《宋诗选注》。其他各卷同样如此，都对之前出版过的各种选本有所超越。

鉴赏是本丛书的核心所在，我们希望八位"选家"将名诗的选释定位于对中华优秀传统文化和中华美学精神的总结和传承上进行。八位"选家"对此非常自觉，鉴赏时见对中华优秀传统文化和中华美学精神以及中国智慧的发掘，荦荦大者如天人合一、诗中有画、民胞物与、家国情怀、现实关怀、忧患意识、通变意识等。可以说，八位"选家"对诗意中国的精神意蕴和诗意栖居的哲学命题，都有深入的思考和真切的体认。我想这对中华优秀传统文化之核心价值观的凝定，和整个人文素养和精神境界的提升，必将产生积极的助益。

需要说明的是，本丛书所选诗歌采取广义的诗歌概念，外延包括诗、词和部分散曲作品，所以唐代之后的部分选了一些词和散曲。

这既是出于本丛书力求选释中国文学史上的诗歌"精品"的"初心"，也是为了更全面地反映诗意中国的丰富形态。此外，为了统一体例，避免将一人的各体作品分散在书中的多个部分，本丛书采取以人为纲的编排方式。

最后，我本人作为"新选中国名诗 1000 首"丛书的主编，借此总序撰写机会，向热情参与此项目的八位知名学者，表示衷心的感谢！我相信，中国名诗之精选精品的"精品"打造，是为学术研究服务社会创造机遇，将使知名学者面向大众读者贡献自己的诗性智慧，从而共同提升新时代中国人诗意生活的质量。

2022 年元旦前夕于北京

目　录

前　言　001

古歌谣
蜡辞　001
击壤歌　002
大地之歌　004
南风歌　005
越人歌　007

《诗经》
关雎　010
卷耳　013
桃夭　016
芣苢　017
汉广　019
采蘋　021

摽有梅	022
野有死麕	024
燕燕	025
凯风	027
谷风	029
简兮	033
北风	036
静女	037
桑中	039
载驰	041
氓	044
伯兮	048
木瓜	050
君子于役	052
采葛	053
将仲子	055
叔于田	056
女曰鸡鸣	058
出其东门	060
溱洧	061

目 录

鸡鸣	063
陟岵	065
伐檀	067
绸缪	069
鸨羽	071
蒹葭	073
无衣	075
宛丘	077
月出	078
隰有苌楚	080
下泉	081
七月	083
鸱鸮	091
东山	094
鹿鸣	098
常棣	101
伐木	104
采薇	107
杕杜	111
十月之交	114

蓼莪	120
大东	123
北山	129
何草不黄	132
绵	134
生民	139
烝民	145
清庙	151
载芟	153
那	156

《楚辞》

离骚（节选）	159
湘君	173
湘夫人	178
东君	183
山鬼	186
国殇	189
涉江	192
哀郢	197
橘颂	204

汉代乐府诗

有所思   208

上邪   210

战城南   212

江南   214

乌生   215

陌上桑   217

长歌行   222

东门行   223

妇病行   225

孔雀东南飞   227

汉代文人诗

大风歌   244

秋风辞   245

北方有佳人   247

悲愁歌   248

良时不再至   250

结发为夫妻   252

怨歌行   254

四愁诗   256

董娇娆	261

汉代无名氏五言古诗

行行重行行	263
青青河畔草	266
今日良宴会	267
西北有高楼	269
涉江采芙蓉	270
冉冉孤生竹	272
东城高且长	274
上山采蘼芜	276
穆穆清风至	278
童童孤生柳	279
十五从军征	281

前　言

中国是诗的国度，从中华民族诞生的那天起，就有了诗的歌唱。关于诗歌的起源，中国人也早就有自己的看法。《尚书·舜典》曰："诗言志，歌永言，声依永，律和声。"《毛诗序》曰："诗者，志之所之也。在心为志，发言为诗。情动于中而形于言，言之不足故嗟叹之，嗟叹之不足故永歌之，永歌之不足，不知手之舞之足之蹈之。"可见，中国人认为诗的起源是由人的情感发生。这种情感发生在心中就叫作"志"，用有声的语言表达出来就叫作"诗"。这说明诗的产生远在文字之前，甚至远在语言尚未发展成熟之前，所以才会有"言之不足故嗟叹之，嗟叹之不足故永歌之"的情况出现。同时也说明诗与一般语言的不同之处，它是以"声依永，律和声"的方式，亦即合于歌唱的方式呈现出来的。《淮南子·道应训》曰："今夫举大木者，前呼'邪许',后亦应之,此举重劝力之歌也。"这首原始的歌,只是由古人抬木头时发出的合于音乐节奏的呼喊声构成,却包含了丰富的情感,也许这就是人类最早的诗歌形态吧。

遗憾的是由于没有文字,人类早期的歌唱并没有记录下来。只是在发明了文字以后,人们根据口传记忆,才在后世的文献典籍中留下了零星记载。这些记载已经不是人类早期歌唱的原生形态,它无可避免地要带上后世人们的文化思想印记。但即便如此,它们仍然无比珍贵,我们可以通过它们来遥想先民的身影,静听他们的声音,体会他们的精神面貌。在《周易》的卦爻辞中,就保存了许多这样古老的诗歌,如《屯·六二》:"屯(zhūn)如邅(zhān)如,乘马班如。匪寇,婚媾。"用简单的诗句描写了婚礼迎亲的场面。此外,在《左传》《国语》《礼记》《山海经》《吕氏春秋》《吴越春秋》等先秦两汉文献中,也辑录了一些较为原始的歌谣。从题材类型上看,有劳动歌,有祭祀歌,有战争歌,也有游戏娱乐之歌和婚姻爱情之歌。这些古老的诗歌,都体现了一个共同特性,它们直接面对现实生活,以质朴的语言直抒胸臆,与乐舞相结合,向后人再现了中国上古时期的历史风情和先民的精神风貌。它们是中华民族童年纯真的歌唱,具有永恒的艺术魅力。

中国现存最古老的一部诗歌总集是《诗经》,它辑录了从殷商时代到春秋中期共三百零五篇作品,分为《风》《雅》《颂》三种类型。

它既是音乐的分类,也是内容的分类。大致来讲,"风"指世俗风情,《风》所辑录的是表现当时十五个诸侯国和地区世俗风情的歌诗;"雅"有正的意思,相对于各地音乐来讲,它是属于周王朝具有雅正意义的音乐,多用于礼仪燕飨,并且多与王朝政治有关。其中《大雅》主要涉及王政大事,《小雅》则包含着一部分个体小我的抒情之作。《颂》包括《商颂》《周颂》和《鲁颂》,分别为殷商时代、西周王朝和春秋时代鲁国的宗庙祭祀乐歌。《风》《雅》《颂》的分类,说明早在西周时代,人们已经有了比较成熟的诗乐观念。诗配乐而行,广泛用于国家的宗庙祭祀、礼仪燕飨、颂美讽谏、审美娱乐、文化教育和世俗生活。《诗经》的内容极其丰富,几乎可以涵盖当时社会生活的方方面面。这里有颂美祖先道德功业的诗,有农业祭祀诗和农业生活诗,有战争诗和徭役诗,有礼仪诗和燕飨诗,有卿士大夫的政治颂美诗和讽谏诗,有表现婚姻生活的爱情诗、婚嫁诗、弃妇诗,有对各类民俗风情的生动描述,对不良社会现象的讽刺与批判,还有各种复杂思想情感的表达。它的作者虽然大都无考,但是通过内容可以看出,既有周王和诸侯,有卿士大夫,也有下层民众;既有男人,也有女子。他们感于哀乐,缘事而发,心有所感,便诉诸诗歌,三百零五篇作品,交织成一幅多层次、多角度、从多个方面展现殷周社会生活的立体画卷。它以其丰富的生活内容、广泛的创作题材,向我们展示了殷周时代乃至远古社会的历史风貌。它是

直面现实的艺术,沉潜着植根于农业文化的深深情蕴,充溢着浓厚的宗族伦理情味和宗国情感。它充满了浓郁的人情味,带有亲切的生活感,朴实而又真诚,优雅而又丰润。那农夫们在田间耕耘的勤劳身影,征人们在途中跋涉的仆仆风尘形象,君子们仪表端庄的虔敬神态,武士们袒裼暴虎的矫健雄姿,情人们水边相会的深情注目,夫妻间琴瑟好和的切切心声,这一切的一切,都会把读者带进一个熟悉而又亲切的人间世界。《诗经》凝聚了早期中国的人文精神,是以小溪汇成的巨流,是以个体的平凡而构成的伟大的群体的艺术。

《诗经》有精美的形式,体现了高超的技巧。古人把它的艺术手法总结为"赋""比""兴"。"赋"就是直言其事,如"氓之蚩蚩,抱布贸丝",开篇就直接描述"氓"的形象和他的故事;"比"就是用比喻言事,如"硕鼠硕鼠,无食我黍",用大老鼠比喻那些不劳而获的人;"兴"就是借物言事,如"桃之夭夭,灼灼其华。之子于归,宜其室家",以桃树的茂盛和鲜艳的花朵来暗示新嫁娘的美丽和她带来的家庭幸福。这基本概括了《诗经》内容表现的基本方式。它是诗乐合一的艺术,它的语言组合方式与重章叠唱的曲调组合方式相统一。它的表演方式丰富多彩,或者是独唱,或者是合唱;或者是一人主唱多人复唱,或者是多人轮唱。它体现了早期诗歌口头传唱的特征,形成了以套语套式为特色的口传歌唱技巧。《诗经》以四言为主,以二拍子为基本节奏,同时杂有二言、三言、五言、六言、七言等多种句式。《诗经》中的词汇以单音词为主，它运用了大量的嗟叹词和语助词来强化诗体的音乐功能，显得摇曳多姿。它所用的名词和动词富有具象化特征，多用双声和叠韵的形容词来描摹声音与形态。《诗经》奠定了中国诗歌艺术的民族文化传统，确立了以"风雅"和"比兴"为特色的中国诗歌创作和批评原则，也奠定了中国诗歌语言形式的基础。

《诗经》在中国历史上的地位是崇高的，两千五百多年以来，它以其丰富的文化内容和完美的艺术形式，在中国古代经济、政治、思想、道德、文学等各个方面产生的影响是不可估量的。《诗经》的产生显示了我们中华民族的性格，表现了中华民族的才具。《诗经》从编成的那天起，就已经成为中华民族文化学习的范本、生活的教科书。它不仅培养了中国后世的文学，而且培养和教育了后代的人民。文学的传统就是民族的传统，这是《诗经》之所以伟大的根本所在。

《诗经》之后二百年左右，在中国的南方产生了另一种新的诗体——楚辞。楚辞是在《诗经》体的基础上发展而来，同时又带有鲜明的南方色彩，多用楚语且有独特的乐调。楚辞的代表作家是屈原，他是楚国的贵族，有高贵的血统，天赋异禀。他有伟大的社会理想，高尚的个体情操。不幸的是他生当贵族社会即将解体的时代，他的社会理想不但没有实现，而且还受到小人的排挤和楚王的放逐。于是，他把满腔的悲愤和杰出的才华诉诸诗歌，谱写了《离骚》《九歌》

《九章》《天问》等华美乐章。他继承了《诗经》大小雅中贵族诗人的怨刺精神，内中又贯注着诗人高贵的灵魂、不屈的精神、张扬的个性和磊落不平之气。将富于浓郁浪漫色彩的楚文化融入其中，在原有楚歌的基础之上，天才地创造了独具一格的楚辞体，词采华美，意象新奇，流丽婉转，摇曳多姿。这其中，又可以分成不同的诗体，并体现了不同的风格。如《离骚》所展现的诗人不屈不挠的斗争精神，为实现美政理想而上天入地的求索，为保持个人高洁人格的卓然不群，用瑰丽多姿的语言构建了一个庞大恢宏的抒情诗结构。《九歌》这一组诗则充满了神话浪漫色彩。诗人将人间的情爱赋予天上的神灵，用绚丽多彩的语言编织出一个个感动人心的神话故事，创造了一个个凄迷婉约、底蕴难穷的艺术境界。《天问》则充分体现了诗人的理性精神，敢于叩问天地鬼神宇宙人间的强烈批判意识，让我们可以一睹屈原作为伟大思想家的风采。《九章》诸篇则将笔触投入到诗人流放后的生活，让我们体会诗人所经受的种种苦难，和他在苦难之中对现实的冷静思考，体会诗人渴望返回故里、肠一夕而九回的企盼以至最终的理想破灭。这一切都表现在诗篇如实的描写和沉痛的诉说当中。正是这一切，使楚辞成为可以与《诗经》并列的中国早期诗歌的又一高峰。而屈原也成为中国诗歌史上第一位，也是最伟大的一位个体诗人，令后人高山仰止。他至死不渝地坚持自己的美政理想，坚守高尚的个人节操，这两者都为后人树立了光辉的榜样。他最终投江而死的故事感动了世世代代的中华儿女，他的忌日也成为中华民族最富有传统色彩的一个节日。屈原死后，楚国还有宋玉、唐勒、景差等人继承其志，创作辞赋，成为汉代以后楚辞体诗歌的先声。

中国诗歌从先秦发展到两汉，发生了重大变化。经过自春秋战国以来近四百年的社会动荡，到秦始皇统一中国，由先秦时代的世袭贵族社会转变为中央集权下的官僚政治社会。这使得在《诗经》时代形成的《风》《雅》《颂》三位一体的诗歌创作格局各自朝着独立的方向发展。这其中，作为国家宗庙祭祀乐歌的颂体诗歌脱离了大众生活领域，成为高高在上仅具有神圣意义的庙堂文学，如《郊祀歌》十九章；雅诗的作者意识得以突显，其作者身份也由文人的出现，由先秦时代的贵族诗歌为主变而为汉代以后的文人诗歌为主，其抒情基调也由关心王政的《大雅》情怀转向关注个人一己得失的《小雅》情怀为主，甚至连汉武帝这样的一代帝王也未能免俗；而作为以表现世俗风情为主的风诗则逐渐变为以楚歌、鼓吹、横吹和相和歌为代表的歌诗艺术，娱乐化的色彩进一步增强。从诗体形式来讲，则由先秦时代的诗骚体为主转为五七言为主。作为诗歌的表现形式，也由先秦诗歌的诗乐一体转向汉代的诗乐分流，由此而产生出以汉代的楚辞体抒情诗和以《古诗十九首》为代表的文人五言古诗，从此走向了一条脱离音乐的独立发展之路，并成为后世中国

诗歌的主要表现形式。所有这一切，标志着中国诗歌从汉代开始走向了一个新的时代。作为这个时代最有代表性的作品，一是以相和歌为主的乐府诗，一是以《古诗十九首》为代表的文人五言诗，展现了汉代社会丰富多彩的世俗生活和汉代文人的文化心态。它们也以各自不同的艺术风貌，为后世诗歌树立了优秀典范。

从中国诗歌的原始发生到汉帝国的衰落，先秦两汉诗歌有传承久远的历史，有蓄积丰富的文化内容。这是中华民族诗歌的奠基时代，也是后世诗歌典范确立的时代。由于时代的漫长悠久，这一时代流传下来的诗歌不多，其数量远远不能和魏晋六朝以后相比。但是，这些诗歌之所以能够流传下来，都经过了历史的严格选汰，无论是现存的原始歌谣、《诗经》、《楚辞》还是汉乐府和《古诗十九首》，都有一个经典化的过程。这里的每一首诗作，几乎都对后世的文化传承和诗歌创作产生过不同的影响。因此，要从这些经典诗歌中再选择其中的百首，并以普及国内大众，对外介绍中华诗歌传统为目标，也颇不容易。在选编注释的过程中，笔者希望尽量照顾到它的思想性、艺术性、代表性和通俗性，所以从选目的范围来看，比起一般的诗歌选本要宽泛一些。例如为了让读者了解中国诗歌的原始发生和早期风貌，笔者选择了五首古代歌谣。从其文献出处来看，这些歌谣辑录的时间有的已经很晚，带有很强的传闻性质，未必是真正的原始诗歌，也未必是早期诗歌的原生形态。但是在这些歌谣当中，我们可以比较明显地看到中国早期诗歌的一些原始特征，让我们去遥想中国早期诗歌的样子和先民们歌唱的风采，从而让我们认识到中国诗歌的源远流长，认识到像《诗经》这样伟大的作品不会凭空产生，它一定经过了先民们长期的诗歌创作经验积累。《诗经》三百零五首作品，每一首都可以称得上是经典，它本身就是经过周王朝的乐官经心选择的结果。这里我们选录了五十六首，重点集中在《国风》当中。这并不意味着《雅》《颂》部分的作品不那么重要，而主要是因为它们的文辞更加古奥，考虑到读者阅读和接受的难度。即便如此，我们还是把选目的范围尽量扩大，以便让读者可以更好地了解《诗经》的丰富多彩。《离骚》本是屈原的代表作，也是中国诗歌史上最伟大的抒情长诗，不能不选。但是由于它的篇幅过长，对一般读者而言阅读困难，所以在这里只节选了其中的第一部分。汉代诗歌部分选录了三十一首，除了一般选本常选的乐府诗和《古诗十九首》之外，这里也尽量多选了几首有主名的诗人之作，以见汉代诗歌作者队伍的广泛和诗歌内容的丰富。注释力求简明扼要，不做专门的学术考证。赏析则尽量做到要言不烦，除了侧重于一般的思想性和艺术性评析之外，有时会增加一些简单的文化知识介绍，以便让读者可以从历史文化的角度加深对这些诗篇的理解。当然，受作者能力水平所限，错误在所难免，敬祈读者批评指正。

古歌谣

  中国诗歌传统源远流长，遗憾的是由于没有文字，人类早期的歌唱并没有记录下来。我们现在所看到的古代歌谣，都是在文字产生以后，人们根据口传记忆，在很晚的时代才记录下来的。这些歌谣已经不是人类早期歌唱的原生形态，带有比较明显的后世文化印记，有的还有很强的传说色彩。但即便如此，它们仍然无比珍贵，从不同的角度，透露一些原始歌谣的信息，值得我们重视。此处选录五首，读者可以由此对上古诗歌面貌有初步了解。

蜡　辞[1]

土反其宅[2]，水归其壑，昆虫勿作[3]，草木归其泽[4]。

注　释

　　[1] 选自《礼记·郊特牲》。蜡（zhà）：一种在年终举行的有关农事的祭典。

　　蜡辞：即蜡祭时的祝辞。这篇祝辞全用命令禁止的语言，它实际上

是一首"咒语"式的歌谣。

〔2〕反:通"返"。宅:住宅,土本来的地方。壑:河流。

〔3〕昆虫:害虫。勿:不要。作:兴起。

〔4〕草木:妨碍农作物生长的杂草和丛生的灌木之类。泽:聚水的洼地。

鉴赏

　　这首诗相传为远古时代伊耆氏部落在年终举行蜡祭时的祝辞,即在祭祀活动中所唱的歌谣。在远古时代,因为生产力低下和科学技术不发达,人们对自然灾害往往怀有恐惧和无可奈何的心理。于是他们在年终祭祀时向神灵祈求佑护,施发咒语,让土、水、昆虫、草木不再危害他们,表现了先民们幻想控制自然的强烈愿望和豪迈气概。

击 壤 歌 [1]

　　吾日出而作,日入而息。凿井而饮,耕田而食。帝何力于我哉[2]!

注 释

　　〔1〕这首歌见《艺文类聚》卷十一引《帝王世纪》。又屡见于王充《论衡》

之《感虚》《艺增》《自然》《须颂》诸篇。《感虚》曰:"尧时,五十之民,击壤于涂。观者曰:'大哉,尧之德也!'击壤者曰:'吾日出而作,日入而息。凿井而饮,耕田而食。尧何等力?'"《艺增》又称此篇出于《论语》之《传》。《初学记》引:"史曰:尧时有老父者,击壤而嬉于路,言曰:'我凿井而饮,耕田而食。帝力何有于我哉?'"《礼记正义》引《尚书传》也称引此歌谣,可见此诗在汉代以前流传广远。文字各有一些不同,这是早期歌谣口头传唱的特点。击壤:古时一种游戏。王应麟《困学纪闻》二十引《风土记》曰:"以木为之,前广后锐,长尺三寸,其形如履,先侧一壤于地,遥于三四步,以手中壤击之,中者为上。"

〔2〕帝何力于我哉:帝,指尧;何力于我,意谓我的生活不需要帝尧之力的帮助。

鉴赏

此歌创作时间已不可考,传说为尧时老人所作。尧本为传说中的上古圣王,他给人们带来了福祉。但是这首歌并不是对尧的歌颂,它所崇尚的是远古初民自然无为的生活,认为不需要尧之仁义礼让教化万民,"日出而作,日入而息",顺应自然,就是最美好的生活。从这一角度来看,这首歌可能生成于战国时代,带有浓厚的道家意味。但全诗的前四句自然质朴,写出了远古初民古朴的生活状态,真实生动，概括力极强。它流传广泛，其来源也可能非常古老，"日出而作，日入而息，凿井而饮，耕田而食"，也成为中国人所怀念的远古社会生活理想，所崇尚的顺应自然的生活方式。

大地之歌 [1]

履霜 [2]，直方 [3]，含章 [4]。括囊 [5]，黄裳 [6]。龙战于野 [7]，其血玄黄 [8]。

注 释

〔1〕《易经》保存了大量古代的歌谣。《易经》有六十四卦，每一卦有六爻，爻分为阳爻和阴爻。解释爻之意义的文辞叫爻辞。《易经》的爻辞多引用当时的歌谣。爻，先秦时代称作"繇"；"繇"的本字是"谣"，即歌谣。现在一般认为《易经》的成书年代在周初，它所引的古歌谣当然时代更早。将《易经》中的爻辞从现有的经文中辑录出来，恢复古歌的原貌，当代学者做了大量的工作。其中隐含在《坤卦》中的这首歌谣，堪称一首优美的"大地之歌"。(详参傅道彬《〈诗〉外诗论笺》) 坤：大地，也是《易经》卦名。

〔2〕履霜：踏着秋霜。

〔3〕直方：大地平直方正，辽阔无际。直，平坦。方，古人以为天圆地方。

〔4〕含章：大地多姿多彩。章，文采。

〔5〕括囊：系上装满粮食的口袋，秋收的景象。括，结扎。囊，口袋。

〔6〕黄裳：黄色的衣裳。

〔7〕龙战于野：龙在田野里厮斗。

〔8〕玄黄：血淋漓貌。

鉴赏

　　这是一首描写秋天景色的大地之歌。诗的大意是：到了秋天霜降的季节，一眼望去大地坦荡无垠，丰收的田野多姿多彩，人们忙着把丰收的果实装进口袋，大家都穿着黄色的衣裳。这是大自然对于勤劳的人民的赐予。接着又写秋天对于其它生命的严峻考验，两条耐不住寒冷的龙蛇在原野上撕咬，鲜血淋漓。这首诗以二言句式为主，文辞简洁，取景阔大，描写生动。除第六句外，句句押韵。读来琅琅上口，节奏鲜明而有力。

南 风 歌 [1]

　　南风之薰兮[2]，可以解吾民之愠兮[3]。南风之时兮[4]，

可以阜吾民之财兮〔5〕。

注释

〔1〕出自《孔子家语·辨乐解》。《韩非子·外储说》："有若曰：'昔者舜鼓五弦，歌《南风》之诗而天下治。'"《淮南子·诠言训》："舜弹五弦之琴而歌《南风》之诗，以治天下。"《史记·乐书》曰："昔者舜作五弦之琴，以歌《南风》。"可见，这首诗的流传比较久远。

〔2〕薰（xūn）：和煦。

〔3〕解：解除。愠（yùn）：怨、怒、忧愁。

〔4〕时：及时。

〔5〕阜（fù）：增加。

鉴赏

　　这首歌传说为帝舜所唱。和煦的南风吹来，给人民带来了清凉和滋润，也解除了他们内心的忧愁。南风滋润着万物，也增加了人民的财富，给他们带来了丰衣足食的美好生活。这首歌虽然记载于后世文献，未必真的是帝舜所唱，但是它在先秦就已经有文献记载，就和帝舜的故事连在一起，从此"南风"就成为中国诗歌中一个特殊的意象，既是美好的生活图景，也是圣德之治的象征，对中国文化产生了深远的影响。

越人歌[1]

今夕何夕兮[2],搴舟中流[3]?今日何日兮,得与王子同舟[4]?蒙羞被好兮[5],不訾诟耻[6]。心几烦而不绝兮[7],得知王子[8]。山有木兮木有枝[9],心说君兮君不知[10]!

注 释

〔1〕此诗出自刘向《说苑·善说》。楚王同母弟鄂君子皙泛舟河中,乘青翰之舟,张翠盖,钟鼓齐鸣。摇船的是一位越地的姑娘,她趁乐声暂停,便怀抱双桨,用越语唱了这首歌谣,表达了她对鄂君子皙深沉真挚的爱慕之情。后被翻译成楚语。这首歌的产生在春秋战国之间,从时间上看要早于屈原的作品,开楚辞之先河,从这首诗中可以看到当时南方诗歌的风貌。

〔2〕夕:夜晚。《诗经·唐风·绸缪》:"今夕何夕?见此良人。"

〔3〕搴(qiān)舟:划船。中流:河中。

〔4〕王子:指鄂君子皙。

〔5〕蒙羞:感到害羞。被好:遇到相好。

〔6〕不訾（zī）：同"不赀"，不计量。诟：责骂。以上二句是说，只要能与王子相好，我就不在乎别人的责骂耻笑。

〔7〕"心几烦"句：心中几多忧烦不绝如缕。几，表示不定数量。

〔8〕得知王子：能被王子相知。

〔9〕枝：与"知"谐音。此句以"木"喻人，意谓山上有树木，树木也知情。人非草木，岂能无情？

〔10〕说：通"悦"。

鉴赏

　　这个越地的姑娘为自己突然遇到了王子而兴奋不已，她竟然不相信会有这样的奇遇，于是天真地发问，今晚是个什么样的夜晚？我竟与王子同舟。今天是个什么样的日子？我竟与王子同游。她感到自己无比的幸福，只要能和王子在一起，她不在乎别人的责骂和耻笑。可同时她的内心又充满了忧伤，她对王子之爱是如此热烈，王子可否体察？草木尚且有情，何况人乎！她多么希望王子也了解她的一片痴情。歌的语言清新自然而又情真意切，情感表达摇曳多姿而又委婉动情，最能体现楚地歌谣的优美浪漫，开楚辞之先河，实为中国诗歌史上难得之杰作。

《诗经》

《诗经》是中国古代第一部诗集,也是一部文化经典,共收录三百零五篇作品,大约编成于公元前六世纪左右。《诗经》的编辑有多重目的,古代就流传着"采诗"说和"献诗"说,认为《诗经》的一部分是天子为了听政而派人到各地采录搜集而来的,有些诗则是公卿士大夫等为了颂美讽谏而献给朝廷的。但是从《诗经》的文本来看,它里面还有很多诗作是用于祭祀燕飨等各种礼仪活动的,还有社会各阶层的抒情之作。这些作品内容丰富,情感纯正,形式优美,语言典雅,可知它们最终被编辑在一起,一定经过了当时专业艺术家的修改和加工,以便在社会上广泛地应用,并且做为周代贵族子弟的教本。《诗经》在周代社会就具有崇高的社会地位,承担着多种文化功能。孔子就曾经说过"不学《诗》,无以言"的话,意味作为当时的读书人,如果没有学过《诗经》,在一些重要的社交场所,甚至没有可以和别人进行交流的文化修养。《诗经》在先秦被列为"六经"之首,从孔子以后,历代学者对《诗经》都有丰富的注释,在汉代有齐、鲁、韩、毛四家诗,唐代有孔颖达的《毛诗正义》,宋代有朱熹的《诗集传》,明清以来注本众多。以下

所选诗篇正文，均据中华书局 1980 年影印清阮元校刻十三经注疏本《毛诗正义》。

关　雎[1]

关关雎鸠[2]，在河之洲[3]。窈窕淑女[4]，君子好逑[5]。
参差荇菜[6]，左右流之[7]。窈窕淑女，寤寐求之[8]。
求之不得，寤寐思服[9]。悠哉悠哉，辗转反侧[10]。
参差荇菜，左右采之[11]。窈窕淑女，琴瑟友之[12]。
参差荇菜，左右芼之[13]。窈窕淑女，钟鼓乐之[14]。

注　释

〔1〕此为《诗经》的第一篇，选自《诗经·周南》。这是一首抒写男女情爱的诗。

〔2〕关关：雌雄雎鸠的和鸣声。雎（jū）鸠：一种水鸟。相传这种鸟雌雄情意专一。诗以雎鸠和鸣发端，兴起君子对淑女的追慕。

〔3〕洲：水中陆地。

〔4〕窈窕（yǎo tiǎo）：体态娴美的样子。淑：品行善美。

〔5〕君子：古代对男子的美称。好逑（qiú）：爱侣，佳配。逑，配偶。

〔6〕参差（cēn cī）：长短不齐的样子。荇（xìng）菜：一种水生植物，可以食用。

〔7〕流：择取。这句形容女子在水中择取荇菜时向左向右的情状。

〔8〕寤寐（wù mèi）：醒和睡。

〔9〕思服：思念。这二句指男子日夜思念着自己的心上人。

〔10〕"悠哉"二句：男子思念不已，在床上翻来覆去而不能安睡。悠，悠长，指情思绵绵不尽。

〔11〕采：采摘。

〔12〕琴瑟（sè）：古代的两种弦乐器。友：亲密相爱。这是描写男子与淑女欢聚的情景。

〔13〕芼（mào）：择取。"流""采""芼"，皆指采择荇菜的动作。

〔14〕"钟鼓"句：敲钟击鼓使她快乐。这是描写钟鼓喧喧的热闹婚礼场面。

鉴赏

　　这首诗写一个男子追慕一位美丽贤淑的女子。他日思夜想，不能忘怀，渴望有一天，能与她成为夫妇，相亲相依，共享和谐美满的幸福生活。

　　男女情爱是诗歌的永恒主题，古老的中华民族，从传说中的远古时代就开始了男女之情的歌唱。由理想的男女情爱而建立起来的婚姻，也是家庭生活幸福与社会和谐稳定的基础，在以家族血缘关系为基础建立起来的中国古代社会里，其意义更为重要。在两千五百多年前编成的中国第一部诗歌总集里，就把这首诗放在第一的位置，可见古人对它的重视。诗的表达流畅自然，优雅得体，情景描摹尤其生动。全诗分为三章。第一章四句，写诗人见景生情，他看到了河中沙洲上有一对雌雄和鸣的雎鸠，于是就想到了那位美丽贤淑的姑娘，那正是他心中理想的配偶。第二章八句，写诗人追求淑女不得的情景，其寤寐思服、辗转反侧的描写，最为传神。第三章八句，写诗人与淑女琴瑟相乐的和美、钟鼓庆婚的隆重，场景描写又特别温馨、热烈。诗虽简短，却将抒情、场景融为一体，而且构成一个从相思、追慕到相悦、婚庆的完整叙事。既是现实的描摹，又是浪漫的想象，令人回味无穷。

如果将这首诗放入中国文化的层面来看，更有特殊的韵味。它不但表达了人类对美好的婚姻爱情的普遍渴望，而且还寄托了中国人的文化理想。诗中所言君子，在中国文化中特指那些品质高尚的优秀男人，淑女则特指那些符合中国文化理想的美丽贤淑女子。诗中将女子的形象定格在采择荇菜的场景之中。荇菜既是一种可食的植物，更是古代祭祀时必备的祭品。而采择荇菜以供食用和祭祀，正是古代女子的职责所在。所以，用"左右流之""左右采之""左右芼之"来描摹女子采择荇菜的劳动，正暗示着这才是诗人心目中的"窈窕淑女"，既美丽贤淑又勤劳持家，这体现了诗人审美观的高尚。这样的女子怎能不叫人"寤寐思服"?同样,"琴瑟"在中国古代文化中也不是一般的乐器,而是君子用以修养身心的高雅器物。诗人想象用"琴瑟友之"的方式与淑女进行心灵的交流,结为知音与好友,这更是一种高境界的爱情表达,是一种高尚的生活理想。与这样的女子结为婚姻,怎能不"钟鼓乐之"!也正因为如此,在特别重视家庭婚姻的周代社会,才把这首诗放在《诗经》篇首,认为它有"正夫妇、厚人伦、美教化、移风俗"的作用。

这首诗在创作构思上也体现了中国诗歌的古老传统。诗人通过眼前所闻所见的雎鸠和鸣而生发联想,抒写自己的相思之情,这种方式在中国传统文化中叫作"兴",这是将自然外物拟人化,反过来又用来进行自我观照的一种特殊文化思维。这使得中国诗歌有一种特殊的"美",丰富的、细腻的人类生活情感,在中国诗歌中往往是通过那些描写客观物象的诗句而得到深刻表现。《诗经》正是这一诗歌传统形成的开始,对中国后世诗歌影响深远。

卷 耳[1]

采采卷耳,不盈顷筐[2]。嗟我怀人,置彼周行[3]。
陟彼崔嵬[4],我马虺隤[5]。我姑酌彼金罍,维以不

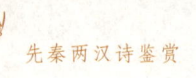

永怀[6]。

陟彼高冈，我马玄黄[7]。我姑酌彼兕觥[8]，维以不永伤。

陟彼砠矣[9]，我马瘏矣，我仆痡矣，云何吁矣[10]。

注　释

〔1〕选自《诗经·周南》。此诗可能是周代社会用于出行时道祭所唱之歌。又据《仪礼》等文献所记，此诗为"燕礼""乡饮酒礼""乡射礼"中所演唱之乡乐。在这种礼乐仪式上所唱之歌是由乐工合唱。诗中以乐工模拟夫妻二人的角色演唱，表达了征人旅途的艰苦和家人对他的牵挂。卷耳：野生植物，嫩苗可食。

〔2〕"采采"二句：采采，卷耳长得茂盛的样子。顷筐，偏斜而浅的筐子。卷耳虽然长得茂盛，但采卷耳之人心不在焉，所以采了好久仍然没有采满浅筐。

〔3〕嗟：句首感叹。"嗟我"二句：她因思念所爱之人而无心采摘，把浅筐放置在大道上。周行，大道。此章从思妇着笔，写她对远方征人的思念。

〔4〕"陟彼"句：以下写征人，他登上险峻的山冈。陟（zhì），登。崔嵬（cuī wéi），险峻的高山。从第二章开始，从征人着笔，写他旅途的艰辛和对家中亲人的思念。

〔5〕虺隤（huī tuí）：疾病而腿软的样子。

〔6〕"我姑"二句：我姑且饮酒，以消解对亲人的绵绵思念。金罍（léi），青铜制成的且有花纹的酒器。维，发语词。永怀，绵绵的思念。

〔7〕玄黄：马疲劳而眼花目眩（从闻一多《诗经新义》）。

〔8〕兕觥（sì gōng）：犀牛角制成的酒器。

〔9〕砠（jū）：陡峭的山岭。

〔10〕"我马"三句：我的马疲病力竭，仆人也生病不能行走，这是何等的忧伤啊！痡（tú），病。《尔雅·释诂》："虺隤、痡、玄黄，病也。"痡（pū），疲病不能行走。吁（xū），忧伤。

鉴赏

旧说此诗为后妃思念君子之诗。今人多解释为女子思念征人之诗。但诗中后两章为男子口吻所唱，所写征人旅途在外，却"酌彼金罍""酌彼兕觥"，二者均为形制特大且昂贵的酒器，不能在外出时随身携带，所以此说不太合于情理。结合先秦文化和相关记载，此诗应为周人在祖道仪式上所唱之歌。古代交通不便，出行困难，故征人出行，则举行祖道仪式而送别，祈求平安。此诗拟想男女分别之后的相思情景，用于乐工在祖道仪式上分角色演唱。首章先写女子在家采摘卷耳，因思念之切而心不在焉，浅浅的小筐也没有采满，干脆就把它放在路旁。通过两句简单的行动描写就把女子的内心相思情生动地表现出来，可谓观察细腻，体验入微。后两章拟想

男子在外的旅途艰辛，山高路远，人困马乏，唯有借酒浇愁，以销怀乡念亲之情，同样生动形象，真是抒情高手。

桃 夭 [1]

桃之夭夭，灼灼其华 [2]。之子于归 [3]，宜其室家 [4]。
桃之夭夭，有蕡其实 [5]。之子于归，宜其家室。
桃之夭夭，其叶蓁蓁 [6]。之子于归，宜其家人 [7]。

注 释

[1] 选自《诗经·周南》。这是一首贺婚诗。夭（yāo）夭：少好之貌，形容桃树的柔美多姿。

[2] 灼灼其华：形容盛开的桃花，红色鲜明，光彩照人。灼（zhuó）灼，桃花鲜艳盛开的样子。华，同"花"。

[3] 之子：这位新娘。于：往。归：归于夫家，即出嫁。

[4] 宜：适宜。室家：男子有妻称有室，女子有夫称有家。

[5] 蕡(fén)：形容果实饱满硕大。实：果实。这里以桃树结实喻新娘生子。

[6] 蓁（zhēn）蓁：枝叶茂盛的样子。桃树由开花、结实，到果实被摘之后的枝叶茂密，喻指婚后的生活越来越美好。

〔7〕"之子"二句：新娘归于夫家，全家人尽以为宜。

鉴 赏

　　全诗以桃树比喻新娘，表示对她的赞美和祝福。诗分三段。第一段以娇艳的桃花比喻新娘的年轻貌美。第二段以桃子的硕大喻示新娘婚后定会给家庭带来多子多孙的幸福。第三段以桃树的绿叶成荫比喻婚后家庭的兴旺发达。桃树在中国北方生长最为普遍。桃树不仅其花鲜艳多姿，果实肥美可口，而且有顽强的生命力，哪怕在贫瘠的土地上也会枝繁叶茂，因而是最受中国人喜爱的果树。在中国的民间早就有"桃养人，杏害人，李子树下埋死人"的谣谚。此诗以桃树比喻新娘，带有浓郁的中国文化色彩。诗人以"夭夭"描摹春天桃树的优美多姿，以"灼灼"状桃花之鲜艳，以"蓁蓁"形容其枝叶茂盛，生动传神。以桃花喻美人，从此成为中国古代的文学传统。

芣 苢 〔1〕

采采芣苢，薄言采之〔2〕。采采芣苢，薄言有之〔3〕。
采采芣苢，薄言掇之〔4〕。采采芣苢，薄言捋之〔5〕。
采采芣苢，薄言袺之〔6〕。采采芣苢，薄言襭之〔7〕。

注 释

〔1〕选自《诗经·周南》。这是一首描写妇女们采摘芣苢的劳动之歌。芣苢(fú yǐ)：车前草，籽入药。古人认为它可以治妇女不孕和难产之症。

〔2〕采采：茂盛的样子。薄、言：语助词，无实义。采：采摘。

〔3〕有：指开始采集。

〔4〕掇(duō)：拾取。

〔5〕捋(luō)：用手从茎上抹取。

〔6〕袺(jié)：用衣襟兜住。

〔7〕襭(xié)：将衣襟掖在腰带上兜住。

鉴赏

这是一首描写古代妇女劳动的歌，也是一首快乐的抒情诗，而且典型地体现了中国早期诗歌口头传唱的特点。在看似简单而又重复的咏唱中，诗人巧妙地置换了几个动词，就将抒情融入叙事，再现了一个生动的劳动场景和过程。第一章用"采"和"有"两字，描述采摘活动的开始，第二章用"掇""捋"两字，描写采摘之状，第三章用"袺""襭"描写收藏时的情景。正是这六个传神的动词，使整个劳动的画面活动起来。在"采采芣苢"的反复咏唱中，同时洋溢着一种欢快的情绪，深深地感染着读者。清方玉润《诗经原始》

感叹道："涵咏此诗，恍听田家妇女，三三五五，于平原绣野、风和日丽中，群歌互答，余音袅袅，若远若近，忽断忽续，不知其情之何以移，而神之何以旷。"真是一幅珍贵的中国古代妇女从事采摘劳作的民俗风情画卷。

汉　广[1]

南有乔木[2]，不可休息。汉有游女[3]，不可求思。汉之广矣，不可泳思[4]。江之永矣，不可方思[5]。

翘翘错薪[6]，言刈其楚[7]。之子于归，言秣其马[8]。汉之广矣，不可泳思。江之永矣，不可方思。

翘翘错薪，言刈其蒌[9]。之子于归。言秣其驹。汉之广矣，不可泳思。江之永矣，不可方思。

注　释

〔1〕选自《诗经·周南》。这是江汉间一位男子，追求思慕的女子而不可得，于是自悲自伤的情歌。汉广：汉水广阔。

〔2〕乔木：高大的树。朱熹《诗集传》："上竦无枝曰乔。"

〔3〕游女：出游的女子，指这位男子思慕的女子。

〔4〕"汉之"二句：汉水广阔，不能游过去，喻这位男子追求思慕的女子而不得。思，语助词，表感叹。

〔5〕"江之"二句：汉水悠长，用筏子也不能渡过。永，长。方，筏子。

〔6〕翘翘：高出的样子。错薪：杂乱的柴草层层堆积。清魏源《诗古微》曰："三百篇言娶妻者，皆以析薪取兴。盖古者嫁娶必以燎炬为烛。"秣马、秣驹，新郎婚礼亲迎御轮之礼。

〔7〕楚：植物，荆条类。

〔8〕"之子"二句：如果那个女子出嫁，我愿为她喂马。这是男子的想象之辞。之子，那个女子。归，归于夫家，即出嫁。言，语助词。秣（mò），用草料喂马。

〔9〕蒌（lóu）：蒌蒿，又称艾蒿。

鉴 赏

此诗写男子求偶而不得的相思渴望之情。高大的乔木没有树荫可以休息，汉水边的游女虽然美丽却难以求娶，就像汉水一样难以渡过，可望而不可及。这让男子倍加思慕，情不自已。他甚至突发奇想，这女子如果出嫁，他宁愿为她喂马，做她的奴仆。一片痴情，令人感动。这首诗每章末四句反复叠咏，将游女迷离恍惚的形象、江上浩渺迷茫的景色，以及这位男子思慕痴迷的情感，都融于回环往复的长歌浩叹之中。意境飘渺，韵味深长。

采 蘋 [1]

于以采蘋？南涧之滨[2]。于以采藻[3]？于彼行潦[4]。于以盛之？维筐及筥[5]。于以湘之[6]？维锜及釜[7]。于以奠之[8]？宗室牖下[9]。谁其尸之[10]？有齐季女[11]。

注 释

〔1〕选自《诗经·召南》。这是一首描写女子从事祭祀活动的诗。蘋（pín）：一种浮萍，多年生水草，可食。

〔2〕南涧：南山之涧。

〔3〕藻：水藻。蘋与藻都是古代用于祭祀之物。

〔4〕行潦（lǎo）：水沟中流动的积水。

〔5〕筐：竹制的方形盛物器具。筥（jǔ）：竹制的圆形的筐。

〔6〕湘：鬺（shāng）的借字，烹煮。

〔7〕锜（qí）：三足的锅。釜：无足的锅。

〔8〕奠：祭奠，这里指摆放祭品。

〔9〕宗室：宗族之庙。牖（yǒu）：天窗。马瑞辰《毛诗传笺通释》："古

者牖一名乡，取乡明之义。其制向上取明，与后世之窗稍异。"

〔10〕尸：古时祭祀时用人所扮，代表死者受祭的人。

〔11〕齐：恭敬的样子。季女：少女。

鉴赏

　　古代的贵族女子在家里要参与祭祀活动，从采摘蘋藻、烹煮到献上祭品于宗庙之中，都由她们负责，少年女子还要扮演"尸"的角色。这首诗的写法比较特别，全篇都用一问一答的形式，描述了从采蘋到祭祀的整个过程："到哪里采蘋啊？到南涧之滨。到哪里采藻啊？到流动的水潦。用什么来装啊？用方筐和圆筥。用什么来蒸煮啊？用三足的锜和无足的釜。把祭品摆放在哪里啊？就放在宗庙的天窗之下。由谁来扮演'尸'啊？就由那个端庄的少女"。整首诗写得简洁明快，生活气息浓郁，人物形象突出，具有独特的艺术魅力。"国风"之"风"的本义就是"风土""风情"和"风俗"，这首诗向我们展示的，就是那个时代才会有的一种特殊的宗教文化风俗，所以它还有独特的社会认识价值。

摽有梅[1]

　　摽有梅，其实七兮[2]。求我庶士[3]，迨其吉兮[4]。

摽有梅,其实三兮[5]。求我庶士,迨其今兮[6]。

摽有梅,顷筐墍之[7]。求我庶士,迨其谓之[8]。

注释

[1] 选自《诗经·召南》。这是一首描写闺中女子思婚求偶的诗。摽(biào):坠落。有:语助词。梅:一种水果,似杏,可食。

[2] 其实七兮:梅子成熟开始坠落,树上十余其七。

[3] 庶士:众士。士,指未婚男子。

[4] 迨(dài):及,趁着。其:指代女子。吉:青春美好的时光。此句意谓男子如果求婚,就要把握住最好的时机。

[5] 三:树上的梅子十余其三。

[6] 今:现在。此句意谓男子如果求婚,现在正是最好的时间。

[7] 顷筐:竹筐、簸箕之类。墍(jì):取。树上的梅子已落尽,采摘的季节即将过去。

[8] 谓之:马上就可求婚定婚,否则就错过了婚嫁之时。

鉴赏

诗中以梅子成熟时间的短促,喻示女子的青春年华转瞬即逝,意谓男子求偶也要抓紧时间,就像采摘梅子一样,要把握它成熟的最好时机,不要错过这大好时光。诗的语言非常简洁,但是表达却

极其生动，虽然仅有短短的三章，感情却层层递进。在贴切的比喻和直白的抒情中，同时写出了女子的复杂心态，在热切的盼望和焦急的等待中，包含了她对于婚姻的渴望和女性特有的矜持。

野有死麕[1]

野有死麕，白茅包之[2]。有女怀春[3]，吉士诱之[4]。林有朴樕[5]，野有死鹿。白茅纯束[6]，有女如玉[7]。舒而脱脱兮[8]，无感我帨兮[9]，无使尨也吠[10]。

注 释

〔1〕选自《诗经·召南》。这是一首描写男女春天私会的诗。麕(jūn)：小獐，鹿一类的兽。

〔2〕白茅：草名，初夏开白花。

〔3〕怀春：女子在春天情思萌动。

〔4〕吉士：男子的美称，这里指那位猎人。诱：引诱，挑逗。

〔5〕朴樕(sù)：灌木丛。

〔6〕纯(tún)束：捆扎。指用白茅包捆所获的鹿肉。

〔7〕如玉：像玉一样美好纯洁。

〔8〕舒：慢慢地。而：语气词。脱（duì）脱：悄悄的样子。

〔9〕感：触动。帨（shuì）：佩巾，古代女子系在胸前。

〔10〕尨（máng）：多毛而凶猛的狗。吠：狗叫。"舒而"三句是少女所言，她丰富的情感、娇羞忧惧的形态，都得到了生动的表现。

鉴赏

古代风俗，春天为男女定情之时，以白茅裹束鹿肉为男子送与女子的定情之礼。诗歌以此风俗为文化背景，写一位男子在郊外树林中打猎，遇到了一位温柔如玉的少女。他把所获的猎物送给她，并向她调情。作为一位怀春的少女，她难以抵挡男子的诱惑，但又带着娇羞忧惧，劝他要言行得体，不要过于冒失，以免惹得犬吠人知。诗歌充满了浓郁的生活情趣，自然生动，体察细腻。最后一章写女子含情婉拒之状及其心态，尤为传神。

燕　燕[1]

燕燕于飞，差池其羽[2]。之子于归[3]，远送于野。瞻望弗及[4]，泣涕如雨。

燕燕于飞，颉之颃之[5]。之子于归，远于将之[6]。

瞻望弗及，伫立以泣^[7]。

　　燕燕于飞，下上其音^[8]。之子于归，远送于南。瞻望弗及，实劳我心^[9]。

　　仲氏任只^[10]，其心塞渊^[11]。终温且惠^[12]，淑慎其身^[13]。先君之思^[14]，以勖寡人^[15]。

注释

〔1〕选自《诗经·邶风》。这是一首卫国君主送别妹妹远嫁南国的诗。

〔2〕差池（cī chí）：不齐的样子。

〔3〕之子：出嫁的女子，这里指卫君远嫁的妹妹。

〔4〕"瞻望"句：卫君远望出嫁的妹妹，直到看不见为止，禁不住流下眼泪。瞻望，远望。弗及，看不到。

〔5〕颉（xié）之颃（háng）之：燕子上下翻飞。飞而上曰颉，飞而下曰颃。

〔6〕将：送。朱熹《诗集传》曰："将，送也。"

〔7〕伫（zhù）立：久立。

〔8〕"下上"句：燕子飞下飞上地叫着。

〔9〕劳：痛苦、愁怅。

〔10〕仲氏：古代以孟、仲、季称同胞排行的大小。诗中出嫁的是卫君的妹妹，故称之为"仲氏"。任：可信任的。

〔11〕"塞渊"句：内心诚实深厚。塞（sè），实。渊，深。

〔12〕终温且惠：既温和又贤惠。"终x且x"，《诗经》中常用的熟语，表达"既…又…"之意。

〔13〕淑：贤淑。慎：谨慎。

〔14〕"先君"句：卫君嘱咐妹妹要时时以先君为念。先君，已故的君王。

〔15〕勖（xù）：勉励。

鉴赏

此诗前三章以双燕翻飞，颉颃上下而起兴，表示依依惜别之情。燕子本是候鸟，今秋飞去，明春复来。而兄妹之别，却再难相见，想到此处，怎不令人悲伤？诗人见景生情，有感而发，描写临别之际，送妹妹远行之情景。他伫足眺望，直到妹妹身影不见，泪下如雨，写尽了诗人内心无限的眷恋愁怅。最后一章复写兄妹情深，兄长对妹妹的赞美与关爱，嘱咐与叮咛，一片骨肉深情。全诗将双燕翻飞与兄妹送别两个画面做反复对比，重章复唱，意象鲜明，韵致深厚。这是我国诗歌史上最早的送别诗，后世许多同类诗篇都深受其影响。

凯 风 [1]

凯风自南，吹彼棘心 [2]。棘心夭夭 [3]，母氏劬劳 [4]。

凯风自南，吹彼棘薪〔5〕。母氏圣善〔6〕，我无令人〔7〕。
爰有寒泉〔8〕，在浚之下〔9〕。有子七人，母氏劳苦。
睍睆黄鸟〔10〕，载好其音〔11〕。有子七人，莫慰母心〔12〕。

注　释

〔1〕选自《诗经·邶风》。这是一首感念母爱，并且自责的诗。凯风：南风。南风温暖，使草木成长茂盛，给人带来快乐，所以称为凯风。凯，乐。

〔2〕棘（jí）：酸枣树。心：树的纤细幼芽。

〔3〕夭夭：鲜嫩茁壮的样子。这里用和煦南风的吹拂，小枣树的萌长，比喻慈母对儿女的爱抚。

〔4〕劬（qú）劳：劳累辛苦。

〔5〕棘薪：枣树长大，可以做薪木。以之反衬七个儿子都没有长大成材。

〔6〕圣善：明理而有美德。

〔7〕我无令人：我们未能如母亲的希望成材。令，善美。

〔8〕爰（yuán）：何处。寒泉：在卫地浚邑，水冬夏常冷。

〔9〕浚（xùn）：卫国地名。这二句是以寒泉浸润土地，喻母爱的滋育。

〔10〕睍睆（xiàn huǎn）：形容黄鸟婉转好听的叫声。

〔11〕载：则，尚有。好音：悦耳动听的声音。这二句是以鸟有好音反衬做儿女的未能承欢慰悦母心。这种以相反事物衬托主题的表现手法，是《诗经》"兴"的一个特点，这是区别于"兴""比"的重要方面。

〔12〕莫慰母心：没能安慰母亲之心。

鉴赏

　　这是一首孝子感念母爱并且自责的诗。诗中提到七子，可能在历史上实有其事。母亲千辛万苦，把七个儿女抚育成人。他们深感母爱的温暖和伟大，但也自愧有负母亲的期望，没能很好地慰悦母亲。诗用和风吹拂棘心、泉水浸润土地，比喻母爱之伟大；又用黄鸟好音反衬自责。全诗充满着感人的亲情。父母对子女，总是竭尽生命去呵护，这是出自人的本性，作为子女，无论如何也难以报答这种天高地厚之恩，这首诗用简洁的语言和生动的比喻，写出了子女对父母的感恩之情，朴实而真挚，因而具有打动人心的力量，也在古代社会产生了深远的影响。孟郊《游子吟》"谁言寸草心，报得三春晖"，就是对此诗之旨的化用。

谷　风 〔1〕

　　习习谷风，以阴以雨〔2〕。黾勉同心〔3〕，不宜有怒〔4〕。采葑采菲，无以下体〔5〕。德音莫违〔6〕，及尔同死〔7〕。
　　行道迟迟〔8〕，中心有违〔9〕。不远伊迩，薄送我畿〔10〕。

谁谓荼苦，其甘如荠[11]。宴尔新婚[12]，如兄如弟[13]。

泾以渭浊[14]，湜湜其沚[15]。宴尔新婚，不我屑以[16]。毋逝我梁，毋发我笱[17]。我躬不阅，遑恤我后[18]。

就其深矣，方之舟之。就其浅矣，泳之游之[19]。何有何亡[20]，黾勉求之[21]。凡民有丧[22]，匍匐救之[23]。

不我能慉[24]，反以我为雠[25]。既阻我德，贾用不售[26]。昔育恐育鞫[27]，及尔颠覆[28]。既生既育[29]，比予于毒[30]。

我有旨蓄[31]，亦以御冬[32]。宴尔新婚，以我御穷[33]。有洸有溃[34]，既诒我肄[35]。不念昔者，伊余来塈[36]。

注　释

〔1〕选自《诗经·邶风》。这是被丈夫遗弃的女子，在离家时唱出的一首悲怨之歌。谷风：山谷中的风。

〔2〕"习习"二句：以山谷之风兴起阴雨，比喻丈夫变心。习习，风吹不断的样子。

〔3〕黾(mǐn)勉：努力，勤勉。同心：指相爱。

〔4〕不宜：不应该。

〔5〕葑(fēng)：蔓菁，俗称大头菜。菲(fěi)：萝卜。以：用。下体：根。这二句是说，采葑采菲，就是因为它们的根可食，现在却把它们的

根茎抛弃了。这里以根喻美德，以茎叶喻色衰；比喻丈夫对妻子只重颜色，而不念她的好处。

〔6〕德音：美好的声音，此指丈夫对她说过的情话。莫违：不要背弃。

〔7〕及尔：跟着你。同死：同生死。

〔8〕迟迟：缓慢。此指女子被逐出门时眷恋不舍的样子。

〔9〕中心有违：指被逐出门有违背自己的心愿。中心，心中。

〔10〕"不远"二句：弃妇离家时，丈夫不肯远送，勉强送到门口。伊，语助词，无实义。迩，近。薄，语助词。畿（jī），门槛。

〔11〕荼：苦菜。荠（jì）：甜菜。这二句是说，谁说荼菜苦？在我来看它也是甜的。意味自己的遭遇比荼还苦。

〔12〕宴尔：宴然，快乐的样子。昏：同"婚"。

〔13〕如兄如弟：丈夫另娶新人，如兄弟手足一样亲近。

〔14〕泾、渭：二水名。以：因。泾水清，渭水浊。弃妇自比泾水，新人是渭水。是新人搅浑了这个家，现在反以我为浊。

〔15〕湜（shí）湜：水清的样子。弃妇以水之清澈而比喻自己的纯洁无瑕。

〔16〕不我屑以：不屑与我相处。以，与。

〔17〕毋：勿。逝：往。梁：鱼梁，为捕鱼而筑的石堰。发：打开。笱（gǒu）：竹编的捕鱼器具。这是告诫新人，不要动我的东西。

〔18〕"我躬"二句：是对前二句的自嘲。意味我自身尚不被丈夫所容，哪有心思忧虑走后的事。阅，容。遑（huáng），闲暇。恤（xù），顾念。

〔19〕就：遇到。深：深水。方：渡河的筏子。这四句是以渡水喻治家，无论遇到什么困难，都能想办法解决。

〔20〕亡：无。

〔21〕求：求取。

〔22〕民：人，指他人。丧：凶祸之事。

〔23〕匍匐：伏地爬行，此指竭力而为。救：帮助。

〔24〕慉（xù）：爱。

〔25〕雠：同"仇"。以上二句是说，你不爱我也罢，反而将我看作仇人。

〔26〕"既阻"二句：阻，拒绝。德，善意。贾（gǔ），商贾。用，货物。我的好心被你拒绝，就像商贾有货难售。

〔27〕育恐：生活于恐惧之中。育鞠（jū）：生活于穷困之际。鞠，穷困。

〔28〕及尔：同你。颠覆：颠来倒去，此指在生活中遭受过无数困难挫折。

〔29〕既生既育：有了赖以生存和生活的资财。

〔30〕毒：毒物。以上四句的意思是：过去我与你受尽了苦难。现在生活好了，你却把我看成眼中钉，肉中刺一般。

〔31〕旨：味美。蓄：蓄存起来的菜。

〔32〕御：抵挡。

〔33〕"宴尔"二句：你穷苦时娶我，把我当成御冬的菜一样，用来抵御贫穷。

〔34〕有洸（guāng）有溃：洸、溃，形容大水涌出，此指丈夫对她发怒、动武。

〔35〕诒（yí）：同"贻"，给予。肄（yì）：让我做很多劳苦之事。

〔36〕伊：发语词。来：语助词。墍（xì）："愾"的假借，爱。

鉴赏

　　此诗以一个弃妇自述的口吻，追忆结婚时男子以生死不渝相许，婚后生活贫苦，全靠她勤俭持家、辛苦经营，才使日子一天天好起来。谁想丈夫忘恩负义，喜新厌旧，竟然另娶新欢，并对她施暴，赶她出门。她顾念旧家，迟迟不忍离去。往事历历在目，让她倍感痛苦。此诗将叙事抒情融为一体，以第一人称的口吻，历数自己的无辜、丈夫的无情和人世的炎凉，塑造了一个勤劳善良、痴情温柔却深受伤害的不幸女子形象。如怨如慕，如泣如诉，哀惋凄楚，悱恻动人。

简 兮[1]

　　简兮简兮，方将万舞[2]。日之方中[3]，在前上处[4]。硕人俣俣[5]，公庭万舞。

　　有力如虎，执辔如组[6]。左手执龠[7]，右手秉翟[8]。赫如渥赭[9]，公言锡爵[10]。

山有榛[11]，隰有苓[12]。云谁之思？西方美人[13]。彼美人兮，西方之人兮。

注　释

〔1〕选自《诗经·邶风》。这是赞美一位表演万舞的武士的诗。简：敲鼓声。《商颂·那》："奏鼓简简。"

〔2〕方将：即将。万舞：古代大型舞蹈。文用羽毛、乐器，武用矛、盾等武器。场面壮观。

〔3〕方中：中午，万舞表演的时刻。

〔4〕上处：最前面，指领舞的人。

〔5〕硕：身材高大。俣（yǔ）俣：身材魁武。

〔6〕辔：马缰绳。组：丝带。万舞表演中有驾驭战车的动作。古时战车有四匹马，每匹马有两条缰绳。舞蹈者身强力壮，手握八条缰绳毫不费力，就像舞动丝带一样。

〔7〕龠（yuè）：古代的一种乐器，如笛，六孔或三孔。

〔8〕秉：拿。翟（dí）：野鸡尾。

〔9〕渥（wò）：面有光泽。赭（zhě）：红色。

〔10〕公：观赏万舞的公侯。锡：赐。爵：古代的酒器，此处代指酒。

〔11〕榛：树名。

〔12〕隰：下湿之地。苓：草名。

〔13〕西方美人：从西方来的美人。可能这个领舞的人是从西方来的，也就是从西周王室来的。

鉴赏

　　诗用直陈的手法，写这位武士跳舞时的风采：咚咚的鼓已经敲响，万舞马上就要开场。正当中午时分，那个武士站在最前的位上。你看他长的如此高大，在宫廷中的表演多么酣畅。他的力大如虎，他牵着马缰绳轻松自如。他左手拿着乐器轻吹，右手拿着雉尾曼舞。他的脸膛光彩红润，公侯赏赐给他美酒。山中有榛木啊水中有苓草，那个跳舞的西方美人啊，真是让我思念又羡慕。诗篇很短，却写的相当生动，既写出了这个武士的雄姿，还写出了诗人对他的爱慕。不仅如此，这首诗还提供了相当多的文化信息。我们说诗中的舞者是一位贵族武士，是因为在周代社会，跳舞是贵族子弟必学的功课，而一般情况下表演的舞蹈，也大多由贵族子弟来承担。在舞蹈表演中，最能展示一个人的体型之美，所以诗人通过跳舞的描写，生动地再现了这个男子的英武形象。文武兼修是周代社会对贵族男子的基本要求，因为他们不仅要承担治国理政的重担，还有拿起武器保家卫国的职责。平时他们是温文尔雅的君子，战场上则是勇敢善战的武士。《诗经》中所描写的男子形象，大都从这两方面着手。这首诗通过舞蹈描写来颂美那时的男子，具有一定的代表性。

北 风 [1]

　　北风其凉，雨雪其雱[2]。惠而好我[3]，携手同行。其虚其邪[4]？既亟只且[5]！

　　北风其喈[6]，雨雪其霏[7]。惠而好我，携手同归。其虚其邪？既亟只且！

　　莫赤匪狐，莫黑匪乌[8]。惠而好我，携手同车[9]。其虚其邪？既亟只且！

注 释

〔1〕选自《诗经·邶风》。诗中抒写相好的两人在风雪交加时携手奔亡之事。他们为何逃亡？一说是在卫国虐政下卫国人民相偕逃亡；另一说是，一对男女私爱而不为周围人所容，故相携私奔。此二说皆有理。

〔2〕雨（yù）雪：下雪。雨，作动词。雱（pāng）：雪下得很大的样子。

〔3〕惠：爱。好我：喜欢我。

〔4〕"其虚"句：你为何动作缓慢而犹豫不决呢？虚，通"舒"。邪，通"徐"。

〔5〕亟（jí）：急，情况已很紧急。只且（jū）：语尾助词。

〔6〕喈（jiē）：风声很大。朱熹《诗集传》："喈，疾声也。"

〔7〕霏：形容大雪纷飞。

〔8〕"莫赤"二句：狐狸本来就是赤色的，乌鸦本来就是黑色的。意谓现在的情况已经清清楚楚，你还犹豫什么？匪，非。

〔9〕同车：同乘一车而出亡。

鉴赏

　　严寒刺骨的北风在呼啸，大雪漫天纷飞，一对好友相邀出逃。其中一人心情特别急切，他催促同伴：你要是爱我，我们马上就携手同行。现在的情况已经清楚，你为什么还这样迟缓犹豫？事情已经很紧急了呀！这首诗没有明确的本事背景，抒情主旨后人多有争议。但是这首诗的特点也在这里，它鲜明地体现了诗歌意象的多指向性。诗以寒风大雪起兴，这也许写的是眼前实景，也许是一种比兴象征，显示环境的冷酷险恶。最后两句用生动的口语写人的心情急迫，虽然只用了"虚""亟"两个实词，但是每句中都用了三个虚词来进行对比渲染，"你怎么这么慢呀！情况是多么急呀"，特别生动。在三章中反复咏唱，增强了这首诗的感染力。

静　女 [1]

静女其姝 [2]，俟我于城隅 [3]。爱而不见 [4]，搔首踟踟[5]。

  静女其娈[6]，贻我彤管[7]。彤管有炜[8]，说怿女美[9]。自牧归荑[10]，洵美且异[11]。匪女之为美，美人之贻[12]。

注释

〔1〕选自《诗经·邶风》。这是一首描写情人幽会的诗。静女：安静文雅的姑娘。

〔2〕姝（shū）：美丽。

〔3〕俟（sì）：等候。城隅：城角幽僻处。

〔4〕爱："薆"之借字，隐蔽、躲藏。不见：不露面。

〔5〕搔首：用手挠头。踟蹰：走来走去，徘徊不定。

〔6〕娈（luán）：美好。

〔7〕贻（yí）：赠送。彤管：红色管子，可能是漆成红色的管类乐器。

〔8〕有炜（wěi）：红亮的样子。

〔9〕说怿（yì）：喜爱。说，同"悦"。汝：你。这句语涉双关，指物又指人。

〔10〕牧：牧野。归：同"馈"，赠送。荑（tí）：嫩白的茅草。

〔11〕洵：诚然。异：不同一般。

〔12〕"匪女"二句：匪，非，不是。女，汝，指所赠之荑。荑所以美好，因为是美人所赠，物以情而重。

鉴赏

诗中先写男子赴约,女子故意躲藏,害得男子挠首徘徊,不知所措。再写女子向男子赠送彤管,男子喜出望外,爱不释手。最后写两人从牧野分手,女子赠送白茅,男子心领神会。白茅为至轻之物,但是为美人所赠,包含了一片深情,让他感受到了幸福和甜蜜。诗歌生动表现了周代社会比较自由的婚恋形态,生活气息浓郁,情趣盎然,充满了浪漫色彩。

桑 中 [1]

爰采唐矣[2]?沬之乡矣[3]。云谁之思[4]?美孟姜矣[5]。期我乎桑中[6],要我乎上宫[7],送我乎淇之上矣[8]。

爰采麦矣?沬之北矣。云谁之思?美孟弋矣。期我乎桑中,要我乎上宫,送我乎淇之上矣。

爰采葑矣[9]?沬之东矣。云谁之思?美孟庸矣。期我乎桑中,要我乎上宫,送我乎淇之上矣。

注释

〔1〕选自《诗经·鄘风》。这是一首男子和情人幽会的诗歌。桑中:桑林之中。

〔2〕爰（yuán）：在何处。唐：又名蒙，野生植物。

〔3〕沬：卫地水名。乡：地方。

〔4〕云：发语词，无实义。谁之思：思念何人。

〔5〕美：美丽。孟姜：与后二章的孟弋、孟庸，均指歌者意中的美人。孟，排行居长。姜，姓，下二章弋、庸同。

〔6〕期：等待。乎：于。

〔7〕要：通"邀"，约定。上宫：桑中的建筑，可能是社庙，也是男女约会之处。

〔8〕淇（qí）：卫地水名。

〔9〕葑（fēng）：蔓菁菜。

鉴赏

　　这是一首带有浓郁世俗风情的恋歌。桑树是古代的神树，传说殷商时代就在桑林之中建立社庙，举行祭祀活动，商王成汤曾经祷雨于桑林之社。春天女子外出采桑，也在桑林与男子约会，所以桑中也成为男女聚会之所。《墨子·明鬼》篇说："燕之有祖，当齐之（有）社稷，宋之有桑林，楚之有云梦也，此男女之所属而观也。"沬和淇都是卫国的河流，桑林即在其旁。此诗所写，即是这种风俗中的男女相会情景。每章的前三句用一问一答的形式，以男子的语气，点明了相会的时间、地点和他所要约会的女人，也写出了心情的欢快。后四句则写出了两人相会的过程,从"期我""要我"到"送我",表达了一对恋人之间的情深意长。三章反复咏唱,活泼明快,情趣盎然。

载　驰[1]

载驰载驱,归唁卫侯[2]。驱马悠悠[3],言至于漕[4]。大夫跋涉[5],我心则忧。

既不我嘉[6],不能旋反[7]。视尔不臧[8],我思不远[9]。既不我嘉,不能旋济[10]。视尔不臧,我思不閟[11]。

陟彼阿丘[12],言采其蝱[13]。女子善怀[14],亦各有行[15]。许人尤之[16],众稚且狂[17]。

我行其野,芃芃其麦[18]。控于大邦[19],谁因谁极[20]?大夫君子[21],无我有尤[22]。百尔所思[23],不如我所之[24]。

注　释

〔1〕选自《诗经·鄘风》。这是一首充满爱国激情的诗,为许穆夫人所作。卫女许穆夫人,出嫁于许穆公。狄人攻破了卫国,她心急如焚,决

定亲自到漕地慰问卫君，并且计划向大国求援以帮助卫国。但她遭到了许国大夫的反对和阻挠，在激愤深忧中，作了这首诗。载：语助词。驰：快马加鞭地赶路。

〔2〕归：归返卫国。唁（yàn）：吊唁，凭吊死者和哀悼亡国。卫侯：卫戴公。

〔3〕悠悠：形容道路漫长。

〔4〕言：语助词。漕：卫邑名。

〔5〕大夫：指许国诸臣。跋涉：跋山涉水而来，阻止许穆夫人去漕。

〔6〕既不我嘉：许国大夫不赞同我（许穆夫人）的主张。既，既然。嘉，赞同。

〔7〕旋反：回返。旋，回返。反，同"返"。接上句，"既"与"不能"相承接。因为许国大夫不赞同我的主张，使我不能顺利返回卫国。

〔8〕尔：你们，指许国大夫。不臧（zāng）：不善。

〔9〕不远：不迂阔。许穆夫人主张联齐救卫，她认为这一想法并非不对。

〔10〕济：渡水，指渡河返回许国。

〔11〕閟（bì）：闭塞不通。许穆夫人认为自己的救国主张并非不可行。

〔12〕陟（zhì）：登。阿（ē）丘：高高的山丘。

〔13〕蝱（méng）：贝母，一种药草，据说可以治郁悒之症。

〔14〕善怀：指自己对故国有更多的牵挂。

〔15〕行（háng）：道路。此处指自己有自己的行事准则。

〔16〕尤：指责。

〔17〕众：指许国诸臣。稚：幼稚。狂：狂妄。

〔18〕芃（péng）芃：茂盛的样子。

〔19〕控：求告。大邦：大国。

〔20〕"谁因"句：卫国想要复国应该依靠哪个大国，应该去哪儿求援呢？因，依靠。极，至。

〔21〕大夫君子：指许国群臣。

〔22〕无我有尤：即"无尤我"，意谓不要埋怨我。无，同"毋"，不要。

〔23〕百：指一切，所有。百尔：你们的一切。

〔24〕之：往。以上二句是说，你们所有的想法，都不如我自己的选择和决定。

鉴赏

许穆夫人是在历史上留下名字的中国第一位女诗人。她生于卫国，出嫁于许国。当她听说自己的故国被狄人所灭的消息之后，便要去卫国的漕邑吊唁失国的卫君，并拟向大国求援以图复国。而许国大夫却以当时的礼制为由阻止其回国。故国难回，心怀忧愤，于是她便创作了此诗抒写情怀。此诗直抒胸臆，指斥许国大夫眼光短浅，不明大义，反复陈述自己的主张，以及不得回国的郁闷。抒发了诗人深挚强烈、沉郁悲壮而又缠绵悱恻的爱国情怀，塑造了一个关切故国命运而有远见卓识的爱国者的形象。全诗感情忧愤，言辞急切，读来感人至深。

氓[1]

氓之蚩蚩[2]，抱布贸丝[3]。匪来贸丝[4]，来即我谋[5]。送子涉淇[6]，至于顿丘[7]。匪我愆期[8]，子无良媒。将子无怒，秋以为期[9]。

乘彼垝垣[10]，以望复关[11]。不见复关，泣涕涟涟[12]。既见复关，载笑载言[13]。尔卜尔筮[14]，体无咎言[15]。以尔车来，以我贿迁[16]。

桑之未落，其叶沃若[17]。于嗟鸠兮[18]！无食桑葚[19]。于嗟女兮！无与士耽[20]。士之耽兮，犹可说也[21]。女之耽兮，不可说也。

桑之落矣，其黄而陨[22]。自我徂尔[23]，三岁食贫[24]。淇水汤汤[25]，渐车帷裳[26]。女也不爽[27]，士贰其行[28]。士也罔极[29]，二三其德[30]。

三岁为妇，靡室劳矣[31]。夙兴夜寐[32]，靡有朝矣[33]。言既遂矣[34]，至于暴矣[35]。兄弟不知[36]，咥其笑矣[37]。静言思之[38]，躬自悼矣[39]。

及尔偕老[40]，老使我怨。淇则有岸，隰则有泮[41]。

总角之宴[42]，言笑晏晏[43]。信誓旦旦[44]，不思其反[45]。反是不思[46]，亦已焉哉[47]！

注 释

〔1〕选自《诗经·卫风》。这是一首弃妇的怨诗。氓（méng）：民，此指求婚的那个男子，即她的丈夫。

〔2〕蚩（chī）蚩：敦厚之貌。

〔3〕布：货币。贸：交换，交易。

〔4〕匪：同"非"，不是。

〔5〕即：就，来我这里。谋：谋求，指谋求婚事。

〔6〕子：你，即氓。涉：渡过。淇（qí）：卫地水名。

〔7〕顿丘：卫国地名。

〔8〕愆（qiān）期：过了约定的日子。愆，延误。

〔9〕将（qiāng）：请。秋以为期：以秋天为婚期。

〔10〕乘：登上。垝垣（guǐ yuán）：断墙，破墙。

〔11〕复关：指男子返回来迎娶女主人公的车。复，返也。关，车厢，《墨子·贵义》："子墨子南游使卫，关中载书甚多。"代指车。下文"以尔车来"，与之呼应。

〔12〕涟涟：泪水不断的样子。

〔13〕载笑载言：又笑又说，表示高兴。

〔14〕尔：你。卜：用龟甲占卜。筮（shì）：用蓍（shī）草占卜。

〔15〕体：卦象，即卜筮的结果。无咎言：没有不吉利的话。

〔16〕贿：财物，此指女子的嫁妆。迁：迁徙，指嫁到夫家。

〔17〕沃（wò）若：鲜嫩润泽的样子，比喻女子的年轻貌美。

〔18〕于嗟（xū jiē）：感叹词。于，同"吁"。

〔19〕桑葚（shèn）：桑果。传说斑鸠食桑葚会醉，喻女子恋于情而难以自拔。

〔20〕耽（dān）：迷恋，沉溺。士：男子。

〔21〕说：同"脱"，摆脱，解脱。

〔22〕陨（yǔn）落：桑叶凋落，喻女子年老容颜衰残。

〔23〕徂（cú）：往，指出嫁。

〔24〕三岁：多年。食贫：过苦日子。

〔25〕汤（shāng）汤：水盛大的样子。

〔26〕渐（jiān）：浸湿。帷裳：车上的布幔。

〔27〕爽：差错。

〔28〕贰（èr）：同"二"，二其行，行事不专一。

〔29〕罔极：反复无常。

〔30〕二三其德：德行无常，前后不一。

〔31〕靡：无，不。室：家庭的事。劳：操劳。此句谓家中之事无不由我操劳。

〔32〕夙（sù）兴：早起。夜寐：晚睡。

〔33〕靡有朝：没有一天不是这样。

〔34〕言：语助词，无实义。既遂：婚姻已成事实。

〔35〕暴：指丈夫对她粗暴。

〔36〕不知：不理解。

〔37〕咥（xì）：讥笑。

〔38〕静：冷静。言，语助词。

〔39〕躬：自身。悼：悲伤。

〔40〕及尔偕老：与你同老。

〔41〕"淇则"二句：意味河水、湿地还有岸边，而自己的苦处却没有尽头。隰（xí），低洼地。泮，同"畔"，水边。

〔42〕总角：发髻，指男女未成年时。宴：欢乐。

〔43〕言笑：说说笑笑。晏晏：快活的样子。

〔44〕信誓：诚恳的誓言。旦旦：明明白白。

〔45〕不思其反：我没有想到他会变心。反，违反、变心。

〔46〕反是不思：再不去想他变心的事了。是，指过去的誓言。

〔47〕已焉哉：算了吧。已，完了。焉、哉，语气词，二词连用，加重语气。表示从此以后断绝夫妻关系。

鉴赏

　　这是《诗经》中的名篇之一。诗中包含一个令人感伤的故事。诗中的主人公本是一个纯洁的姑娘，"氓"在最初以貌似忠厚的样

子骗取了她的感情和信任，她便对其一往情深，义无反顾的嫁给她。婚后她任劳任怨，忠贞专一，期望白头偕老。但男子却言行不一，将女子骗到手之后就负心变脸，对她施暴，并最终将其遗弃，让她在精神和肉体上都受到痛苦的折磨。她痛斥男子的恶行，在认清了他的本质之后便毅然与之决绝。诗以第一人称的口气，叙述了她与"氓"恋爱、结婚、受虐以及被遗弃的过程，也写出了她从一往情深到悔恨悲愤以至最终决绝的心理变化。整首诗把叙事、抒情和议论融为一体，刻画了一个纯洁善良、楚楚可怜的女子形象。也从一个侧面，展示了当时处于弱势地位的下层女子的人生命运。

伯 兮[1]

伯兮朅兮[2]，邦之桀兮[3]。伯也执殳[4]，为王前驱[5]。自伯之东[6]，首如飞蓬[7]。岂无膏沐[8]？谁适为容[9]！

其雨其雨[10]，杲杲出日[11]。愿言思伯[12]，甘心首疾[13]。

焉得谖草[14]？言树之背[15]。愿言思伯。使我心痗[16]。

注 释

〔1〕选自《诗经·卫风》。这是一首女子思念远征丈夫的诗。伯:《诗经》时代女子对男子的尊称,《郑风·萚兮》:"叔兮伯兮,倡,予和女。"此指对丈夫的爱称。

〔2〕朅(qiè):英武的样子。

〔3〕邦:邦国。桀:杰出。

〔4〕殳(shū):古代竹木制的一种长兵器。《毛传》:"殳,长丈二而无刃。"

〔5〕前驱:前锋。

〔6〕之:往,到。

〔7〕飞蓬:被风吹起的蓬草。

〔8〕膏:润发油。沐:洗头。

〔9〕谁适为容:打扮了又取悦于谁呢?适(dí),悦。为容,打扮。古语有"女为悦己者容"。

〔10〕其:语助词,有期望之意。

〔11〕杲(gǎo)杲:太阳明亮的样子。与上句相连,期望下雨而出日头,比喻事与愿违。

〔12〕愿:眷念不忘。言:语助词。

〔13〕甘心:情愿。首疾:头痛。

〔14〕焉:何,何处。谖(xuān)草:忘忧草。

〔15〕树:种植。背:通"北",此指北堂阶下。《毛传》:"背,北堂也。"

〔16〕心痗（mèi）：心病。痗，病。

鉴赏

　　这是一首思妇诗。她的丈夫是一位英勇的武士，手执武器，为王先驱。她为此而自豪，但又为离别而痛苦。自从丈夫离家之后，她就无心梳妆打扮。她宁愿为相思而头疼，为相思而生病。这种一往情深的相思之苦，可谓铭心刻骨。诗分四个短章，以层层递进之法写来，给人印象深刻。方玉润《诗经原始》曰："始则首如飞蓬，发已乱矣。然犹未至于病也。继则甘心首疾，头已痛矣，而心尚无恙也。至于使我心痗，则心更病矣。其忧思之苦何如哉！"飞蓬之喻形象生动，首疾心痗之愿，真切之至。全诗语言质朴却情深意浓。

木　瓜[1]

　　投我以木瓜[2]，报之以琼琚[3]。匪报也[4]，永以为好也！

　　投我以木桃[5]，报之以琼瑶。匪报也，永以为好也！

　　投我以木李，报之以琼玖[6]。匪报也，永以为好也！

注 释

〔1〕选自《诗经·卫风》。这是一首男女相互赠答的定情诗。木瓜：落叶灌木，果实椭圆，可食，亦可赏玩。

〔2〕投：投掷。这里指赠送。

〔3〕报：报答，回赠。琼琚（jū）：古时男女佩带的玉饰。下文琼瑶、琼玖皆是佩玉之名。

〔4〕匪：通"非"，不是。

〔5〕木桃：桃子。下文木李，指李子。

〔6〕玖（jiǔ）：黑色的玉。

鉴 赏

你赠我木瓜桃李，我回赠你琼琚玉佩。这既是现实中的互赠场景，也是一种爱情的比喻。你赠我之物虽然是木瓜桃李，但是在我心中就如同琼琚玉佩一样贵重，因为它寄托着你的一片深情。反过来，我赠你虽然是琼琚玉佩，但也不足以表达我对你的一片深情，只是为了永结情好，因为真正的爱情是无价的。诗的语言甚为质朴，但是却情真意浓，用桃李玉佩的互赠为比喻，诠释了爱的本质与真谛。于回环往复的咏唱中，表现了爱的高尚和情的坚贞，闪耀着人性之美，因而使此诗具有了永恒的价值和持久的魅力。

君子于役[1]

　　君子于役,不知其期[2]。曷至哉[3]?鸡栖于埘[4]。日之夕矣,羊牛下来[5]。君子于役,如之何勿思!

　　君子于役,不日不月[6]。曷其有佸[7]?鸡栖于桀[8]。日之夕矣,羊牛下括[9]。君子于役,苟无饥渴[10]?

注 释

〔1〕选自《诗经·王风》。这是一位女子思念征人的诗。君子:古时对男子的美称,这里指女子的丈夫。于役:从事兵役或劳役。

〔2〕期:归期。

〔3〕曷:何,何时。至:回家。这句是说,什么时候才能回家呢?

〔4〕埘(shí):墙壁上挖洞做成的鸡窝。

〔5〕"日之"二句:傍晚羊牛从山上归来。

〔6〕"不日"句:不能以日月计算,指在外时间的长久。

〔7〕佸(huó):相聚,相会。

〔8〕桀:用竹木制的为鸡栖息的架子。

〔9〕括:至,回家。

〔10〕苟：且，或许。

鉴赏

  思亲念远是人之常情，真正的诗歌也总是来自日常生活。此诗的起兴发端就是这样一个典型的农村生活场景：那是一个暮色苍茫、禽畜归巢的时刻，闺中少妇见景生情，心中涌起一阵阵难以抑制的深情和怅惘。禽兽尚且能按时入圈归巢，久役在外的征人却不能按时回家，怎能不让人牵肠挂肚。此时此刻的你究竟在哪里？你在外面生活得好吗？无尽的思念，就通过这样简单的日常生活场景描写而得到最好的表达。质朴自然，情景交融，充满了生活气息。

采 葛[1]

彼采葛兮[2]，一日不见，如三月兮！
彼采萧兮[3]，一日不见，如三秋兮[4]！
彼采艾兮[5]，一日不见，如三岁兮[6]！

注释

  〔1〕选自《诗经·王风》。这是一首思念情人的诗歌。葛：一种藤本植物，

纤维可以织布。

〔2〕彼，指示代词，那个。此处指抒情主人公所思念的人。

〔3〕萧：一种蒿草，古时供祭礼之用。

〔4〕秋：秋季。

〔5〕艾：又叫艾蒿，可供药用。

〔6〕岁：年。诗以夸张的手法，抒发不见情人、度日如年的相思之苦。三章以月、季、岁层层递进，表现了愈久弥深的感情。

鉴赏

　　这是《诗经》文辞最简单的诗作之一。此诗的主旨写一位男子思念他的情人，采葛、采萧、采艾，都是女子的劳动。采葛来织布，采萧供祭祀，采艾以疗疾。诗人以此为起兴，用夸张的手法，写情人一日不见，便有如三月、三秋、三岁的相思苦痛。三章语言结构相同，只是各换了两个字，便有层层递进之效，在回环往复中，将男子那种离别愈久情感愈炽的相思之情感抒发出来。用最简洁最朴素的语言写最浓烈最真实的感情，是这首诗的妙处，真正是言简意浓。"一日不见，如三月兮""如三秋兮""如三岁兮"，也因此而成为中国诗歌史上脍炙人口的名言。

将 仲 子 [1]

　　将仲子兮,无逾我里[2],无折我树杞[3]。岂敢爱之?畏我父母[4]。仲可怀也[5],父母之言,亦可畏也。

　　将仲子兮,无逾我墙,无折我树桑。岂敢爱之?畏我诸兄。仲可怀也,诸兄之言,亦可畏也。

　　将仲子兮,无逾我园,无折我树檀。岂敢爱之?畏人之多言。仲可怀也,人之多言[6],亦可畏也。

注 释

[1] 选自《诗经·郑风》。这是一个女子婉拒情人前来幽会的诗。将(qiāng):请求。仲子:古时称兄弟排行第二为"仲","子"是对男子的美称。

[2] 无:勿,不要。逾:越过。里:里墙。古代五家为邻,五邻为里,里有墙有门。

[3] 折:折断。此指爬墙时攀折树木。杞(qǐ):柳树的一种。

[4] "岂敢"二句:怎么敢疼爱那棵杞树啊,是害怕父母知道。

[5] 怀:思念。

[6] 人:家人以外的人。多言:多嘴多舌,说闲话。

鉴赏

在男女相爱的过程中，男子总是比女子主动，女子总是会有各种顾忌，这应该是人类普遍的心理。诗中这个小伙有些过于急切，他竟然跑到了女子住处约会，让女子感到深深的不安。全诗以女子的口气，祈求男子不要到她所住的里中来，不要翻过里中的墙，更不要跳到她家的园，因为她担心被她的父母、他的兄长，更害怕被其他人发觉，受到指责和议论。仲子可爱，但人言可畏，她希望通过一再的请求，得到男子的理解。全诗三章章法相同，内容层层递进，表达了女子既爱又怕的复杂心理，语言简洁却生动传神，朴素自然却情真意切。冒失的小伙与谨慎的少女两个人物形象，简直呼之欲出。

叔 于 田[1]

叔于田，巷无居人[2]。岂无居人？不如叔也。洵美且仁[3]。

叔于狩[4]，巷无饮酒[5]。岂无饮酒？不如叔也。洵美且好[6]。

叔适野[7]，巷无服马[8]。岂无服马？不如叔也。洵美且武[9]。

注释

〔1〕选自《诗经·郑风》。这是一位女子赞美其恋人的诗。叔：古时用伯、仲、叔、季排行，叔是"老三"，此指歌者所热恋之人。于：往。田：打猎。

〔2〕巷无居人：街巷中没有人居住。这是夸张语，意味在街巷中没有人比得上他。

〔3〕洵（xún）：确实。仁：心地善良，品德良好。

〔4〕狩（shòu）：冬猎曰狩。

〔5〕巷无饮酒：街巷中没有称得上能饮酒的人。

〔6〕好：酒量大，有豪气。

〔7〕适：到。野：郊野。

〔8〕巷无服马：街巷中没有人称得上能善驾马的人了。服马，驾马。

〔9〕武：勇敢英武。

鉴赏

这是一首女子所唱的恋歌。她赞美她的恋人，长相英俊，仁爱有德，又是饮酒、打猎、驾车的高手。在她心中，无人能及。这也是那个时代标准的男子汉形象——平日是君子，战场是武士。诗的

语言是朴素的，感情却是浓烈的。诗的语言是夸张的，却是最符合恋爱心理的。所谓"情人眼里出西施"，在热恋中，对方什么都好，此乃人之本性，此诗得之。

女曰鸡鸣 [1]

女曰："鸡鸣"，士曰："昧旦" [2]。"子兴视夜 [3]，明星有烂 [4]。将翱将翔 [5]，弋凫与雁 [6]。"

"弋言加之 [7]，与子宜之 [8]。宜言饮酒，与子偕老 [9]。琴瑟在御 [10]，莫不静好 [11]。"

"知子之来之，杂佩以赠之 [12]。知子之顺之 [13]，杂佩以问之 [14]。知子之好之 [15]，杂佩以报之 [16]。"

注 释

〔1〕选自《诗经·郑风》，写一对夫妻相亲相爱的生活。鸡鸣：雄鸡报晓。

〔2〕士：古代对男子的称谓。昧旦：天快亮未亮的时候。

〔3〕子：你的尊称。兴：起来。视夜：看看夜色。

〔4〕明星：启明星。有烂：明亮。天将明时，众星隐微，启明星显得更明亮。

〔5〕翱、翔：都是指鸟飞的样子。

〔6〕弋(yì)：用丝绳系在箭上射鸟。凫(fú)：野鸭。

〔7〕言：语助词。加：射中。

〔8〕与子宜之：与你共同享用猎来的美味。宜，美味可口。

〔9〕偕(xié)老：白头到老。

〔10〕琴、瑟：两种弦乐器，古代常用琴瑟合鸣象征夫妻生活的和美。御：弹奏。

〔11〕静好：安静美好。

〔12〕杂佩：用玉石组成的一种佩饰。

〔13〕顺：顺从，柔顺。

〔14〕问：赠送。

〔15〕好：爱恋。

〔16〕报：报答。

鉴赏

　　这是一首描写理想的夫妻恩爱生活的诗。分三章，第一章写妻子催丈夫早起，趁着天尚未明，去"弋凫与雁"；第二章写丈夫回来后妻子对他的馈劳，共享美味，饮美酒，琴瑟和鸣，与子偕老；第三章写丈夫对妻子的赠答，将美丽珍贵的佩饰赠给她做终身之报。全诗以对话的方式写来，暖意融融，温情无限，把一对夫妇和睦美好的婚姻生活描绘的细致入微。

出其东门 [1]

出其东门,有女如云 [2]。虽则如云,匪我思存 [3]。缟衣綦巾 [4],聊乐我员 [5]。

出其闉闍 [6],有女如荼 [7]。虽则如荼,匪我思且 [8]。缟衣茹藘 [9],聊可与娱 [10]。

注释

〔1〕选自《诗经·郑风》。这是一位男子表示对恋人用情专一的诗。东门:郑国都城的东门,是游人云集之处。清王先谦《诗三家义集疏》曰:"郑城西南门为溱、洧二水所经,故以东门为游人所集。"

〔2〕如云:形容美女多而美。

〔3〕匪:非,不是。思存:思念之所在。

〔4〕缟(gǎo)衣:白色素绢制作的衣服。綦(qí)巾:暗青色的佩巾。

〔5〕聊:姑且。乐我:使我快乐。员:同"云",语助词。

〔6〕闉闍(yīn dū):外城的通口。闉,外城。

〔7〕如荼:形容美女像白茅花那样美丽众多。荼,白茅花。

〔8〕且(cú):同"徂"。思且,犹"思存"。

〔9〕茹藘（rú lǘ）：茜草，其根可作绛红染料，这里代指红色佩巾。

〔10〕与娱：同我一起欢乐。

鉴赏

郑国都城的东门之外是城市的繁华地带，每逢节日美女云集。可是在众多的美女之中，诗人只喜欢那个穿着朴素的女子，并说只有同她在一起才会感到幸福与快乐。诗虽然只有短短的两章，却内涵丰富。"如云""如荼"，形容美女之多，"虽则""匪我"轻轻一转，却突显了男子对情感的忠贞专一。寥寥数语，神情毕现，自成高格。

溱洧[1]

溱与洧，方涣涣兮[2]。士与女[3]，方秉蕑兮[4]。女曰："观乎[5]？"士曰："既且[6]。""且往观乎[7]？洧之外，洵吁且乐[8]。"维士与女[9]，伊其相谑[10]，赠之以勺药[11]。

溱与洧，浏其清矣[12]。士与女，殷其盈矣[13]。女曰："观乎？"士曰："既且。""且往观乎？洧之外，洵吁且乐。"维士与女，伊其将谑[14]，赠之以勺药。

注　释

〔1〕此诗选自《诗经·郑风》。这是描写郑国三月上巳日，青年男女在溱水、洧水两边游春的诗。溱（zhēn）、洧（wěi）：郑国二水名。

〔2〕方：正。涣（huàn）涣：春水漫漫的样子。

〔3〕士与女：春游的男男女女。

〔4〕秉：持，拿。蕳（jiān）：兰草。

〔5〕观乎：去看看吗？

〔6〕既且（cú）：我已经去过了。且，同"徂"，往，去。

〔7〕"且往"句：姑且再去看看吧。且，姑且。

〔8〕洵（xún）：实在，真的。訏（xū）：大，广阔。乐：好玩，开心。

〔9〕维：语助词，无实义。

〔10〕伊：语助词，无实义。相谑（xuè）：相互调笑逗趣。

〔11〕勺药（sháo yào）：即"芍药"。一种花，春天开放，男女互赠，以表情意，永结盟好。

〔12〕浏（liú）：河水清澈的样子。

〔13〕殷：殷然，众多的样子。盈：满。这里指挤满了人。

〔14〕将：相。

鉴赏

　　据郑国风俗,每年三月上巳日(古代干支记日,三月的第一个巳日叫上巳日,以后演变为上巳节,并固定在三月初三),男女都到水边采兰、洗浴,以拂除不祥,这叫做祓禊(fú xì),是源自于上古的宗教仪式,到春秋时代已经演变成为一种带有节庆性质的民俗活动,也成为青年男女聚会、定情的节日。这首诗就描写了这样一个活动场景。一对对青年男女,手持兰花,相邀到溱洧之畔,谈情说爱,调笑戏谑,临别赠花,何其快乐。诗以白描的方式写出,诗句参差,节奏明快,人物形象鲜明,一片天然情趣,可谓美的民俗、美的生活,美的画面,令人神往。

鸡　鸣 [1]

　　"鸡既鸣矣,朝既盈矣 [2]。""匪鸡则鸣 [3],苍蝇之声。"
"东方明矣,朝既昌矣 [4]。""匪东方则明,月出之光。"
"虫飞薨薨 [5],甘与子同梦 [6]。""会且归矣 [7],无庶予子憎 [8]。"

注 释

〔1〕选自《诗经·齐风》。这是一首描写一位女子催促丈夫早起上朝的诗。鸡鸣：雄鸡报晓。

〔2〕朝（chāo）：上朝，古代官员们早起到朝廷上班。盈：满。朝既盈，言上朝的人都到了。这二句是女子所说的话。

〔3〕匪：非，不是。此下二句是男子的话。

〔4〕昌：盛，上朝的人已经很多了。这章亦是上二句为女子的催促，下二句为男子的回答。

〔5〕薨（hōng）薨：昆虫群飞的声音。

〔6〕甘：甘心。同梦：同入梦乡，即共枕同眠。以上二句是男子说的话。

〔7〕会：朝会。且：将要。归：回去，犹言散会。

〔8〕无：勿。庶：庶几，带有希望之意。予：给予。子：你，指男子。憎：憎恶，憎恨。这是倒装句。其意为，你快去上朝吧，不要因为去晚了让人家批评你。

鉴 赏

　　这一首富有情趣的描写夫妻生活的诗篇。全诗都以对话的方式进行。女的说，雄鸡鸣叫，该上朝了。男的说，这不是鸡叫，是苍蝇的嗡嗡声。女的又说，天都亮了，上朝的人都满了。男的说，这不是天亮，是满天的月光。男的又说，你听那飞虫薨薨，我还想和你共同入梦。女的说,等你回来再睡吧,不要让人家把你批评。夫人一再提醒,丈夫支吾搪塞,全诗就这样用简单的几句私房话语,把男子的慵懒之态与女子的贤淑明理生动地表现出来,同时又透露出夫妻的恩爱和家庭的温馨,描摹了一幅绝妙生动的生活情景。用简洁的语言写出生活的情趣,自然就会成为诗歌的妙境,正是这首诗的高明之处。

陟 岵[1]

陟彼岵兮,瞻望父兮[2]。父曰:"嗟!予子行役,夙夜无已[3]。上慎旃哉[4],犹来无止[5]!"

陟彼屺兮[6],瞻望母兮。母曰:"嗟!予季行役[7],夙夜无寐。上慎旃哉,犹来无弃[8]!"

陟彼冈兮,瞻望兄兮。兄曰:"嗟!予弟行役,夙夜必偕[9]。上慎旃哉,犹来无死!"

注 释

〔1〕选自《诗经·魏风》。这是一首征人登高望乡、思念亲人的诗。陟(zhì):登上。岵(hù):多草木的山。

〔2〕瞻望:远望。

〔3〕夙夜：早晚。已：停止。

〔4〕上：同"尚"，希冀之词，表示希望。慎：谨慎。旃（zhān）：之、焉的合音。这句是说，希望保重你自己啊！

〔5〕犹：可以，还是。来：归来。无止：不要在外久留。

〔6〕屺（qǐ）：没有草木的山。

〔7〕季：幼子。古人兄弟排行为伯、仲、叔、季。

〔8〕弃：弃尸在外，死于他乡。

〔9〕偕：偕同行动，不得自由。

鉴赏

　　这首诗的艺术手法很高妙。本来抒写的是征人行役念亲之情，却偏偏不说自己，而是采取反向思维之法，想象父母兄长在家中对他的思念和担忧，用笔曲折而情意深婉。诗分三章，分别设想其父、其母和其兄，看似铺排重复，在情感的抒发上却起到了层层累加之效。特别是"无止""无弃""无死"的重复叮咛，暗示了行役在外的艰苦和征人对家乡的断肠之思。这开启了中国后世抒情诗之一法，如唐人杜甫的《月夜》"今夜鄜州月，闺中只独看"，白居易的《邯郸冬至夜思家》"想得家中夜深坐，还应说着远行人"，均从思念对方处落笔，意味愈显深长。

伐　檀[1]

　　坎坎伐檀兮，置之河之干兮[2]。河水清且涟猗[3]。不稼不穑[4]，胡取禾三百廛兮[5]？不狩不猎[6]，胡瞻尔庭有县貆兮[7]？彼君子兮，不素餐兮[8]！

　　坎坎伐辐兮[9]，置之河之侧兮。河水清且直猗[10]。不稼不穑，胡取禾三百亿兮[11]？不狩不猎，胡瞻尔庭有县特兮[12]？彼君子兮，不素食兮！

　　坎坎伐轮兮，置之河之漘兮[13]。河水清且沦猗[14]。不稼不穑，胡取禾三百囷兮[15]？不狩不猎，胡瞻尔庭有县鹑兮[16]？彼君子兮，不素飧兮[17]！

注　释

〔1〕选自《诗经·魏风》。这是一首伐木者讽刺那些不劳而获者的诗。檀：檀树，本质坚硬，古时用以造车。

〔2〕坎坎：砍伐木头的声音。置：放。干：河岸。

〔3〕涟：风吹水面而泛起的波纹。猗（yī）：语气词，犹"兮"。

〔4〕稼、穑：耕种叫稼，收割叫穑，泛指农业劳动。

〔5〕"胡取禾"句：为何拿去三百夫所种田地的收获。胡，何、为什么。廛（chán），一夫居住、耕种的土地。三百廛，形容其多，不一定是确数。

〔6〕狩（shòu）、猎：泛指打猎。

〔7〕瞻：望见。庭：庭院。县：同"悬"，挂着。貆（huán）：兽名，猪獾。

〔8〕"彼君子"二句：那些君子啊，可不是白吃饭的啊！素餐，白吃饭。这是反语相讥。

〔9〕伐辐：伐木制车辐。辐，车轴与轮间的直木。

〔10〕直：水面直形的波纹。

〔11〕亿：古人以十万为亿，形容禾把数目众多。

〔12〕特：三岁的兽。

〔13〕漘（chún）：水边。

〔14〕沦：环形水纹。

〔15〕囷（qūn）：圆形粮仓，今称为囤。

〔16〕鹑（chún）：鸟名，鹌鹑。

〔17〕飧（sūn）：熟食。

鉴赏

这是《诗经》中少有的一首感情激烈的批判诗。诗人用反诘的句式质问那些不劳而获的人："不稼不穑，胡取禾三百廛兮？不狩不猎，胡瞻尔庭有县貆兮？""彼君子兮，不素餐兮"，三章反复咏唱，冷嘲热讽，感情激愤。在古今社会中，总有一些人养尊处优、不劳而获，他们的存在，破坏了社会的公平和公正，此诗因此具有了恒久的社会批判力量。《诗经》以四言为主，这首诗却属于杂言，这在《诗经》中也别开一体。

绸　缪[1]

绸缪束薪[2]，三星在天[3]。今夕何夕[4]，见此良人[5]？子兮子兮，如此良人何[6]！

绸缪束刍[7]，三星在隅[8]。今夕何夕，见此邂逅[9]？子兮子兮，如此邂逅何！

绸缪束楚[10]，三星在户[11]。今夕何夕，见此粲者[12]？子兮子兮，如此粲者何！

注　释

〔1〕选自《诗经·唐风》。这是一首贺婚诗。绸缪（chóu móu）：紧密缠绕。

〔2〕束薪：与"束刍""束楚"同，紧束的薪柴。

〔3〕三星：心宿中最突出的三颗星。古人观星测时，即根据星星位置的移动而测知时间。三星在天，正是新人结婚之时。

〔4〕今夕何夕：今夜是什么好日子呀？有喜庆之意。

〔5〕良人：古代妇女称夫为良人。

〔6〕如此良人何：指良人长得英俊，不知如何形容才好。

〔7〕刍（chú）：喂牲畜的草。

〔8〕隅（yú）：角落。

〔9〕邂逅（xiè hòu）：本意为不期而遇，此指新娘，强调与新娘不期而遇的缘分。

〔10〕楚：荆条。

〔11〕在户：照着门户。

〔12〕粲（càn）者：美人，此处可释为对一双新人的美称。

鉴赏

  这是一首贺婚诗。周代风俗，结婚季节一般都在冬季，晚上举行婚礼，还要束薪为炬，束刍喂马。诗歌就从婚礼现场的情景写起。明亮的火把点起来了，三星高高地挂在天上。于是诗人惊喜地发问：今天是个什么好日子呀？见到了英俊的新郎。这个新郎的美啊，简直无法形容！第二章以同样的方式赞美新娘，第三章赞美一对新人。诗的语言轻松欢快，以生动的场景描写开头，接着明知故问，最后以惊叹作结，渲染了婚礼的热闹、赞美了新人的美丽，写出了新婚的喜庆，使人有亲临其境之感。

鸨 羽 [1]

　　肃肃鸨羽 [2]，集于苞栩 [3]。王事靡盬 [4]，不能蓺稷黍 [5]。父母何怙 [6]？悠悠苍天，曷其有所 [7]？

　　肃肃鸨翼，集于苞棘 [8]。王事靡盬，不能蓺黍稷。父母何食？悠悠苍天，曷其有极 [9]？

　　肃肃鸨行 [10]，集于苞桑，王事靡盬，不能蓺稻粱。父母何尝 [11]？悠悠苍天，曷其有常 [12]？

注释

〔1〕选自《诗经·唐风》。这是一首征人控诉繁重而无休无止的徭役给他们带来深重灾难的诗。鸨（bǎo）：俗名野雁，多栖于平原或湖泊边。

〔2〕肃肃：鸟振动翅膀的声音。

〔3〕集：栖息。苞：丛生。栩（xǔ）：柞树。鸨脚上无后趾，不能稳定地栖息在树上，这里用鸨止于树丛，不能稳居安息，以喻征人离家行役而居所不定。唐孔颖达《正义》："鸨鸟连蹄，性不树止，树止则为苦，故以喻君子从征役为危苦也。"

〔4〕王事：征役之事。靡：无，没有。盬（gǔ）：休止。

〔5〕蓺（yì）：种植。稷黍：谷子、高粱。此泛指庄稼。

〔6〕怙（hù）：依靠。

〔7〕"悠悠"二句：悠悠苍天，何时才能有安居乐业之所！曷，同"何"。所，处所，安居的地方。

〔8〕棘：酸枣树。

〔9〕极：终点。

〔10〕行：行列。

〔11〕何尝：吃什么。尝，食。

〔12〕常：正常，指安稳正常的生活。

鉴赏

  此诗以野雁居无定所、不能安居起兴，写征人服役远行，辗转奔波之劳苦，生动形象；复写家中田园荒芜，父母无人奉养之惨状，陈辞痛切。他们哀告无门，悲怨而呼天："悠悠苍天，曷其有所？""曷其有极""曷其有常"，回环往复，悲惨凄戾，带来震颤人心的效果，千百年来不曾减弱，具有强烈的社会批判力量。

蒹 葭 [1]

　　蒹葭苍苍 [2],白露为霜。所谓伊人 [3],在水一方。溯洄从之 [4],道阻且长。溯游从之 [5],宛在水中央 [6]。

　　蒹葭萋萋,白露未晞 [7]。所谓伊人,在水之湄 [8]。溯洄从之,道阻且跻 [9]。溯游从之,宛在水中坻 [10]。

　　蒹葭采采,白露未已 [11]。所谓伊人,在水之涘 [12]。溯洄从之,道阻且右 [13]。溯游从之,宛在水中沚 [14]。

注 释

〔1〕选自《诗经·秦风》。这是一首抒写思慕、追求意中人而不得的诗。
　　蒹葭(jiān jiā):芦苇。

〔2〕苍苍:繁盛的样子,后二章"萋萋""采采"义同。

〔3〕伊人:诗人追慕思念的人。

〔4〕溯(sù)洄:逆流而上。从之:追寻她。

〔5〕溯游:顺流而下。

〔6〕宛:宛然,好像。

〔7〕晞(xī):干。

〔8〕湄（méi）：水岸。

〔9〕跻（jī）：升，高。

〔10〕坻（chí）：水中小洲。

〔11〕未已：露水尚没有被朝阳晒干。

〔12〕涘（sì）：水边。伊人在"水一方""水之湄""水之涘"，体现了空间的推移，暗示了意中人的飘忽难寻。

〔13〕右：迂回曲折。

〔14〕沚（zhǐ）：水中沙滩。

鉴赏

  这首诗写可望而不可及的相思之苦，需要结合那时的文化背景来理解。在《诗经》时代的文化风俗中，春天是男女相恋的季节，如《鄘风·桑中》和《郑风·溱洧》，写的都是春天男女相恋的快乐；秋冬则是结婚的时间，如《唐风·绸缪》所说的"三星在天"，就是秋冬季节的天象。由此而言，秋天本是恋爱收获的季节，可是诗中的主人公内心却满是失意。此诗所写就是在这样的文化背景下产生的一幅画面。他在深秋的早晨来到水边，看到萋萋的芦苇已披上白霜。想象自己的意中人就在水的一方，可是自己无论用了何种方法，做出了何种努力，就是不能接近，可想他的内心是多么惆怅啊！于是，诗人禁不住一唱三叹，把满腔的悲思之情与深秋的清冷萧瑟之景,在这首诗中就这样有机地融为一体,塑造了一个"可望而不可及"的"秋水伊人"形象,渲染出一派凄迷怅惘、韵味悠长的意境。生动地表现了诗中主人公的失恋之情,同时也使这首诗具有了多重的审美象征意义。

无 衣[1]

岂曰无衣?与子同袍[2]。王于兴师[3],修我戈矛[4]。与子同仇[5]!

岂曰无衣?与子同泽[6]。王于兴师,修我矛戟[7]。与子偕作[8]!

岂曰无衣?与子同裳[9]。王于兴师,修我甲兵[10]。与子偕行[11]!

注释

〔1〕选自《诗经·秦风》。这是一首表达秦国人同仇敌忾的战歌。

〔2〕衣:上衣,衣服。袍:战袍。

〔3〕王:此指周平王。于:语助词。兴师:起兵打仗。

〔4〕戈矛:古代的两种长柄兵器。

〔5〕同仇：共同的敌人。

〔6〕泽："襗"的借字，贴身的内衣。

〔7〕戟（jǐ）：古代的长柄兵器。

〔8〕偕作：一同奋起作战。

〔9〕裳（cháng）：下衣，战裙。

〔10〕甲兵：盔甲、兵器。

〔11〕偕行：同行，共赴战场。

鉴赏

　　此诗大约写成于西周末或者东周初年。其时因西周发生内乱，周幽王死，平王立，周地大部分沦陷，于是秦地人民纷纷抗击獫狁的侵略。他们虽然生活困苦，甚至"无衣"可穿，但是当外敌入侵之时，还是同仇敌忾，修兵整装，待命出征。为了共同对敌，他们可以"与子同袍"，同穿一件战袍；"与子同泽（襗）"，同穿一件内衣；甚至"与子同裳"，同穿一件下裙。因为他们有共同的敌人，"与子同仇"；他们要共同御敌，一起作战，"与子偕作"；一起出发，"与子偕行"。全诗三章，重章叠唱，在反复咏叹中层层递进，字里行间跳荡着昂扬斗志和必胜信念，展现出秦国将士共同杀敌的高昂爱国情绪。

宛 丘 [1]

子之汤兮[2]，宛丘之上兮。洵有情兮，而无望兮[3]。坎其击鼓[4]，宛丘之下。无冬无夏[5]，值其鹭羽[6]。坎其击缶[7]，宛丘之道。无冬无夏，值其鹭翿[8]。

注 释

〔1〕选自《诗经·陈风》。这首诗写的是对跳舞女子的赞美与爱恋。宛丘：陈国丘名，在陈国都城东南。

〔2〕子：你，指跳舞的巫女。汤（dàng）：通"荡"，形容舞姿婀娜。

〔3〕"洵（xún）有"二句：我对她有情而不敢抱任何希望。洵，信、确实。

〔4〕坎：坎，敲击鼓缶等乐器发出的声音。

〔5〕无冬无夏：没有冬夏。

〔6〕值：通"植"，手持。鹭羽：白鹭羽毛制作的舞具。

〔7〕缶（fǒu）：小口大腹的陶具，亦可作为敲击乐器。

〔8〕鹭翿（dào）：舞具，用鹭鸟羽毛编成，手持而舞。

鉴赏

　　陈国风俗，人们爱好跳舞又巫风盛行，诗人赞美的就是这样一个活泼善舞的女子。宛丘是陈国的游观之地，这个女子常来这里跳舞，她那优美的形象令诗人爱慕不已，但是他又感觉自己无法俘获她的芳心，于是就唱出了这首充满羡慕之情的歌。全诗三章，起首用一个"汤（荡）"字，就写出了女子的舞姿之美。有情无望，便倍觉女子之美，无论春夏秋冬，眼前晃动的都是她优美的身影。在生动的白描中，又充满了无限的深情。

月　出 [1]

月出皎兮，佼人僚兮 [2]。舒窈纠兮 [3]，劳心悄兮 [4]。
月出皓兮 [5]，佼人懰兮 [6]。舒忧受兮 [7]，劳心慅兮 [8]。
月出照兮，佼人燎兮 [9]。舒夭绍兮 [10]，劳心惨兮 [11]。

注释

〔1〕选自《诗经·陈风》。这是一首月下兴怀、夜静思人的诗。

〔2〕佼（jiǎo）："姣"之借字，美好。僚（liáo）：同"嫽"，娇美。

〔3〕舒：缓慢，形容女子举止优雅。窈纠（yǎo jiǎo）：叠韵词，形容女

子体态苗条和步履轻盈。

〔4〕劳心：忧思之心。悄（qiǎo）：暗自怀念。

〔5〕皓：形容月光明亮。

〔6〕懰（liǔ）："嬼"的借字，妩媚。

〔7〕忧受：叠韵词，其义与"窈纠"同。

〔8〕慅（cǎo）：心神不安的样子。

〔9〕燎（liáo）：明亮，形容女子容颜的光彩照人。

〔10〕夭绍：其义与"窈纠"同。

〔11〕惨：心中痛楚。三章诗中，由第一章的"悄"，到第二章的"慅"，到此章的"惨"，写出了诗人思念之情的步步加深。

鉴 赏

  月亮在中国文化中有特殊的意义，它很早就和嫦娥的故事联系在一起，是美丽、团圆的象征。诗人望着天上一轮皎洁的明月，遥想女人姣美摇曳的绰约风姿，不禁而生思念伤怀之情，回环咏唱，情思婉转，层层递进。诗中多用双声叠韵，旋律优美，音韵和谐，深味意长。这是中国现存第一首咏月怀人诗，具有典范意义，对后世产生了深远影响，对月怀人由此而成为中国诗歌史上一个长盛不衰的抒情母题。

隰有苌楚 [1]

隰有苌楚，猗傩其枝 [2]，夭之沃沃 [3]，乐子之无知 [4]。
隰有苌楚，猗傩其华 [5]，夭之沃沃。乐子之无家 [6]。
隰有苌楚，猗傩其实 [7]，夭之沃沃。乐子之无室。

注 释

〔1〕选自《诗经·桧风》。这是一首抒写乱世感伤之情的诗。隰（xí）：低湿的洼地。苌（cháng）楚：植物名，又名羊桃。

〔2〕猗傩（ē nuó）：同"婀娜"，形容柔美多姿。

〔3〕夭：少好，嫩美。沃（wò）沃：肥美润泽的样子。

〔4〕乐：欢喜，此处引申为羡慕。子：苌楚。无知：没有知觉、情感，也没有忧愁痛苦。

〔5〕华：同"花"。

〔6〕无家：没有家室之累而自由地生长于荒郊野外。下章之"无室"同义。

〔7〕实：果实。

鉴赏

　　生长于低湿之地的苌楚，虽然环境恶劣孤独无依，却仍然枝繁叶茂生机蓬勃，这引发了诗人无尽的感伤。他羡慕苌楚的无知，因为无知所以无思、无所牵挂、无痛也无苦。诗中并没有明确表达诗人的痛苦究竟在哪里，但是那种深沉的身世之叹却在每章的最后一句话中得到充分的暗示。桧国在东周初年被郑国灭亡，此诗可能就是桧国将亡之时诗人的处境和心理写照：身处乱世，生活困顿，多种牵挂，难以忘怀，无法解脱，不堪其苦。只有到了这种绝境，才会生出这种羡慕之情，可见此诗的感慨之深。

下　泉 [1]

冽彼下泉，浸彼苞稂 [2]。忾我寤叹 [3]，念彼周京 [4]。
冽彼下泉，浸彼苞萧 [5]。忾我寤叹，念彼京周。
冽彼下泉，浸彼苞蓍 [6]。忾我寤叹，念彼京师。
芃芃黍苗 [7]，阴雨膏之 [8]。四国有王 [9]，郇伯劳之 [10]。

注释

〔1〕选自《诗经·曹风》。这是曹人赞美晋国大夫荀跞（luò）拥立周敬

王于成周而作的诗。此事在《左传》中有记载。鲁昭公二十二年，周景王死，王子猛即位，王子朝作乱，攻杀王子猛而篡位。晋文公派晋国大夫荀跞攻打王子朝，立王子匄（gài），即周敬王。此诗所以被列为《曹风》，据王先谦考证，是因为曹是晋的属国，勤成之事皆参与其中。下泉：地下涌出的泉水。

〔2〕冽（liè）：寒冷。苞：丛生。稂（láng）：莠草，生而不结实。这二句是说，地下流出寒冷的泉水，浸泡着稂根，使它湿腐而死。诗人以之兴西周衰微。

〔3〕忾（kài）：叹息。寤（wù）：醒着。

〔4〕周京：周之京都。

〔5〕萧：蒿草。

〔6〕蓍（shī）：蒿一类的草。又名筮草，古代以之占卜。

〔7〕芃（péng）芃：茂盛的样子。

〔8〕膏：润泽。

〔9〕四国：四方诸侯国。有王：以周天子为王。

〔10〕郇（xún）伯：此处指晋国大大夫荀跞。劳（lào）：慰劳。之：指周敬王。

鉴赏

这首诗是赞美荀跞护送周敬王进入成周的诗，因乱思治，充满感怀。诗的前三章以凛冽的泉水浸泡着莠草而起兴，比喻周人当时处境的凄惨与悲凉，表达诗人对西周盛时的深情怀念。最后一章以禾苗得阴雨之滋润而蓬勃生长，表达对荀伯的感念之情。全诗一唱三叹，前三章格调相当低沉。寒泉凛冽，叹念西周，真有不胜今昔盛衰之感。末章却将笔调一转，阴雨润苗，芃芃其盛，写出一派生气勃勃的景象。在两相比较之中，由衷地赞美了荀伯的功业。

七 月 [1]

七月流火 [2]，九月授衣 [3]。一之日觱发 [4]，二之日栗烈 [5]。无衣无褐，何以卒岁 [6]？三之日于耜 [7]，四之日举趾 [8]。同我妇子 [9]，馌彼南亩 [10]，田畯至喜 [11]。

七月流火，九月授衣。春日载阳 [12]，有鸣仓庚 [13]。女执懿筐 [14]，遵彼微行 [15]，爰求柔桑 [16]。春日迟迟 [17]，采蘩祁祁 [18]。女心伤悲，殆及公子同归 [19]。

七月流火，八月萑苇 [20]。蚕月条桑 [21]，取彼斧斨 [22]。以伐远扬 [23]，猗彼女桑 [24]。七月鸣鵙 [25]，八月载绩 [26]。载玄载黄 [27]，我朱孔阳 [28]，为公子裳。

四月秀葽 [29]，五月鸣蜩 [30]。八月其获 [31]，十月陨萚 [32]。一之日于貉 [33]，取彼狐狸，为公子裘。二之日

其同[34]，载缵武功[35]。言私其豵[36]，献豜于公[37]。

五月斯螽动股[38]，六月莎鸡振羽[39]。七月在野，八月在宇，九月在户[40]，十月蟋蟀入我床下。穹窒熏鼠[41]，塞向墐户[42]。嗟我妇子[43]，曰为改岁[44]，入此室处。

六月食郁及薁[45]，七月亨葵及菽[46]。八月剥枣[47]，十月获稻。为此春酒[48]，以介眉寿[49]。七月食瓜，八月断壶[50]，九月叔苴[51]。采荼薪樗[52]，食我农夫[53]。

九月筑场圃[54]，十月纳禾稼[55]。黍稷重穋[56]，禾麻菽麦。嗟我农夫，我稼既同[57]，上入执宫功[58]。昼尔于茅[59]，宵尔索绹[60]。亟其乘屋[61]，其始播百谷[62]。

二之日凿冰冲冲[63]，三之日纳于凌阴[64]。四之日其蚤[65]，献羔祭韭[66]。九月肃霜[67]，十月涤场[68]。朋酒斯飨[69]，曰杀羔羊[70]。跻彼公堂[71]，称彼兕觥[72]：万寿无疆[73]！

注释

〔1〕选自《诗经·豳风》。这是一首长篇农事诗，描写了当时农民一年四季的劳动生产过程和生活情况，以及他们的艰辛悲苦，是一首具有历史价值的杰出诗篇。七月：夏历七月。以下月份皆指夏历。

〔2〕流：往下移动。火：大火星。流火：每年夏历五月黄昏，它出现在正南方天空，六月最高，七月以后就偏西下移，预示夏去秋来。

〔3〕授衣：发放寒衣。

〔4〕一之日：有不同说法，一般认为指周历正月，即夏历十一月。夏历比周历晚两个月。下文"二之日"、"三之日"、"四之日"，皆指周历。觱发（bì bō）：寒风劲吹发出的声音。

〔5〕栗烈：同"凛冽"，寒气逼人。

〔6〕褐（hè）：泛指粗麻衣服。卒岁：终岁，过完这一年。

〔7〕于：为，从事，这里指修理。耜（sì）：耕田翻土的农具。

〔8〕举趾：举步，开始下田耕种。朱熹《诗集传》："举趾，举足而耕也。"

〔9〕妇子：妻子和孩子。

〔10〕馌（yè）：送饭。南亩：向阳的田地，泛指田间。

〔11〕田畯（jùn）：掌管农事的官吏。

〔12〕载阳：天气开始转暖。载，开始。阳，暖和。

〔13〕有：词头，无实义。仓庚：黄莺。

〔14〕女：采桑女。执：手提。懿筐：深筐。懿，深。

〔15〕遵：沿着。微行：小路。

〔16〕爰（yuán）：于是。柔桑：嫩桑叶。

〔17〕迟迟：缓慢，此指春天的白天漫长。

〔18〕蘩（fán）：又名白蒿，据说可以将其煮水，洒在蚕卵上，促使蚕早出。

祁祁：众多的样子。

〔19〕殆：害怕。及：与。公子：此处指贵族女子。《仪礼·丧服》："诸侯之子称公子。"包括男子和女子。《春秋公羊传·庄公元年》："群公子之舍则以卑矣。"何休注："谓女公子也。"归：女子出嫁曰归。同归：一起出嫁。古代有陪嫁制，贵族女子出嫁，会有女子陪同一起出嫁。

〔20〕萑（huán）苇：芦苇，此指收割芦苇，供做蚕箔用。

〔21〕蚕月：养蚕的月份，即夏历三月。条桑：修剪桑枝。条，修剪。

〔22〕斨（qiāng）：方孔斧头。

〔23〕远扬：长得太高太长的枝条。

〔24〕猗（yǐ）："掎"的借字，攀拉。女桑：柔嫩的桑枝。

〔25〕鵙（jú）：伯劳鸟。

〔26〕绩：纺织。

〔27〕载：语助词。玄：黑色。黄：黄色，这里都是指丝织品所染的颜色。

〔28〕朱：红色。孔：很。阳：鲜艳。

〔29〕秀：生穗。葽（yāo）：药草名，今名远志，可入药。

〔30〕蜩（tiáo）：蝉。

〔31〕其：语助词。获：收获。

〔32〕陨：落。萚（tuò）：落叶。

〔33〕于：为，此指猎取。貉（hè）：兽名，形似狐，毛皮很珍贵。

〔34〕同：会合人们。

〔35〕缵（zuǎn）：继续。武功：此指田猎之事。

〔36〕言：语助词。私：个人所有。豵（zōng）：一岁小猪，这里泛指小兽。

〔37〕献：献出。豜（jiān）：大兽。公：王公贵族。

〔38〕斯螽（zhōng）：一种蝗类昆虫。动股：摩擦大腿。斯螽本为振翅发声，古人误以为是两腿摩擦发声。

〔39〕莎（suō）鸡：昆虫名，今名纺织娘。振羽：振翅发声。

〔40〕宇：屋檐。户：门内。自"七月在野"下四句，均写蟋蟀，随天气渐寒，由野外迁入屋檐、室内。

〔41〕穹：指农夫冬天所住的穹庐式屋子。窒：堵塞鼠洞。熏鼠：燃起草木用烟火驱赶老鼠。

〔42〕塞：遮堵。向：北面的窗子。《毛传》："向，北出也。"墐（jìn）户：以泥涂柴门。墐，涂。

〔43〕嗟：叹息声。

〔44〕曰：发语词。改岁：过年。

〔45〕郁：李子一类的果木，果实可吃。薁（yù）：野葡萄。

〔46〕亨：同"烹"，煮。葵：葵菜。菽（shū）：豆类植物。

〔47〕剥（pū）：打。

〔48〕春酒：冬天酿酒，春天食用，故称春酒。

〔49〕介：助。眉寿：高寿。老年人眉上生有长毛，故称。

〔50〕断：摘取。壶：同"瓠"，葫芦。

〔51〕叔：拾取。苴（jū）：麻子。

〔52〕荼：一种苦菜。薪樗（chū）：以臭椿树为柴薪。

〔53〕食（sì）：养活。

〔54〕场圃：场，打谷场。圃，菜园。古时场圃同地。春夏之时为种菜之圃，秋冬则平整筑坚以为打谷之场。

〔55〕纳禾稼：把谷物装进仓。

〔56〕黍：谷子。稷：高粱。重：同"穜（tóng）"，晚熟作物。穋（lù）：早熟作物。

〔57〕既同：已经将各种谷物聚集入仓。同，聚集。

〔58〕上：同"尚"，还要。执：从事。宫：此指统治者住的房屋。功：事。

〔59〕尔：语助词。于茅：采割茅草。于，为、割。

〔60〕索绹（táo）：搓绳子。

〔61〕亟（jí）：急，赶快。乘屋：登屋顶，指修理自己的草房。

〔62〕始：开始，意味又到新的一年下田播种的时候了。

〔63〕冲冲：凿冰声。

〔64〕纳：藏入。凌阴：冰室，冰窖。古时冬季把冰贮存于冰窖，以备夏天防暑之用。

〔65〕蚤：同"早"。

〔66〕羔：羔羊。韭：韭菜。皆祭祀之物。

〔67〕肃霜：秋季天气开始清肃而降寒霜。

〔68〕涤场：收完粮食后而打扫场院。

〔69〕朋酒：双樽酒。斯：语助词。飨：同"享"，享用。

〔70〕曰：发语词。

〔71〕跻：登上。公堂：公众聚会的场所。

〔72〕称：举起。兕觥（gōng）：犀牛角制成的酒杯。

〔73〕万寿无疆：祝寿语。

鉴赏

　　这首诗是《诗经》风诗中最长的一首，88 句，380 字，共分八章。诗歌按季节为线索，叙述当时农民一年的劳动内容。"七月流火，九月授衣"，火是大火星，又名心宿，每年夏历五月黄昏出现在正南方天空，最为醒目，六月最高，七月以后逐渐西移下沉，所以叫"七月流火"，是中国北方夏季典型的天象。夏历九月已经是深秋，妇女们开始缝制冬衣。诗的前三章都以这两句开头，奠定了全诗以季节和劳动为主的叙述基调。全诗每章都集中叙述一两件事情，第一章，从岁寒授衣写到春耕，总括衣、食的生产。第二三四章，承第一章前半部分，分述关于"衣"方面的事。第五章，由天寒写到修缮破屋御冬。第六章，写农夫们一年所吃的东西。第七章，写农夫秋冬季节的劳动。第八章，写与祭祀相关的活动。总之，这首诗用平铺直叙的列举之法，把豳地农民一年中围绕着

"衣""食""住"的所有劳动,一一铺写开来,宛如一幅豳地农民生活的全景图,真实地再现于人们面前,让我们感叹他们生活的艰难,具有打动人心的效果。豳属于周族发祥旧地,《七月》一诗的来源可能相当古老,是出自豳地的用于述说生产生活的古老歌谣。如果我们追溯当时豳人的生活状况,可能就是真实的白描。那是一个生产力低下,物质匮乏,生活艰苦的时代。这首诗的内容十分丰富,它的认识价值也是多层次的。乐官把这首古老的民族歌谣经过整理而记录下来,最大的意义也可能是忆旧,让子孙后代记住过去生活的艰难,明白今天好生活的来之不易。旧说这首诗是周公为了教育周人而作,以此说明创业的艰难,也正是取义于此。后世儒家学者,也从这里发掘其生活教化意义。如朱熹《诗集传》引王氏之说:"仰观星日霜露之变,俯察昆虫草木之化,以知天时,以授民事。女服事乎内,男服事乎外,上以诚爱下,下以忠利上。父父子子,夫夫妇妇,养老而慈幼,食力而助弱。其祭祀也时,其燕飨也节,此《七月》之义也。"这段评论中特别强调了《七月》一诗中所包含的自然节令秩序和社会生活秩序的协调,认为把握这种协调是促成社会和谐的重要方式,很有深意。不过在今天看来,在这种平静的述说之中,从衣、食、住等方面,已经真实地再现了在周民族早期就已经存在的阶级差别,自然地形成鲜明的对比:农夫们穿的是粗麻的衣服(褐),贵公子穿的是珍贵的丝绸和皮裘,"我朱孔阳,为公子裳。""取彼狐狸,为公子裘。"农夫们"采荼薪樗",吃野菜,烧椿树皮,却要把打来的粮食献给领主,"为此春酒,以介眉寿。"农夫们自己住的是"穹窒熏鼠,塞向墐户"才能过冬的房屋,却仍要"上入执宫功,昼尔于茅,宵尔索绹。"所以当我们今天重读此诗的时候,除了了解当时的生产生活习俗之外,还会更加真切地感受到农夫的不幸与哀苦,在现代社会中突显了它的文化批判力量。

鸱鸮[1]

鸱鸮鸱鸮,既取我子,无毁我室[2]。恩斯勤斯[3],鬻子之闵斯[4]。

迨天之未阴雨[5],彻彼桑土[6],绸缪牖户[7]。今女下民[8],或敢侮予[9]?

予手拮据[10],予所捋荼[11],予所蓄租[12]。予口卒瘏[13],曰予未有室家[14]。

予羽谯谯[15],予尾翛翛[16],予室翘翘[17]。风雨所漂摇[18],予维音哓哓[19]!

注释

〔1〕选自《诗经·豳风》。这是一首寓言诗,以一只母鸟的口气,诉说它的不幸遭遇。鸱鸮(chī xiāo):俗名猫头鹰,古人认为是恶鸟。

〔2〕室:居室,这里指鸟巢。

〔3〕恩:恩爱。勤:辛勤。斯:语助词。

〔4〕鬻(yù):借为"育",养育。子:雏鸟。闵(mǐn):疲劳成疾。

〔5〕迨(dài):趁着。

〔6〕彻:剥取。土:同"杜",树根。桑树根的皮可以用来筑巢。

〔7〕绸缪(chóu móu):缠缚。牖(yǒu)户:窗门,这里指巢穴洞口。

〔8〕女:汝,你。下民:树下之人。

〔9〕或敢侮予:谁还敢来欺侮我。

〔10〕拮据(jié jū):双声,过度疲劳而手指僵硬。

〔11〕捋(luō):取。荼:荼茅,一种开白花的茅台草,垫巢用。

〔12〕蓄:积聚。租:同"苴"(jū),茅草。

〔13〕卒:同"悴",过度劳累。瘏(tú):生病。

〔14〕曰:发语词。未有室家:巢还没有营造好。

〔15〕谯(qiáo)谯:羽毛脱落稀疏的样子。

〔16〕翛(xiāo)翛:羽毛干枯的样子。

〔17〕翘翘:高而危险的样子。

〔18〕漂:水冲击。摇:风摇动。

〔19〕哓（xiāo）哓：鸟惊恐而发出的叫声。

鉴赏

这是现存中国最早的一首寓言诗，全诗以一只母鸟的口气，诉说它所遭遇的不幸。猫头鹰抓走了它的小鸟，还要毁坏它的巢穴。它育子修巢，历尽辛劳，双爪僵直，鸟喙生病，羽毛脱落，鸟尾干枯，鸟巢欲坠，风雨飘摇，它发出惊恐的鸣叫。全诗连用十个"予"字，一句一呼，声声血泪，生动感人，借物抒情，深有寄托。旧说这是周公作给周成王的诗。《毛诗序》曰："《鸱鸮》，周公救乱也。成王未知周公之志，公乃为诗以遗（wèi）王，名之曰《鸱鸮》焉。"时当西周初年，周武王去世，周成王年幼，周公摄政，管叔蔡叔和商纣王之子武庚发动叛乱。周成王不理解周公的一片苦心，对他产生了怀疑，于是周公就作了这首诗给周成王，表明自己的心志。按此诗在《尚书·金縢》中也有记载："周公居东二年，则罪人斯得。公乃为诗以贻王，名之曰《鸱鸮》。"值得注意的是，新出土清华简第一辑中有一篇《周武王有疾周公所自以代王之志（金縢）》，与《尚书·金縢》关系紧密，里面也提到了"鸱鸮"，写作"周鸮"。可见这种说法由来已久。这说明，那时的诗人，已经可以借用禽言物语来委婉地表达复杂的情感，也说明中国诗歌创作到那时已经达到了相当成熟的程度，体现了高超的艺术水平。

东 山 [1]

我徂东山，慆慆不归[2]。我来自东，零雨其濛[3]。我东曰归，我心西悲[4]。制彼裳衣[5]，勿士行枚[6]。蜎蜎者蠋[7]，烝在桑野[8]。敦彼独宿[9]，亦在车下。

我徂东山，慆慆不归。我来自东，零雨其濛。果臝之实[10]，亦施于宇[11]。伊威在室[12]，蠨蛸在户[13]。町畽鹿场[14]，熠耀宵行[15]。不可畏也[16]，伊可怀也[17]。

我徂东山，慆慆不归。我来自东，零雨其濛。鹳鸣于垤[18]，妇叹于室[19]。洒扫穹窒[20]，我征聿至[21]。有敦瓜苦[22]，烝在栗薪[23]。自我不见，于今三年。

我徂东山，慆慆不归。我来自东，零雨其濛。仓庚于飞[24]，熠耀其羽[25]。之子于归[26]，皇驳其马[27]。亲结其缡[28]，九十其仪[29]。其新孔嘉[30]，其旧如之何[31]？

注 释

〔1〕选自《诗经·豳风》。《毛诗序》曰："《东山》，周公东征也。周公东

征，三年而归。劳归士，大夫美之，故作是诗也。"学者多认为此诗未必是大夫赞美周公之作，但此诗的背景与周公东征是有关的。东山：诗人远征之地。

〔2〕慆（tāo）慆：同"滔滔"，形容时间久长。

〔3〕零雨：细雨。其：语气词。濛：形容雨天迷茫的样子。

〔4〕西悲：想起西方而悲伤。西方是诗人的家乡，他在东山听说要归家，不禁遥望家乡，心中一片酸楚。

〔5〕制：缝制。裳衣：普通便服。

〔6〕士：同"事"，从事。行（héng）枚：横枚。古代行军，口中横衔着一根小木棍，以防出声。以上二句是说，从此将脱下军装，不再过军旅生活了。

〔7〕蜎（yuān）蜎：虫子蠕动的样子。蠋（zhú）：野蚕。

〔8〕烝（zhēng）：置，处在。一作"久"解。

〔9〕敦：本为一种圆形器具，这里形容身体蜷成一团。此上四句极言从军之苦。

〔10〕果臝（luǒ）：蔓生科植物，即瓜蒌。

〔11〕施（yì）：蔓延。宇：屋檐。

〔12〕伊威：土鳖虫。

〔13〕蠨蛸（xiāo shāo）：一种长脚的小蜘蛛。这里指门上结满了蛛网。

〔14〕町疃（tǐng tuǎn）：宅旁空地。鹿场：野鹿出没的地方。因为无人居住，

宅旁空地变成了鹿场。

〔15〕熠耀：光影闪烁的样子。宵行：即磷火，俗称鬼火。以上六句极言沿途的荒凉景象。

〔16〕畏：可怕。

〔17〕伊：此，是。怀：悲伤。这二句是说，沿途荒芜是不可怕的，它更让我感到悲伤。

〔18〕鹳（guàn）：一种水鸟，形似鹤，喜阴雨，食鱼。据说将雨则鸣叫。垤（dié）：蚂蚁洞口的小土堆。

〔19〕妇：指征人的妻子。

〔20〕穹窒（qióng zhì）：似穹庐的屋子。妻子洒扫收拾屋子，准备迎接回家的丈夫。

〔21〕我征：我的征人。聿（yù）：语助词。至：归来。这句是想象中妻子的言语：我的征人就要回来了。

〔22〕有：语词。敦：敦敦，团团的样子。瓜苦：瓠瓜。苦，借为"瓠"。古代婚俗，结婚时要将瓠瓜剖为两半，夫妻各执一半，舀酒漱口，称合卺之礼。

〔23〕烝：置。栗薪：栗木柴堆。以上二句是说，结婚时用过的那圆圆的瓠瓜瓢还放在柴堆上。此上八句是征人想象妻子在家想念他的情景。

〔24〕仓庚：黄莺。

〔25〕熠耀其羽：飞时翅膀闪闪发光。

〔26〕之子：指征人的妻子。于归：出嫁。

〔27〕皇：黄色。驳：杂色。

〔28〕亲：指妻子的母亲。结：系上。缡（lí）：佩巾。古时女子出嫁时，母亲要亲自给她系上佩巾。

〔29〕九十：虚数，形容结婚时礼节很多，极言其庄重。仪：仪式、礼节。

〔30〕新：新婚，指女子做新娘时。孔：很，非常。嘉：美好。

〔31〕旧：婚后多年已成旧人。如之何：不知变成什么样子了。以上八句是征人回忆与妻子结婚时的美好情景。

鉴赏

　　这首诗记叙了一位跟随周公东征三年的战士退役归家的情形，通过他归途中的见闻及悬想，反映了动乱的现实，揭示了战争对农业生产和伦理亲情的破坏，表达了作者对战争的厌倦之情。全诗四章，均以"我徂东山，慆慆不归。我来自东，零雨其濛"开头。这是对抒情缘起的背景叙述，形成了感伤主题的反复咏叹。接下来，第一章写自己现在悲喜交加的心情："我东曰归，我心西悲。"我今天终于回来了，但是我的心里却充满悲伤。第二章诗人写归途所见，那是战后的一片荒凉：野生的瓜蒌蔓延到屋檐下，土鳖虫爬满了破漏的屋，蜘蛛在门口结了网，院旁的空地变成了野鹿场，燐火在夜里闪着光，这是一片多么荒凉可怕的景象啊！但是，这一切都不能

阻挡诗人回家的心，反而更让他怀念。第三章紧承第二章而来，展开想象，此时此刻，不仅仅自己怀念家乡，家里的妻子也在怀念着他：鹳鸟在蚂蚁堆上鸣叫起来，妻子在屋子发出感叹。她要赶快把屋子打扫干净，因为鹳鸟的叫声告诉她，丈夫就要回来了。第四章再紧承第三章，写诗人回忆结婚时的情况：黄莺鸟飞起来了，羽毛闪着美丽的光华。那个女子要出嫁了，驾好了黄色和杂色的马。母亲给她结上了佩巾，结婚的仪式好复杂。最后两句由新婚想到现在：新婚的妻子多美丽，不知现在还好吗？

这是一首艺术水平高超的抒情诗。它以诗人回乡途中的所见所感为线索，融现实、想象、回忆于一体；诗的中心主题是反战，是思乡，但是全诗没有直接的议论，全是描写与抒怀。描写之生动，想象之新奇，回忆之真实，皆合于人情而又历历在目，情感深沉，内蕴丰厚，为后世同类题材的诗歌树立了榜样，产生了广泛的影响。

鹿　鸣 [1]

呦呦鹿鸣，食野之苹 [2]。我有嘉宾 [3]，鼓瑟吹笙。吹笙鼓簧 [4]，承筐是将 [5]。人之好我 [6]，示我周行 [7]。呦呦鹿鸣，食野之蒿 [8]。我有嘉宾，德音孔昭 [9]。

视民不恌〔10〕，君子是则是效〔11〕。我有旨酒〔12〕，嘉宾式燕以敖〔13〕。

呦呦鹿鸣，食野之芩〔14〕。我有嘉宾，鼓瑟鼓琴。鼓瑟鼓琴，和乐且湛〔15〕。我有旨酒，以燕乐嘉宾之心〔16〕。

注 释

〔1〕本篇选自《诗经·小雅》。这是君王宴饮群臣宾客的诗。

〔2〕呦（yōu）呦：鹿的鸣叫声。苹：一种野生植物。据说，鹿觅得食物后，即呼叫同类，一起享用。这二句以鹿鸣起兴，表示诚恳招饮之情。

〔3〕嘉宾：贵客，指群臣。

〔4〕鼓簧：鼓动笙簧。簧，笙管中发声的舌片。

〔5〕承：用手捧举。筐：指盛币、帛礼品的竹器，亦称作筺。是：此。将：送。这句是说，捧着盛币帛的筐筺送给宾客。

〔6〕人：指群臣嘉宾。好我：爱我。

〔7〕示：告诉。周行：大道，引申为治国的道理、途径。

〔8〕蒿：青蒿，有香味。

〔9〕德音：美誉。孔：很，非常。昭：昭著。这二句是赞美群臣宾客有光明的品德和言行。

〔10〕视：同"示"。恌（tiāo）：同"佻"，轻薄，轻浮。

〔11〕则：原则，法则。效：仿效。

〔12〕旨酒：美酒。

〔13〕式：语助词。燕：通"宴"，宴饮。敖：同"遨"，游玩。

〔14〕芩（qín）：蒿类植物。

〔15〕和乐：和谐快乐。湛（chén）：深，长久。

〔16〕"以燕"句：以宴饮愉悦嘉宾之心。

鉴赏

　　这是周代社会君王宴享群臣所用之乐歌，也用于周代贵族社会的宴飨礼仪。全诗三章，首章以林野间的鹿鸣起兴。鹿的性情温和，被中国古人认为是仁义之兽，发现丰盛的肥草之时必呼伴共食。诗人用以为比，说明主人若有好的酒食，也一定会与嘉宾共享。他不但以鼓瑟吹笙的方式欢迎嘉宾，送上礼品，表达了主人对嘉宾之爱，同时也希望能得到嘉宾的惠爱，为自己指明治国的正道。二章重点写嘉宾有美好的品格，三章写宴饮场景的快乐。宾主之间就在这种互敬互爱，和乐融洽的气氛下宴会畅饮。全诗语言文雅，韵律和谐，情调欢快，韵味深长，鲜明地体现了周代社会的礼乐文化精神。

　　周代社会特别重视礼乐文化，《诗经》的产生和编辑与当时的礼乐文化紧密相关，特别是雅颂类作品，大都用于当时各种礼仪活动之中，是配乐演唱的乐歌。《鹿鸣》作为《小雅》的第一首作品，在周代礼乐文化中有特殊重要的地位，是具有代表意义的作品，在后世也影响深远。曹操的《短歌行》就以此诗的四句开头，表现了作者求贤若渴之情。"鹿鸣"也成为中国文化中一个鲜明的意象。时至今日，全国各地的好多饭店，常以"鹿鸣""鹿鸣春"等为名。

常　棣[1]

常棣之华，鄂不韡韡[2]。凡今之人，莫如兄弟。

死丧之威[3]，兄弟孔怀[4]。原隰裒矣[5]，兄弟求矣。

脊令在原[6]，兄弟急难[7]。每有良朋，况也永叹[8]。

兄弟阋于墙[9]，外御其务[10]。每有良朋，烝也无戎[11]。

丧乱既平，既安且宁。虽有兄弟，不如友生[12]？

傧尔笾豆[13]，饮酒之饫[14]。兄弟既具[15]，和乐且孺[16]。

妻子好合，如鼓瑟琴。兄弟既翕[17]，和乐且湛[18]。

宜尔室家，乐尔妻帑[19]。是究是图，亶其然乎[20]？

注　释

〔1〕此诗选自《诗经·小雅》。这是一首歌咏兄弟情义的诗。常棣（dì）：

棠棣树,开红色小花。常,借为"棠"。

〔2〕华:同"花"。鄂:借为"萼",花萼。不(fū):"柎"之本字,花蒂。韡(wěi)韡:鲜明的样子。以上二句是说,棠棣之花开在鲜明的花蒂之上。此是比兴。

〔3〕威:威胁。

〔4〕孔:很,最。怀:关怀,关切。以上二句是说,遭受死亡、丧乱的威胁时,只有兄弟相互关怀。

〔5〕原隰(xí):高平之地为原,低湿之地为隰。裒(póu):聚集。此指聚土成坟。求:寻找。此二句是说,人死之后,只有兄弟才会前去祭扫。

〔6〕脊令:鹡鸰鸟,喜相呼同飞。

〔7〕急难(nàn):遇难相救。

〔8〕每:虽。况:增加。永叹:长叹。这二句是说,遇有急难之时,朋友仅是长叹而已。

〔9〕阋(xì):争斗。于墙:墙内,家中。此指兄弟在家互相争斗。

〔10〕御:抵抗。务:借为"侮"。此句指兄弟一致对外,同心抵抗外来的欺侮。

〔11〕烝:终究。无戎:不来相助。戎,助。

〔12〕友生:友人。以上四句是说,平安无事之时,反觉兄弟不如朋友亲近。

〔13〕傧(bìn):陈列。尔:你。笾(biān):盛肉菜的篾制器具。豆:盛肉菜的木制器具。二者皆是古人宴飨或祭祀所用的食器。

〔14〕饫(yù):满足。

〔15〕既具：一齐来到。

〔16〕孺：相亲。

〔17〕翕（xī）：合，聚。

〔18〕湛（chén）：深情。

〔19〕宜：安适。室家：家庭。帑（nú）：同"孥"，子女。

〔20〕亶（dǎn）：诚然，确实。然：这样。

鉴赏

　　诗中以棠棣之花萼相依相托，比喻兄弟亲密而同荣；又通过良朋的对比，说明手足之情更加值得珍视。"凡今之人，莫如兄弟"二句点名主题，这是一篇动人的兄弟友爱之歌。在以家族血缘为主的周代宗法制社会里，兄弟之情是仅次于父母、夫妻之情的人伦情感，此诗以日常生活中所遇到的情况，反复陈说兄弟之间的关系，语言质朴而用意深厚。此诗首章简略阐明至亲莫如兄弟的道理。次章先说发生意外不测之事，此时最能见出兄弟情深。三章说如果遇到困难之时，也只有兄弟才会提供真正的帮助。第四章说到兄弟有时也会发生争吵，但是关键时刻还是能够共御外侮。第五章说到日常生活之时，可能会给人以兄弟不如朋友的感觉。通过这种依次递减的情景叙述，诗人意在告诫人们要从大处着想，要真正认识兄弟亲情的可贵。所以最后两章又反复言说要好好维护兄弟之情,仔细思量这一道理。言辞诚恳,用情深厚,曲尽人情。中国古代历来重视血缘亲情,讲究兄友弟恭,和睦相处,这首诗是表现这种道德伦理的代表性诗篇,在中国古代也一直发挥着重要的情感教育作用。

伐 木[1]

伐木丁丁[2],鸟鸣嘤嘤[3]。出自幽谷,迁于乔木。嘤其鸣矣,求其友声[4]。相彼鸟矣[5],犹求友声。矧伊人矣[6],不求友生?神之听之,终和且平[7]。

伐木许许[8],酾酒有藇[9]!既有肥羜[10],以速诸父[11]。宁适不来[12],微我弗顾[13]。於粲洒扫[14],陈馈八簋[15]。既有肥牡[16],以速诸舅[17]。宁适不来,微我有咎[18]。

伐木于阪[19],酾酒有衍[20]。笾豆有践[21],兄弟无远[22]。民之失德[23],干餱以愆[24]。有酒湑我[25],无酒酤我[26]。坎坎鼓我[27],蹲蹲舞我[28]。迨我暇矣[29],饮此湑矣[30]。

注 释

〔1〕选自《诗经·小雅》。这是一首宴请亲友、歌颂亲情和友谊的诗。

〔2〕丁（zhēng）丁：斧头砍伐树木的声音。

〔3〕嘤（yīng）嘤：鸟相应和鸣的声音。

〔4〕求其友声：呼求朋友的声音。以上六句以鸟迁乔木而不忘幽谷之鸟，兴君子居高位而不忘下位之朋友。

〔5〕相：视，看。

〔6〕矧（shěn）：何况。伊：是，这。

〔7〕"神之"二句：凝神听之，声音是那么和谐动听。

〔8〕许（hǔ）许：伐木用力时发出的呼气声。

〔9〕酾（shī）酒：滤酒，用草或竹器过滤，去掉酒糟。藇（xù）：形容酒味纯美甘甜。

〔10〕羜（zhù）：出生五个月的小羊，指羊羔。

〔11〕速：召，邀请。诸父：同姓叔伯辈的通称。

〔12〕宁：宁可。适：凑巧。这句意为，宁可我请他们，他们凑巧不能来。

〔13〕微：不是。顾：顾念。这句是说，而不是我不顾念他们。

〔14〕於（wū）：感叹词。粲：明净的样子。洒扫：清扫屋宇，洗净用具。

〔15〕陈：陈设。馈：食物。簋（guǐ）：古代的食器，宴享、祭祀用。八簋：言其丰盛。

〔16〕牡：此处指公羊羔。

105

〔17〕诸舅：异姓舅父辈的通称。

〔18〕咎：过失，失礼。

〔19〕阪（bǎn）：山坡。

〔20〕有：语助词。衍：溢出的样子。

〔21〕笾（biān）：竹编的食器。豆：一种高脚木制食器。践：陈列整齐有序。

〔22〕兄弟：同辈的亲友。无远：不要疏远。

〔23〕民之失德：人丧失亲友之道。

〔24〕干餱（hóu）：干粮，这里指普通的食品。愆（qiān）：过失，过错。这里指为一些极平常的事反目失和。

〔25〕湑（xǔ）：义同"醑"，滤酒使清。

〔26〕酤：同"沽"，买酒。

〔27〕坎坎：击鼓的声音。鼓我：击鼓给我助兴。

〔28〕蹲（cún）蹲：踩着鼓点跳舞的姿态。舞我：跳舞给我助兴。

〔29〕迨：及，趁着。暇：闲暇。

〔30〕湑：清醇美酒。

鉴赏

　　这是一首写宴请亲友、颂美亲情和友谊的诗。三章均以伐木起兴。伐木是重体力劳动，往往需要群体合作，互相帮助，诗的起兴或许与此有关。伐木声响彻山谷，惊动了鸟儿，互相鸣叫着，从山谷中飞到高高的乔木上。这引发了诗人的联想。鸟儿从山谷飞到乔木之上，尚且呼朋引伴，互相关爱，何况是人，难道不需要朋友的帮助和关爱吗？因为是呼朋引伴，充满了关切，鸟的叫声就特别好听。所以诗的第一章最后两句是"神之听之,终和且平"，凝神细听啊，真是既和谐又动听。第二章就写人之求友该如何去做，那就是通过充满亲情的饮酒礼仪。第三章在前两章的基础上进一步申述宴请亲朋好友的重要性和饮酒之礼的快乐。这首诗写的特别欢快，充满了浓浓的民俗文化特色，也充满了人情味，用今天的话来说，应该是周代社会宴请亲朋好友的祝酒歌，也最鲜明地体现了"乐以和同"的教化功能。《毛诗序》说："《伐木》，燕朋友故旧也。自天子至于庶人，未有不须友以成者。亲亲以睦，友贤不弃，不遗故旧，则民德归厚矣。"此论甚为精彩。无论天子还是庶人，都要"须友以成"，都要"亲亲以睦，友贤不弃，不遗故旧"，这是在中国古代社会"厚人伦、美教化、移风俗"的重要伦理道德原则。

采 薇[1]

采薇采薇，薇亦作止[2]。曰归曰归[3]，岁亦莫止[4]。靡室靡家[5]，玁狁之故[6]。不遑启居[7]，玁狁之故。

采薇采薇，薇亦柔止[8]。曰归曰归，心亦忧止。忧心烈烈[9]，载饥载渴。我戍未定，靡使归聘[10]。

采薇采薇，薇亦刚止[11]。曰归曰归，岁亦阳止[12]。王事靡盬[13]，不遑启处。忧心孔疚[14]，我行不来[15]！

彼尔维何[16]？维常之华[17]。彼路斯何[18]？君子之车[19]。戎车既驾[20]，四牡业业[21]。岂敢定居？一月三捷[22]。

驾彼四牡，四牡骙骙[23]。君子所依[24]，小人所腓[25]。四牡翼翼[26]，象弭鱼服[27]。岂不日戒[28]？玁狁孔棘[29]！

昔我往矣[30]，杨柳依依[31]。今我来思[32]，雨雪霏霏[33]。行道迟迟[34]，载渴载饥。我心伤悲，莫知我哀！

注释

〔1〕选自《诗经·小雅》。这是一位戍边兵士的思乡之作。薇：野生的豌豆苗，嫩叶可食。

〔2〕作：初生，发芽。止：用于句尾的语气助词。

〔3〕曰：说。归：回家。

〔4〕莫：同"暮"，年末。

〔5〕靡：无。

〔6〕玁狁（xiǎn yǔn）：北方的少数民族。

〔7〕遑（huáng）：闲暇。启居：跪坐，这里指休息、修整。下文"启处"同义。

〔8〕柔：柔嫩。

〔9〕烈烈：忧心如焚的样子。

〔10〕靡使归聘：没法使人带回问候家人的音讯。聘，问候家人的音讯。

〔11〕刚：薇长得粗硬，将要老了。

〔12〕阳：夏历十月。

〔13〕盬（gǔ）：止息。

〔14〕孔疚（jiù）：非常苦痛。

〔15〕行：出征远行。不来：不能归来。

〔16〕彼尔维何：那盛开着的花是什么花。尔，同"薾"，花盛开的样子。维，是。

〔17〕维常之华：是常棣之花。常，棠棣。华，同"花"。

〔18〕路：同"辂"，形容战车的高大。

〔19〕君子之车：将帅的车。

〔20〕戎车：战车，兵车。既驾：已经驾好，准备出征。

〔21〕四牡：四匹驾车的公马。业业：形容马匹的高大强壮。

〔22〕捷：通"接"，交战。三捷指多次与敌人交战。

〔23〕骙（kuí）骙：战马强壮的样子。

〔24〕依：依靠，乘坐。

〔25〕小人：士卒。腓（féi）：隐蔽。

〔26〕翼翼：形容驾车的战马行列整齐。

〔27〕象弭（mǐ）：用象牙镶嵌弓的两端。鱼服：用沙鱼皮制成的箭袋。

〔28〕岂不：怎能不。日：每日，时时刻刻。戒：戒备。警惕。

〔29〕孔：非常。棘：通"急"，敌情非常紧急。

〔30〕昔：昔日出征时。往：前往，出征。

〔31〕依依：形容春日柳条随风飘拂的样子，比喻依依不舍的离别。

〔32〕来：归来。思：语尾助词。

〔33〕雨（yù）雪：落雪。雨，落，用作动词。霏霏：大雪纷飞的样子。

〔34〕行道迟迟：慢慢地走在归途上。

鉴赏

  周代社会和周边民族不断发生战争，给人民带来了无数痛苦。中国是一个农业国度，农业生产需要安稳的生活环境，安土重迁就成为中国古代一种普遍的民族文化心理。所以，通过对家乡的怀念表达对于战争的怨恨和对美好生活的向往，就成为《诗经》战争诗的一种重要表达方式。这首诗就是其中的代表。诗中生动地描写了将士们远征在外的劳苦和对家乡的无尽思念，诗用薇之生长的三个阶段："作""柔""刚"表现季节的推移，寓示在外征战的时间之长和内心的焦虑。但同时又反复地陈说"靡室靡家，玁狁之故""岂不日戒，玁狁孔棘"，表达对敌人的痛恨、保家卫国的决心和由此而造成的有家难回的矛盾。诗的最后一章写战士归家途中雨雪饥渴的苦痛和无可奈何的伤悲，将复杂的内心世界以形象的景物描写烘托出来，极富感染力。"昔我往矣，杨柳依依。今我来思，雨雪霏霏。"这几句也成为千古流传的名句。

杕　杜[1]

有杕之杜，有睆其实[2]。王事靡盬[3]，继嗣我日[4]。日月阳止[5]，女心伤止[6]，征夫遑止[7]！

有杕之杜，其叶萋萋[8]。王事靡盬，我心伤悲。卉木萋止[9]，女心悲止，征夫归止！

陟彼北山[10]，言采其杞[11]。王事靡盬，忧我父母。檀车幝幝[12]，四牡痯痯[13]，征夫不远[14]！

匪载匪来[15]，忧心孔疚[16]。期逝不至[17]，而多为恤[18]。卜筮偕止[19]，会言近止[20]，征夫迩止[21]！

注　释

〔1〕选自《诗经·小雅》。这是一首女子思夫的诗。杕（dì）:树木孤生。杜：

棠梨树。

〔2〕睆（huǎn）：果实圆圆的样子。实：果实。

〔3〕靡盬：没有尽头。

〔4〕继嗣：继续增加。日：行役的时间。

〔5〕阳：十月。日月阳止：又到十月了。

〔6〕女：征夫的妻子。

〔7〕遑：闲暇。征夫遑止：这是妻子的揣测之词：征夫应该有空闲回家了吧？

〔8〕萋萋：茂盛的样子。

〔9〕卉：草的总称。卉木：草木。

〔10〕陟：登上。

〔11〕杞：枸杞。

〔12〕檀车：檀木作的兵车。檀木坚硬，古人用作兵车。幝（chǎn）幝：破败的样子。

〔13〕痯（guǎn）痯：战马疲惫的样子。

〔14〕征夫不远：思妇的猜想之词，征夫的归期不远了吧？

〔15〕匪载匪来：征夫没有载车归来。

〔16〕孔疚：非常痛苦。

〔17〕期逝：约定的日期已经过去。

〔18〕恤：忧愁。而多为恤：我的忧愁不断增加。

〔19〕卜：用龟甲占卜。筮：用筮草占卦。偕：结果相同。止：语助词。

〔20〕会：相会的日期。言：语助词。近：临近。

〔21〕迩：近，身边。以上二句是说卜筮的结果一样：相聚的日期就要到了，征人就要回到我的身旁了。

鉴赏

　　这是一首写征夫行役在外经年不归，妻子在家中翘首以盼的诗篇。诗中抒情暗含着时间的线索而步步深入，需要读者细心体会。第一章以"杕杜"开篇，"杕"指树木孤生，"杜"指棠梨树。诗人见到孤生的棠梨树上面结满了浑圆的果实，忽然见景生情：没完没了的"王事"，又延长了我回家的日期。时间又到了十月，他想象此刻妻子一定在家里忧伤地思念：我那远行的征人，应该有空闲回家了吧？诗的第二章还以杕杜兴起，但杜树的叶子一片繁盛，时间已经是春日，可是，王事还没有结束，诗人的内心充满了伤悲。他想象妻子也一定像他一样悲伤，盼望着征夫快点归来。第三章同样以写景起兴。"陟彼北山，言采其杞。"枸杞已经成熟，时间又到了秋季，可是王事仍然没有结束。转眼就是一年时间，诗人见不到父母，不禁为他们担忧，并发出无奈的感叹：那个檀木的兵车都已经破败，四匹驾车的大公马也早就疲惫不堪，征人是不是也应该归期不远了？第四章承接第三章开头，却又是一个转折。翘首以盼的征

人没有归来,这怎能不让人非常痛苦。当初约定的归期早已超过,她的忧愁也一天天增多。于是,诗人乞求占卜,龟占与蓍占的结果一样,都说归期就在近日,也许征人真的快要到家了吧!整篇诗就这样以景物起兴,以时间为线索而展开;既从征夫的角度切入,又悬想思妇的相思之情,就在这样交替的抒写中,通过时间的推移,将征夫与思妇细腻的心理变化,层层递进的展示出来。在一次次的失望当中又一次次的企盼,结尾还留下了一个美好的愿望,真是委婉有致又曲尽人情。

十月之交[1]

十月之交,朔月辛卯[2]。日有食之[3],亦孔之丑[4]。彼月而微[5],此日而微[6]。今此下民,亦孔之哀[7]。
日月告凶,不用其行[8]。四国无政,不用其良[9]。彼月而食,则维其常[10]。此日而食,于何不臧[11]。
烨烨震电[12],不宁不令[13]。百川沸腾[14],山冢崒崩[15]。高岸为谷[16],深谷为陵[17]。哀今之人[18],胡憯莫惩[19]?
皇父卿士[20],番维司徒[21],家伯维宰[22],仲允膳夫[23]，聚子内史[24]，蹶维趣马[25]，楀维师氏[26]。艳妻煽方处[27]。

抑此皇父[28]，岂曰不时[29]？胡为我作[30]，不即我谋[31]？彻我墙屋[32]，田卒汙莱[33]。曰"予不戕[34]，礼则然矣[35]。"

皇父孔圣[36]，作都于向[37]。择三有事[38]，亶侯多藏[39]。不愁遗一老[40]，俾守我王[41]。择有车马[42]，以居徂向[43]。

黾勉从事[44]，不敢告劳[45]。无罪无辜[46]，谗口嚣嚣[47]。下民之孽[48]，匪降自天。噂沓背憎[49]，职竞由人[50]。

悠悠我里[51]，亦孔之痗[52]。四方有羡[53]，我独居忧[54]。民莫不逸[55]，我独不敢休[56]。天命不彻[57]，我不敢效我友自逸[58]。

注 释

〔1〕选自《诗经·小雅》。这是一首政治批判诗。十月：周历十月，即夏历八月。交：日与月相会，指日食或月食。

〔2〕朔月：月之朔，初一日。辛卯：古人以干支纪日，周幽王六年十月初一日，为辛卯日。

〔3〕食：即"蚀"字。辛卯日发生了日蚀，这是我国历史上关于日蚀的最早记载，与现代天文学家推算的结果相合。

〔4〕亦孔之丑：这是很凶恶的征兆。孔，很。丑，凶恶。

〔5〕月而微：月昏暗无光，指月蚀。

〔6〕日而微：指日蚀。

〔7〕下民：天下百姓。哀：可悲，指将遭灾祸而可悲。

〔8〕告凶：预示凶兆，指日月食。不用：不由，不遵循。行：轨道。

〔9〕四国：四方，指全国。无政：没有善政。良：贤良的官吏。此二句是说四方没有善政，是因为没有任用贤良治国的缘故。

〔10〕"彼月"二句：月蚀的发生，还算常事。则维，乃是。

〔11〕"此日"二句：发生日食则大为不祥。于何，如何。臧（zāng），善，吉利。

〔12〕烨（yè）烨：电光闪闪的样子。这里指地震之前发出的异常天象。

〔13〕不令：不善，不是好兆头。

〔14〕百川：众河流。沸腾：翻腾如沸水。

〔15〕山冢：山顶。崒（zú）：借为"碎"，碎裂崩塌。

〔16〕高岸为谷：高崖崩陷而成深谷。

〔17〕深谷为陵：深谷隆起为山陵。

〔18〕哀：可叹。今之人：今之当权者。

〔19〕胡憯（cǎn）莫惩：为何不引起警戒？胡憯，何曾。惩，警戒。

〔20〕皇父：人名。卿士：官名，掌管朝政。

〔21〕番（pó）：姓。维：是。司徒：官名，掌管土地、人口。

〔22〕家伯：人名。宰：官名，掌管王室内部事务。

〔23〕仲允：人名。膳夫：掌管国王的饮食。

〔24〕棸（zōu）子：人名。内史：掌管爵禄、赏罚等。

〔25〕蹶（guì）：姓。趣马：官名，掌管王的马。

〔26〕楀（jǔ）：姓。师氏：官名，掌管监察之职。

〔27〕艳妻：美妻，指受幽王宠幸的褒姒。煽：炽盛，指得势，气焰嚣张。

方处：并处，指与上面七人勾结一起。

〔28〕抑：叹词，同"噫"。

〔29〕岂曰：难道说。不时：不使民以时。这句话是说，皇父作为一个执政者，难道不知道使民以时的道理吗？

〔30〕胡为：为何，为什么。我作：派我去做事。

〔31〕不即我谋：不来跟我商量。即，就。

〔32〕彻：同"撤"，拆毁。

〔33〕田卒汙莱：皇父强迫我服劳役，故使我的田地荒芜。卒，尽，完全。汙，同"洿"，积水。莱，长草。

〔34〕予：指皇父。戕（qiāng）：残害。

〔35〕礼：礼法，制度。然：如此。这二句是皇父的话。他说："不是我想伤害你，这是按礼法做的。"

〔36〕孔圣：很圣明，在这里是反语。

〔37〕作：修建。都：封邑中的都城。向：地名。

〔38〕择：选用。三有事：三个有司。

〔39〕亶（dǎn）：信，确实。侯：维，是。多藏（zàng）：有很多财货。

〔40〕不慭（yìn）：不肯。遗一老：留用一个老臣。遗，留下。

〔41〕俾：使。守：守护，辅佑。我王：周天子。

〔42〕有车马：有车有马的贵族。

〔43〕以居徂向：迁往新都向地去居住。徂，往，到。

〔44〕黾（mǐn）勉：努力。

〔45〕告劳：自诉劳苦。

〔46〕辜：过失，罪过。

〔47〕谗口：进谗言、说坏话的人。嚣（áo）嚣：众口毁谤攻击的样子。

〔48〕孽：灾难。

〔49〕噂沓（zǔn tà）：当面谈笑。背憎：背后憎恨。

〔50〕职竞：专力争做。竞，争。由人：由谗人所为。

〔51〕悠悠：忧思深长的样子。里：借为"悝"，忧愁。

〔52〕孔之痗（mèi）：内心痛苦地很。痗，痛苦。

〔53〕四方：四方之人。羡：富裕有财。

〔54〕居忧：陷于忧苦之中。

〔55〕逸：安逸，舒适快乐。

〔56〕休：休息。

〔57〕不彻：不公平。

〔58〕"我不敢"句：我不敢效法我的朋僚那样自求安逸。效，效法。

鉴赏

周幽王六年（前776），曾发生过一次日食，在此之前的四年（前780），又曾有过一次大地震。这在古代都认为是不祥之兆，是天怒人怨，天下大乱的表征。于是，诗人写下了这首批判昏君佞臣的政治抒情诗。全诗共八章。第一章先写日食之变，指出这是在上者昏庸，也是下民的悲哀。第二章分析日食和月食产生的原因，那是因为统治者的失政。第三章追溯发生在前四年的大地震，曾经给人民带来了巨大的灾难，诗人质问，你们这些统治者，难道就没有引以为戒，改恶从善吗？第四章对倒行逆施的七个用事大臣和与他们勾结在一起的幽王宠妃给予直斥其名的揭露。第五、六两章则直接揭露七个用事大臣中的代表皇父的罪恶，他毁坏了别人的田地房屋，聚敛财富，在封地经营自己的采邑，重用的三个人都是贪官。第七章写自己为王事而勤劳，却无辜被谗的遭遇。诗人认为，老百姓的苦难，并不是天降下来的，而是那些当面笑谈，背后作恶的小人所为。最后一章写诗人所遭受的不公正待遇，以及面对时政不敢贪图安逸的忧心。作者是一位正直清醒的官吏，在诗中以日食、月食、地震等灾异来指责朝廷的种种弊政，揭露奸邪专权、乱政祸国、灾异频仍、人民遭难的现实，表现了诗人疾恶如仇的品格和正直大胆的政治态度，体现了中国早期士大夫诗歌强烈的政治批判色彩，奠定了后世文人讽谏诗的传统。

蓼 莪 [1]

蓼蓼者莪，匪莪伊蒿 [2]。哀哀父母，生我劬劳 [3]。

蓼蓼者莪，匪莪伊蔚 [4]。哀哀父母，生我劳瘁 [5]。

瓶之罄矣，维罍之耻 [6]。鲜民之生 [7]，不如死之久矣 [8]。无父何怙 [9]？无母何恃 [10]？出则衔恤 [11]，入则靡至 [12]。

父兮生我，母兮鞠我 [13]。拊我畜我 [14]，长我育我 [15]，顾我复我 [16]，出入腹我 [17]。欲报之德。昊天罔极 [18]！

南山烈烈 [19]，飘风发发 [20]。民莫不穀 [21]，我独何害 [22]！南山律律 [23]，飘风弗弗 [24]。民莫不穀，我独不卒 [25]！

注 释

〔1〕本篇选自《诗经·小雅》。这是一首孝子悼念父母的诗。蓼（lù）：长大的样子。莪（é）：莪蒿，多年生蒿类草本植物，茎抱根而丛生，俗称抱娘蒿，嫩叶可食。

〔2〕匪：不是。伊：是。蒿：一般的青蒿。这里以不是莪蒿而是青蒿为喻，表示自己长大之后，辜负了父母的期望而悔恨自责。

〔3〕哀哀：可怜。劬（qú）劳：辛苦劳累。

〔4〕蔚：蒿的一种。

〔5〕劳瘁（cuì）：劳累憔悴。

〔6〕罄（qìng)：尽，空。罍（léi)：大肚小口的器具，可以盛水或酒。耻：耻辱。这二句是说：罍依赖瓶而灌水，犹父母依赖儿子的抚养。现在小瓶子空空，罍里自然什么也没有。喻儿子未能赡养父母，使之缺衣少食，备尝艰辛耻辱。

〔7〕鲜（xiǎn）民：失去父母的孤子。生：活着。

〔8〕"不如"句：不如早死好了。

〔9〕怙（hù）：依靠。

〔10〕恃：依赖。以上二句说，没有父母，孩子如何有依靠。

〔11〕出：出门。衔恤：含忧，怀着忧伤。

〔12〕入：回家。靡至：像没有回到家一样。

〔13〕鞠（jū）：养育。

〔14〕拊（fǔ）：通"抚"，抚爱。畜：喜爱。

〔15〕长、育：同指哺养长大。

〔16〕顾：看顾。复：借为"覆"，庇护。

〔17〕腹：抱在怀里。

〔18〕昊（hào）天，苍天。罔极，无极，没有准则。以上二句是说：我要报答父母养育之恩，但是苍天不公，父母早亡，竟然不给我这样的机会，有无限憾恨含在其中。

〔19〕烈烈：高峻的样子。

〔20〕飘风：暴风。发发：大风呼啸的声音。

〔22〕穀（gǔ）：善、幸福，此指赡养父母。民莫不穀：人人都有机会赡养父母。

〔22〕我独何害：惟独我为何遭受这样的祸害。害，灾害。

〔23〕律律：高耸的样子。

〔24〕弗弗：大风声。

〔25〕卒：终。不卒：不得终养父母。

鉴赏

  此诗写儿子痛悼父母，他深情地回忆父母的养育之恩，为自己不能报答其万一而呼天喊地。诗以咏物起兴。莪香美可食用，并且环根丛生，故又名抱娘蒿，比喻人成材且孝顺；而蒿与蔚，皆散生，蒿粗恶不可食用，蔚既不能食用又不结子，故称牡蒿。诗的前两章遂以为比，借以自责。言父母希望自己像"莪"一样长大成材，可是自己却辜负了父母的期望，就像"蒿"与"蔚"一样，既不成材，又不能终养尽孝。后两句就此而抒发感叹，说父母养大自己不易，费心劳力，吃尽苦头，而自己却辜负了父母的养育之恩。中间两章写儿子失去双亲的痛苦和父母对儿子的深爱。诗人一连用了生、鞠、拊、畜、长、育、顾、复、腹九个动词和九个"我"字，诉说父母从小到大的养育之恩，语拙情真，言直意切，絮絮叨叨，不厌其烦，声促调急，如哭如诉。后两章抒写自己所遭遇的不幸。诗人以眼见的南山艰危难越，耳边的飙风呼啸起兴，创造了困厄危艰、肃杀悲凉的气氛，象征自己遭遇父母双亡的巨痛与凄凉，也是诗人悲怆心情的外化。四个入声字重叠：烈烈、发发、律律、弗弗，渲染了环境，加重了哀思，诉说自己内心所充满的哀痛和悔恨，令人感伤落泪。

大　东[1]

有饛簋飧，有捄棘匕[2]。周道如砥[3]，其直如矢[4]。君子所履[5]，小人所视[6]。睠言顾之[7]，潸焉出涕[8]。
小东大东[9]，杼柚其空[10]。纠纠葛屦，可以履霜[11]。佻佻公子[12]，行彼周行[13]。既往既来，使我心疚[14]。

有洌氿泉[15]，无浸获薪[16]。契契寤叹[17]，哀我惮人[18]。薪是获薪[19]，尚可载也。哀我惮人，亦可息也[20]。

东人之子，职劳不来[21]。西人之子[22]，粲粲衣服[23]。舟人之子[24]，熊罴是裘[25]。私人之子[26]，百僚是试[27]。

或以其酒[28]，不以其浆[29]。鞙鞙佩璲[30]，不以其长[31]。维天有汉[32]，监亦有光[33]。跂彼织女[34]，终日七襄[35]。

虽则七襄，不成报章[36]。睆彼牵牛[37]，不以服箱[38]。东有启明[39]，西有长庚[40]。有捄天毕[41]，载施之行[42]。

维南有箕[43]，不可以簸扬[44]。维北有斗[45]，不可以挹酒浆[46]。维南有箕，载翕其舌[47]。维北有斗，西柄之揭[48]。

注　释

〔1〕选自《诗经·小雅》。这是东方诸侯国臣民怨刺周王室的诗。大东：遥远的东方。

〔2〕饛（méng）：食物盈满的样子。簋（guǐ）：古代一种食器。飧（sūn）：熟食。捄（qiú）：长而弯曲的样子。棘匕：用酸枣木制成的勺。这二句是说，簋中食物本已很多，但还用长勺不停的往里舀，喻人的贪心不足。

〔3〕砥（dǐ）：磨刀石。形容大道平坦。

〔4〕其直如矢：形容道路像箭一样直。

〔5〕君子：指西周贵族。履：行走。

〔6〕小人：指东方百姓。视：注视。

〔7〕睠（juàn）：眷恋的样子。顾：看。

〔8〕潸（shān）：流泪的样子。涕：眼泪。

〔9〕小东大东：东方的大小诸侯国。

〔10〕杼（zhù）：织布机上的梭子。柚：借为"轴"，织布机上卷布的大轴。
其空：空空。指东国的布帛被西人搜刮空空。

〔11〕纠纠：缠绕的样子。葛屦（jù）：葛麻编成的草鞋。可以：何以。履：
踩。这句谓东人贫困，深秋还穿着夏天的破草鞋。

〔12〕佻（tiāo）佻：轻狂的样子。公子：周的贵族子弟。

〔13〕行彼周行：行走在大道上。周行，大道。

〔14〕疚：痛苦忧伤。

〔15〕冽：冰冷的样子。氿（guǐ）泉：从侧面涌出的泉水。

〔16〕无浸获薪：不要浸泡砍下来的柴薪。

〔17〕契契：忧愁痛苦。寤叹：愁得睡不着觉而叹息。

〔18〕哀：哀叹。惮人：疲病劳苦的人。惮，借为"瘅"。

〔19〕薪：烧，这里用作动词。是：这。

〔20〕以上四句是说：那些用来烧火的薪柴还可以用车载走，我们这些劳

苦之人，也应该得到一些休息。

〔21〕东人之子：东人的子弟。职劳：专门从事劳役。来：借为"勑"，慰劳。不来，得不到慰劳。

〔22〕西人：周王室贵族子弟。

〔23〕粲（càn）粲：鲜明华丽的样子。

〔24〕舟人：供西人役使的船夫。

〔25〕罴(pí)：兽名，似熊而体大，俗称人熊。这里指穿着熊罴皮制成的皮衣。

〔26〕私人：西周贵族的家奴。

〔27〕百僚：各种官位。试：任用。以上四句是说，连西人的船夫和家奴，都过着富足的生活。

〔28〕或以其酒：有人（指东人）供奉的美酒。

〔29〕不以其浆：而西人竟随意浪费糟蹋。

〔30〕鞙（xuān）鞙：形容玉佩的绶带很长。璲（suì）：美玉。鞙鞙佩璲：指东人供奉给西人的美玉。

〔31〕不以其长：西人曾不以为长，意为西人不把它们当成宝物。

〔32〕汉：云汉，银河。

〔33〕监：同"鉴"，照。天河之光亦可照人。

〔34〕跂：通"歧"，分歧，分叉。织女：织女三星，成三角状。

〔35〕终日：从朝到暮。七襄：七次变更位置。襄，移动。

〔36〕"虽则"二句：织女星空有织女之名，终日也不能织成布匹。报，反复，

指穿梭引线反复织布。章，花纹，布帛的花纹，代指布帛。

〔37〕睆（huǎn）：光明。牵牛：牵牛星。

〔38〕不以服箱：牵牛星空有牵牛之名，不能驾车载物。服，驾。箱，车箱，这里代指车。

〔39〕启明：启明星，金星，又名太白星，日出之前在东方出现。

〔40〕长庚：长庚星，金星别名。傍晚日落之后出现在西方。古人以为启明与长庚是二星，实为一星。

〔41〕捄（qiú）：弯而长的样子。毕：星宿名，共八星，形状像古代捕兔的网。

〔42〕载：语助词。施：张设。行：道路。这句是说，把网张设在道路上。

〔43〕箕：星宿名，共八星，排列成簸箕状。

〔44〕不可以簸扬：不能以之簸扬谷糠。

〔45〕斗：北斗星，共七星，排列成斗形。斗是古代用来舀物的器具。

〔46〕挹（yì）：取，舀取。以上十二句，借天上星辰的有名无实，谴责周王室的官员尸位素餐。

〔47〕翕（xī）：用力吸取的样子。"维南"二句：箕星的形状口大底小，就像缩舌吸取食物一样，喻西人贪婪。

〔48〕西柄：斗柄指西方。揭：高举。北斗星的斗柄向西方高举，有向东挹取之状。暗示西方周人掠夺东人财物。

鉴 赏

　　这是揭露批判西周王室对东方诸侯国的掠夺剥削和奴役压迫的诗。诗的写法非常独特，用了很多比喻。第一章就以"有饛簋飧，有捄棘匕"开篇，簋中明明已经装着满满的食物，他们还用一个长长的勺子不停地在往里面舀，西人就是这样的贪婪。他们来往于那条平坦且直的周道上，东人只能眼看着他们把财物夺走，不由自主地流下眼泪。第二章换一种表述方法，继续诉说西方人对东方人的剥夺：大东小东的织布机上都已经空空，东人们穷的到冬天只穿着葛麻编的草鞋，而那些轻佻的西人之子还在贪得无厌地掠夺。第三章以寒冷的泉水浸泡柴草为比，形容东人所遭受的苦难情状，恳求西人能不能也给他们一点休息？第四章写东人与西人的区别：东方人从事劳役而无人慰问，西方的贵族却穿着华丽的衣服，甚至连西人的船夫也穿着熊罴衣服，家奴也会有各种官位。最后三章以天上的银河、牛郎星、织女星、启明星、长庚星、天毕星、南箕星、北斗星为喻，说它们都是空有虚名而无所事事，以此来怒斥周王室贵族们不劳而获。全诗构思巧妙，想象丰富，显示了高超的艺术技巧，具有独特的文化价值和批判意义。

《诗经》

北　山 [1]

陟彼北山，言采其杞 [2]。偕偕士子 [3]，朝夕从事。王事靡盬 [4]，忧我父母 [5]。

溥天之下，莫非王土 [6]；率土之滨，莫非王臣 [7]。大夫不均 [8]，我从事独贤 [9]。

四牡彭彭，王事傍傍 [10]。嘉我未老，鲜我方将 [11]。旅力方刚 [12]，经营四方 [13]。

或燕燕居息 [14]，或尽瘁事国 [15]。或息偃在床 [16]，或不已于行 [17]。

或不知叫号 [18]，或惨惨劬劳 [19]。或栖迟偃仰 [20]，或王事鞅掌 [21]。

或湛乐饮酒 [22]，或惨惨畏咎 [23]。或出入风议 [24]，或靡事不为 [25]。

注　释

〔1〕选自《诗经·小雅》。这是一位下层士人独受忧劳而怨愤劳逸不均的诗。

　　北山：泛指北方之山。

〔2〕陟（zhì）：登上。言：发语词。杞：枸杞，子可食，可入药。此二句以登山采杞喻王事辛苦。

〔3〕偕偕：强壮的样子。

〔4〕靡盬（gǔ）：没完没了。

〔5〕忧我父母：因不能侍奉父母而忧念。

〔6〕溥（pǔ）：同"普"，整个。莫非：莫不是。

〔7〕率：自。土：土地。滨：水边。王臣：王的臣民。

〔8〕大夫：高层官吏，指当权者。不均：不公平。

〔9〕独贤：唯独我最劳苦。贤，劳苦。

〔10〕彭彭：马不休息的样子。傍傍：人不休息的样子。《毛传》："彭彭然不得息，傍傍然不得已。"

〔11〕"嘉我"二句：当政者夸我不老，赞美我正壮，可以奔走四方。嘉，称赞。鲜，善。将，壮。

〔12〕旅：通"膂"。膂力，力气。刚：强健。

〔13〕经营：往来奔走。

〔14〕或：有人。燕燕：安逸的样子。居息：居家休息。

〔15〕尽瘁：竭尽身心。瘁，劳。

〔16〕偃（yǎn）：躺卧。

〔17〕已：止。行（háng）：道路。不已于行：指在路上奔走不停。

〔18〕或不知叫号：深居安逸者不知人间有痛苦哀号。

〔19〕惨惨：忧虑不安的样子。劬（qú）劳：辛苦操劳。

〔20〕栖迟：居息。偃仰：仰卧，舒服而卧。

〔21〕鞅（yāng）掌：仓皇忙乱的样子。

〔22〕湛（dān）乐：沉溺，过度享乐。

〔23〕畏咎：怕犯错误。咎，罪责。

〔24〕风议：空发议论而不作实事。

〔25〕靡事不为：什么劳苦的事都要做。

鉴赏

　　从诗中看，作者自称是"偕偕士子"，又说自己"旅力方刚"，可能是个身强力壮的下层官吏。他朝夕不停地从事劳作，因为不能侍奉父母而深感忧伤。没完没了的"王事"让他深感劳苦，但让他更感不平的是苦乐不均。他不由得发出质问：普天之下都是王土，王土上的人都是王臣，可是，当权者为什么这么不公平，唯独让我最为劳苦。接下来，全诗连用了十二个"或"字进行劳逸对比，把下层士人与大夫之间苦乐不等、劳逸不均的情况，充分显示出来，有力地表现了诗人怨愤难平的感情。

何草不黄[1]

何草不黄？何日不行[2]？何人不将[3]？经营四方[4]。何草不玄[5]？何人不矜[6]？哀我征夫[7]，独为匪民[8]。

匪兕匪虎[9]，率彼旷野[10]。哀我征夫，朝夕不暇。

有芃者狐[11]，率彼幽草[12]。有栈之车[13]，行彼周道[14]。

注 释

〔1〕本篇选自《诗经·小雅》。这是一首征夫苦于劳役的怨诗。何草不黄：无草不枯萎。

〔2〕行：奔走。

〔3〕将：行。

〔4〕经营四方：往来奔走于四方。经营，往来。

〔5〕玄：黑色，形容草枯烂的颜色。

〔6〕矜（guān）：通"鳏"，无妻之人。这里指因为行役在外而不能成家，过着无妻无室的生活。

〔7〕哀：可怜。

〔8〕独：唯独。匪民：非人，此指过着非人的生活。

〔9〕匪：非。兕（sì）：犀牛。

〔10〕率：循着，沿着。旷野：空旷荒野。

〔11〕芃（péng）：芃芃，狐毛蓬松的样子。

〔12〕幽草：深草，密草丛。

〔13〕栈：高高的样子。车：役车。

〔14〕周道：大道。此章展示了一幅意味深长的图画：尾毛蓬松的狐狸出没于荒野草丛中，征夫坐在高高的役车之上，渐渐消失在漫长大道的尽头。

鉴赏

　　这是一首"经营四方"的"征人"们的哀歌。诗以野草的枯萎比喻他们的劳苦生活，由于被征调，他们不得不像野兽一样四处奔波，他们没日没夜地劳作，就像行走在深草中的狐狸，跟随着高高的行役栈车，每日行走在漫无尽头的道路上。这使他们发出了"独为匪民"的怨愤。《诗经》善用比兴，这些生动的比兴来自现实生活，经过了认真观察，融入了他们的生活体验。对后人来讲，有些比兴可能比较陌生。仔细体味，方觉其中之妙，生动形象，情真意切。

绵 [1]

绵绵瓜瓞，民之初生 [2]，自土沮漆 [3]。古公亶父 [4]，陶复陶穴 [5]，未有家室 [6]。

古公亶父，来朝走马 [7]。率西水浒 [8]，至于岐下 [9]。爰及姜女 [10]，聿来胥宇 [11]。

周原膴膴 [12]，堇荼如饴 [13]。爰始爰谋 [14]，爰契我龟 [15]。曰止曰时 [16]，筑室于兹 [17]。

乃慰乃止 [18]，乃左乃右 [19]，乃疆乃理 [20]，乃宣乃亩 [21]。自西徂东 [22]，周爰执事 [23]。

乃召司空 [24]，乃召司徒 [25]，俾立室家 [26]。其绳则直 [27]，缩版以载 [28]，作庙翼翼 [29]。

捄之陾陾 [30]，度之薨薨 [31]，筑之登登 [32]，削屡冯冯 [33]。百堵皆兴 [34]，鼛鼓弗胜 [35]。

乃立皋门 [36]，皋门有伉 [37]。乃立应门 [38]，应门将将 [39]。乃立冢土 [40]，戎丑攸行 [41]。

肆不殄厥愠 [42]，亦不陨厥问 [43]。柞棫拔矣 [44]，行道兑矣 [45]。混夷駾矣 [46]，维其喙矣 [47]！

虞芮质厥成[48]，文王蹶厥生[49]。予曰有疏附[50]，予曰有先后[51]，予曰有奔奏[52]，予曰有御侮[53]！

注释

〔1〕选自《诗经·大雅》。这是叙述周民族历史的颂赞诗。

〔2〕绵绵：绵延不绝的样子。瓜：大瓜。瓞（dié）：小瓜。民：周民族。初生：周民族开始兴起的时候。这二句以大瓜小瓜绵绵不绝比喻周民族由小到大、繁衍不断。

〔3〕土：居也。沮（jū）、漆：皆为岐地水名。"民之初生，自土沮漆"，意味周族的兴盛，是从沮、漆二水之滨，也就是从岐地开始的。

〔4〕古公亶（dǎn）父：公刘的十世孙，周文王的祖父。初居豳，后遭狄人侵略，迁至岐山之下，定国号曰周。武王伐纣定天下，追尊他为太王。古公是他的尊称，亶父是名。

〔5〕陶：通"掏"，掘土。复：从旁边掏洞。穴：从地面向地下掏洞。

〔6〕"未有"句：说周人最初只在半地下式的土穴居住，尚不会建筑房舍。

〔7〕来朝：清早。走马：驱马快跑。

〔8〕率：循，沿着。西：漆水以西。浒（hǔ）：水边。

〔9〕岐下：岐山之下。

〔10〕爰：于是。及：与。姜女：指古公的妻子太姜。

〔11〕聿（yù）：语助词。胥：相，看，察视。宇：屋宇。此句指前来察看

何处适合建筑房屋。

〔12〕周原：指岐山以南的平原，因周人在此发迹而得名。膴（wǔ）膴：形容土地肥沃。

〔13〕堇（jǐn）：一种苦味的野菜。荼（tú）：又名苦菜。饴（yí）：麦芽糖。以上二句是说，周原土地肥美，生长的苦菜亦甜美如糖。

〔14〕始：开始。谋：谋划。

〔15〕契：钻刻。古人用龟甲占卜，先在龟甲上钻小孔，用火烧灼，以出现的裂纹形状断定凶吉，最后把占卜内容刻写于上。

〔16〕曰：发语词，无实义。止：居住。时：借为"是"，善，正确。

〔17〕于兹：在此。

〔18〕慰：安心。

〔19〕左、右：安排居民或左或右的住下来。

〔20〕疆：划分地界。理：治理农田。

〔21〕宣：发，开垦田地。亩：整治田亩。

〔22〕自西徂东：从西到东。

〔23〕周：普遍，周遍。执事：从事劳作。

〔24〕司空：掌管营造房屋的官吏。

〔25〕司徒：掌管土地、劳役、徒隶之类事务的官吏。

〔26〕俾（bì）：使。立：建立。室家：由掏穴居住到建筑房舍。

〔27〕绳：施工用的墨绳。

〔28〕缩：束，捆缚。版：古代筑墙时夹土的木版。载：同"栽"，竖立。

〔29〕庙：宗庙，用来祭祀祖先的宫室。翼翼：庄严恭敬的样子。

〔30〕捄（jū）：装土于筐。陾（réng）陾：装土的声音。

〔31〕度（duó）：向筑版内填土。薨（hōng）薨：填土的声音。

〔32〕筑：捣土使墙坚实。登登：捣土声。

〔33〕削：削平。屡：借为"塿（lǒu）"，土墙隆起之处。冯（píng）冯：削平土墙之声。

〔34〕百堵：许多土墙，百是虚数。兴：修建起来。

〔35〕鼛（gāo）鼓：大鼓，用于建筑工程中鼓动干劲。这句是说劳动的热闹声盖过了鼓声。

〔36〕皋门：城门。

〔37〕伉（kàng）：形容城门高大。

〔38〕应门：正门。

〔39〕将将：庄严高大。

〔40〕冢（zhǒng）土：大土丘，即大社，祭祀土地神的神坛。冢，大。

〔41〕戎丑攸行：大众前去祭祀社神。戎，大。丑，众。攸，所。行，前往祭社神。

〔42〕肆不殄厥愠：自周先祖至文王都未能消除夷狄的怨恨。肆，故，所以。殄（tiǎn），消除，灭绝。厥，其，指狄人。愠，怒，怨恨。

〔43〕陨：损失。问：通"闻"，指名声、声誉。这句承上句表示转折，但

137

也未损伤周王朝的声誉。

[44] 柞（zuò）、棫（yù）：皆是灌木类的树。拔：拔除。

[45] 行道兑（duì）矣：道路畅通无阻。兑，通畅。

[46] 混夷：又作"昆夷"，古民族的名称。駾（tuì）：怆惶逃跑。

[47] 维：语气词。喙（huì）：疲惫困顿。

[48] 虞、芮：二古国名。质：公正评断。成：平，讲和。

[49] 蹶（guì）：动，感动。厥：其，指虞、芮两国君。生：同"性"，指善性。这句意谓文王之德感动了他们的善性，以致他们讲和。

[50] 予：我们，周人自称。曰：语助词。疏附：率下亲上，使疏者亲附。

[51] 先后：前后左右的辅佐之臣。

[52] 奔奏：奔走四方之臣。

[53] 御侮：抵御外侮之臣。

鉴 赏

　　这是叙述周民族历史的颂赞诗。自古公亶父到王季再到文王，经过三代的经营，周民族终于成为可以和殷商王朝相抗衡的西方诸侯，为武王灭商奠定了坚实的基础。所以此诗从太王写到文王，重点是歌颂太王。全诗共分九章，以写实的手法，历数太王的功业：一章先写太王率周人初至岐山的情景，"陶复陶穴，未有家室"，写初到之时尚无房屋，只好住在洞穴。二、三章写太王察看地形，发现了周原的肥美，于是决定率周人定居周原。四章写太王规划田亩。五、六两章写太王营建宗庙和宫室的场面。七章写太王营建王都郭门和祭神大社。八章写自古亶父定居岐山之后，武力强大的周人，终于消除了自古以来的戎狄之患。最后一章叙及文王，说他以道德人格的影响力征服了虞芮两国，从此周人不仅自己强大起来，而且得到了众多小国的亲附。作为颂美祖先功业的乐歌，此诗的创作很讲究谋篇布局的章法结构，按照历史事件发展的自然时空顺序依次叙述。开篇以瓜瓞自小变大绵绵不绝来比喻周民族的从小变大，由弱变强，世代延续，源远流长。运用比喻构成意蕴深长的意象，总领全诗，耐人寻味，增强了诗歌的形象性。特别是中间写筑墙的劳动场面，连用四个摹声的叠音词来突出听觉感受，直接摹仿现实生活的声响，使人感到亲切自然，如身临其境。这不同声响的交汇，不仅使人想见到不同工序的同时进行，以及"百堵皆兴"的浩大规模，同时也使人感受到周人高涨的劳动热情、紧张的劳动节奏、创业的艰辛、恢宏的气魄和积极奋进的时代精神。

生　民 [1]

厥初生民，时维姜嫄 [2]。生民如何？克禋克祀 [3]，

以弗无子[4]。履帝武敏歆[5]，攸介攸止[6]。载震载夙[7]，载生载育[8]，时维后稷[9]。

诞弥厥月[10]，先生如达[11]。不坼不副[12]，无菑无害[13]，以赫厥灵[14]。上帝不宁，不康禋祀，居然生子[15]。

诞寘之隘巷[16]，牛羊腓字之[17]。诞寘之平林，会伐平林[18]。诞寘之寒冰，鸟覆翼之。鸟乃去矣，后稷呱矣[19]。实覃实吁[20]，厥声载路[21]。

诞实匍匐[22]，克岐克嶷[23]，以就口食[24]。蓺之荏菽[25]，荏菽旆旆[26]，禾役穟穟[27]，麻麦幪幪[28]，瓜瓞唪唪[29]。

诞后稷之穑，有相之道[30]。茀厥丰草[31]，种之黄茂[32]。实方实苞[33]，实种实褎[34]，实发实秀[35]，实坚实好[36]，实颖实栗[37]，即有邰家室[38]。

诞降嘉种[39]，维秬维秠[40]，维穈维芑[41]。恒之秬秠[42]，是获是亩[43]。恒之穈芑，是任是负[44]，以归肇祀[45]。

诞我祀如何？或舂或揄[46]，或簸或蹂[47]。释之叟叟[48]，烝之浮浮[49]。载谋载惟[50]。取萧祭脂[51]，取羝以軷[52]，载燔载烈[53]，以兴嗣岁[54]。

卬盛于豆[55]，于豆于登[56]，其香始升。上帝居歆[57]，胡臭亶时[58]。后稷肇祀，庶无罪悔，以迄于今[59]。

注释

〔1〕选自《诗经·大雅》。这是对周人始祖后稷的颂歌。

〔2〕"厥初"二句：起初诞生周民族始祖的是姜嫄。时，这。维，是。姜嫄（yuán），周始祖后稷的母亲。姜是姓，嫄是谥号，亦作"原"，取本原之义。

〔3〕克：能够。禋（yīn）祀：祭天祀神之礼。

〔4〕以弗无子：祭祀上帝以求生子。弗，借为"祓（fú）"，祭祀以除去不祥。

〔5〕履：踩。帝：天帝。武：脚印。敏：借为"拇"，足大拇趾。歆（xīn）：同"欣"，欣然有所动。这句是说姜嫄因为脚踩了天帝的脚大拇指印而感应怀孕。

〔6〕攸：于是。介：借为"愒（qì）"，休息。止：止息。

〔7〕载：语助词。震：借为"娠（shēn）"，怀孕。夙：同"肃"，生活肃谨。

〔8〕生：分娩。育：哺育。

〔9〕后稷：周民族的始祖，名弃；他发明农业，故尊称"稷"。稷，谷类。

〔10〕诞：发语词。弥厥月：怀孕足月。弥，满。

〔11〕先生：头胎生。如：同"而"。达：顺达，指胎儿生得很顺利。

〔12〕不坼（chè）不副（pì）：分娩时产门没有破裂。坼，破裂。副，裂开。

〔13〕菑：古"灾"字，此句是说母子都平安。

〔14〕赫：显示。厥：其，指后稷。灵：灵异。

〔15〕"上帝"三句：难道上帝不悦，没有安享我的祭祀，让我这样顺利地生了一个儿子？这是姜嫄自疑之辞。不宁，不安，此指不悦。康，安，安享。居然，徒然。

〔16〕诞：发语词。寘：同"置"，弃置。隘巷：狭窄的小巷。

〔17〕腓（féi）：庇护。字：哺乳。

〔18〕"诞寘"二句：准备弃之树林，正好碰上有人在砍树，不便丢弃。会，恰好碰上。

〔19〕呱：小儿啼哭声。

〔20〕"实覃"句：后稷的哭声又长又宏亮。实，同"是"，这样。覃（tán），长。訏（xū），大。

〔21〕载路：哭声闻于路。

〔22〕匍匐：伏地爬行。

〔23〕岐：知意，会解人意。嶷（nì）：识别事物。

〔24〕以就口食：能自己寻找食物。就，趋往。

〔25〕蓺（yì）：同"艺"，种植。荏菽：大豆。

〔26〕旆（pèi）旆：枝叶茂盛的样子。

〔27〕禾役：借为"禾颖"，禾穗。穟（suì）穟：禾穗沉甸下垂的样子。

〔28〕幪（měng）幪：茂密的样子。

〔29〕瓞（dié）：小瓜。唪（běng）唪：果实累累的样子。

〔30〕"诞后稷"二句：后稷种植庄稼有助其生长的方法。穑，种植庄稼。相，助。道，方法。

〔31〕茀（fú）：拔除。丰草：长得很茂盛的杂草。

〔32〕黄茂：嘉谷。

〔33〕方：通"放"，刚萌芽出土。苞：禾苗丛生。

〔34〕种（zhǒng）：禾苗出土时短而粗壮。褎（yòu）：禾苗渐渐长高。

〔35〕发：禾茎发育拔节。秀：禾苗吐穗开花。

〔36〕坚：谷粒灌浆饱满。好：谷粒形色美好。

〔37〕颖：禾穗下垂。栗：谷粒繁多。

〔38〕即：就，往。邰（tái）：地名，在今陕西武功西南。家室：安家定居。

〔39〕降：天降，天赐。嘉种：优良的品种。

〔40〕秬（jù）：黑黍。秠（pī）：黍的一种，一个黍壳中育有两个米粒。

〔41〕穈（mén）：谷子的一种，初生时叶赤。芑（qǐ）：一种白苗的高粱。

〔42〕恒之秬秠：田里种满了秬秠。恒，通"亘"，遍，满。

〔43〕获：收割。亩：庄稼收割后堆放在田里。

〔44〕任：抱。负：背。

〔45〕归：把谷物收回家。肇（zhào）：开始。祀：祭祀。

〔46〕或：有人。舂（chōng）：舂米。揄（yóu）：把舂好的米从臼（jiù）

中舀出。

[47] 簸：扬去米中的糠皮。蹂（róu）：通"揉"，揉搓，使米更精细。

[48] 释：淘米。叟（sōu）叟：淘米声。

[49] 烝：同"蒸"。浮浮：蒸煮时热气升腾的样子。

[50] 谋：计划。惟：思虑。

[51] 取萧祭脂：祭祀时以香蒿和牛肠脂合烧，香气缭绕。萧，香蒿，今名艾。脂，牛肠脂油。

[52] 羝（dī）：公羊。軷（bá）：祭祀路神之礼。古人在郊祀上帝前，先祭路神。

[53] 燔（fán）：烧。烈：烤。这句是说，把萧、脂、羝羊放在火上烧烤，以供神享。

[54] 兴：兴旺。嗣（sì）岁：来年。

[55] 卬（áng）：我。豆：一种高脚食器，祭祀时用以盛各种祭品。

[56] 登：一种食器，似豆而浅。

[57] 上帝居歆：上帝安然享受祭品。居，安。歆（xīn），享用。

[58] 胡臭：浓烈的香气。胡，大。臭，气味。亶（dǎn）：确实。时：善，好。

[59] 庶：幸而。迄：至。以上三句是说，后稷始创的祭祀礼仪，幸而没有获罪于天，一直延续至今。

鉴 赏

　　这首诗记述了周民族始祖后稷的诞生及其发明农业的故事，带有浓郁的神话色彩。稷的本义是一种谷物，他的母亲是大地——周民族的发祥地姜水平原，"周"民族的"周"字本义是田畴，可见，关于周人祖先后稷诞生和他发明农业的故事，其实就是周民族早期发祥的一个历史缩影。因为农业的发明过于伟大，所以周人便把它神圣化，并由此而塑造成一位民族英雄。讴歌后稷诞生的神奇和他发明农业的功绩，客观上也就赞颂了周民族的勤劳智慧。诗分三大部分，前三章是说后稷降生的神奇，他是大地母亲的孕育结果，同时也是上帝的恩赐。中间三章说的是后稷发明农业、定居有邰的过程，说明后稷对周民族发祥所做出的巨大贡献。最后两章表达了周人对上帝的感谢和对幸福生活的祈祷。全诗描写生动，想象力丰富，具有浓厚的生活气息，同时又充满了浪漫神奇色彩。

烝　民 [1]

　　天生烝民，有物有则 [2]。民之秉彝 [3]，好是懿德 [4]。天监有周 [5]，昭假于下 [6]。保兹天子，生仲山甫 [7]。
　　仲山甫之德，柔嘉维则 [8]。令仪令色 [9]，小心翼

翼[10]。古训是式[11]，威仪是力[12]。天子是若[13]，明命使赋[14]。

王命仲山甫，式是百辟[15]。缵戎祖考[16]，王躬是保[17]。出纳王命[18]，王之喉舌[19]。赋政于外[20]，四方爰发[21]。

肃肃王命[22]，仲山甫将之[23]。邦国若否[24]，仲山甫明之。既明且哲[25]，以保其身[26]。夙夜匪解[27]，以事一人[28]。

人亦有言[29]："柔则茹之，刚则吐之[30]。"维仲山甫[31]，柔亦不茹，刚亦不吐。不侮矜寡[32]，不畏强御[33]。

人亦有言："德𫐐如毛，民鲜克举之[34]。"我仪图之[35]，维仲山甫举之，爱莫助之[36]。衮职有阙[37]，维仲山甫补之。

仲山甫出祖[38]，四牡业业[39]，征夫捷捷[40]，每怀靡及[41]。四牡彭彭[42]，八鸾锵锵[43]。王命仲山甫，城彼东方[44]。

四牡骙骙[45]，八鸾喈喈[46]。仲山甫徂齐[47]，式遄其归[48]。吉甫作诵[49]，穆如清风[50]。仲山甫永怀，以慰其心[51]。

注释

〔1〕选自《诗经·大雅》,这是一首赞美王室重臣仲山甫的诗,诗篇成功地塑造了一个德性完美、勤于王事的政治家形象。烝:众多。

〔2〕物:事物。则:法则。天生烝民,有物有则:意谓天生众民,有事物存在,就必有法则可循。

〔3〕秉:秉赋。彝(yí):常情。

〔4〕好:喜爱。懿(yì)德:美德。

〔5〕天监:天在监视。有周:周王朝。

〔6〕昭:明。假:至。昭假于下:有光明的德行照临下土。

〔7〕保:保佑。天子:周宣王。此二句是说,上天为了保佑周天子,于是生下仲山甫来辅助他。

〔8〕柔嘉:温柔善良。维:语助词。则:准则。

〔9〕令:美好。仪:仪表。色:面容。这句话是形容仲山甫仪表美好,面色和善。

〔10〕小心翼翼:形容仲山甫做人做事谨慎持重。

〔11〕古训:古圣先王的名言。式:法则。这句是说,以先圣名言为法则。

〔12〕力:勤勉。这句是说,勤修威仪而不懈。

〔13〕若:顺从。

〔14〕明令:王的命令。赋:颁布。这句是说:王的命令让他去颁布。

〔15〕式：法则，榜样。百辟：诸侯。这二句是说周王让他做诸侯的榜样。

〔16〕缵（zuǎn）：继承。戎：你。祖考：祖先。这句还是周王对仲山甫的期望，让他继承祖先的功业。

〔17〕躬：身体。王躬：指周王。保：保护。

〔18〕出纳王命：外出颁布王的命令，同时汇报诸侯接受王命的情况。

〔19〕喉舌：代言人。

〔20〕赋政：颁布政令。

〔21〕爰：于是。发：执行。

〔22〕肃肃：指王命的严肃。

〔23〕将：奉行。

〔24〕若：顺。否（pǐ）：不顺。邦国若否：指诸侯国的顺逆。

〔25〕明：聪明。哲：智慧。

〔26〕保其身：严守节操，坚持原则，保全自己。

〔27〕夙夜：从早到晚。解：通懈。匪懈：坚持不懈。

〔28〕以事一人：侍奉天子一人。

〔29〕人亦有言：有人这样说，俗话说。

〔30〕茹：吃下。吐：吐出。这二句是说，软的就吃下，硬的就吐出。这是比喻的说法，意味一般人都欺软怕硬。

〔31〕维：唯有。

〔32〕矜：通"鳏（guān）"，年老无妻的人。寡：年老无夫的人。

〔33〕强御：强横之人。

〔34〕德：道德。輶（yóu）：原指轻便的车，这里借为"轻"。德輶如毛：意思是说道德就像毛一样轻。鲜克举之：少有人举得起来。此二句是说：道德的追求其实不难，但是却很少有人愿意去做。

〔35〕仪图：揣测。

〔36〕爱：敬爱。莫助之：无需要帮助。此句谓仲山甫的品德高尚，别人已经没什么能帮他的了。

〔37〕衮（gǔn）：天子之服。代指天子。有阙：有过失。

〔38〕出祖：出行祭路神。

〔39〕业业：强壮的样子。

〔40〕征夫：随行仲山甫出行的人。捷捷：行动敏捷。

〔41〕每：常常。怀：思念。靡及：不及。每怀靡及是周代常用成语，意思是说要用虔诚之心做事，心怀恐惧，唯恐做的不好。

〔42〕彭彭：马行走时的样子。

〔43〕鸾：古代车马上佩带的车铃。锵锵：铃声清脆悦耳。

〔44〕城彼东方：指王命仲山甫在东方齐邑筑城。

〔45〕骙（kuí）骙：马强壮的样子。

〔46〕喈（jiē）喈：铃声和谐美听。

〔47〕徂：往。

〔48〕式：语助词。遄（chuán）：快速。这句是写盼望仲山甫早点回来。

〔49〕作诵：作诗诵唱。

〔50〕穆：和谐。穆如清风：指歌声和美，如清风一样沁人心脾。

〔51〕永怀，永远心怀王事。这二句是说，仲山甫虽然到齐地去筑城，但是他的心里还念念不忘王事。于是诗人做了这首诗表达对他的安慰。

鉴赏

　　此诗是尹吉甫为仲山甫受周宣王之命赴齐筑城之事而作。仲山甫即樊仲，《国语·周语》又称其为樊仲山甫、樊穆仲，是周宣王卿士。全诗的中心都在颂扬这位辅佐宣王的贤臣的政绩与德性上。诗的首章先赞美天降贤人，说天生众人，就要有法度榜样，因为民有常性，总是喜欢品德高尚的人，所以上天就降生了仲山甫，让他做众人效法的榜样。从第二章起便对"仲山甫之德"进行了多方描绘，说他以温柔善良为做人的原则；他勤修威仪，以先王的古训作为自己的行事标准。由此可见这位王室重臣的人格之美，他既能守礼修德，有内在的道德之美；又风度翩翩，有外在的形态威仪。接着，诗人又通过重大政事，写仲山甫怎样秉德为政，在政事中显现其美德。再接下来，诗又回到对"仲山甫之德"的具体颂扬：他秉德而行，善于待人接物，刚柔相济，"不侮矜寡，不畏强御"。他的品德之高，别人已经没什么能帮他的了。最后两章，先写仲山甫作为重臣离京出行的威仪，再写诗人作诗对他的颂扬和怀思。全诗通过对仲山甫政绩的记述、美德的颂扬、崇敬与思怀之情的抒发，既展现出一位政治家外在的威仪风采，又显示了他的"柔嘉维则"的人格之美。

清　庙[1]

於穆清庙[2]，肃雍显相[3]。济济多士[4]，秉文之德[5]。对越在天[6]，骏奔走在庙[7]。不显不承[8]，无射于人斯[9]。

注　释

[1] 选自《诗经·周颂》。这是周王在宗庙祭祀文王的乐歌。

[2] 於（wū）：赞叹词。穆：深幽壮美的样子。清：清明。庙：宗庙。

[3] 肃：敬。雍：和。显：高贵显赫。相：助祭的公侯。这句是说，助祭者态度严肃雍容。

[4] 济济：有威仪而整齐的样子。多士：参加祭祀的众多人物。

[5] 秉：执守，继承。文：周文王。

[6] 对越在天：报答宣扬文王在天之灵。对越，报答称扬。越，通"扬"，宣扬。

[7] 骏奔走在庙：表示参加祭祀的人在宗庙中疾步趋走，端庄恭敬的样子。骏：迅速。

〔8〕不:通"丕",大。显:光耀,宣扬。承:继承。

〔9〕无射(yì)于人斯:文王不受人的厌弃,世代享受供奉。无射,不厌。斯,语气词。

鉴 赏

这是《诗经·周颂》的第一首,祭祀周文王的祭歌。在周人建国的历史上,周文王的功劳最大,因而在周人祭祀中享有崇高的地位。祭祀文王之庙被称之为"清庙",意味他有清明之德。诗篇没有描写清庙的具体形状,起首只用了"於穆"二字形容它的庄严肃穆。《毛诗正义》说:"於者,叹之也;穆者,敬之也;清者,欲其在位者遍闻之也。"下面重点描写参与祭祀之人的行止。所有前来助祭的公侯都神情肃穆,高贵显赫;所有前来参与祭祀的朝士,个个都威仪整齐。他们都秉持文王之德,报答称扬文王的在天之灵,在庙中急趋奔走而不敢有丝毫懈怠。他们要发扬光大文王之德,要保持周民族的国运永远隆盛,让文王永远享受后人的尊崇和贡奉。诗的篇幅不长,文辞简古,内蕴丰富。很好地渲染了清庙祭祀的场景。据《尚书大传》说:周公升歌《清庙》,那种庄严肃穆的场景,会让人产生无形的敬畏,仿佛文王就显现在他们的面前。《礼记·乐记》说:"清庙之瑟,朱弦而疏越,一倡而三叹,有遗音者矣。"可见,《清庙》的表演,有特殊的乐器伴奏,有一唱而三叹的颂声,同样会把人带进那个庄严隆重的场景。此诗虽短，却可以让我们很好地了解周人对文王的崇敬，了解周代的祭祀文化。

载　芟 [1]

载芟载柞，其耕泽泽 [2]。千耦其耘 [3]，徂隰徂畛 [4]。侯主侯伯，侯亚侯旅 [5]，侯强侯以 [6]。有嗿其馌 [7]，思媚其妇 [8]，有依其士 [9]。有略其耜 [10]，俶载南亩 [11]，播厥百谷 [12]，实函斯活 [13]。驿驿其达 [14]，有厌其杰 [15]。厌厌其苗 [16]，绵绵其麃 [17]。载获济济 [18]，有实其积 [19]，万亿及秭 [20]。为酒为醴 [21]，烝畀祖妣 [22]，以洽百礼 [23]。有飶其香 [24]，邦家之光 [25]。有椒其馨 [26]，胡考之宁 [27]。匪且有且 [28]，匪今斯今 [29]，振古如兹 [30]。

注　释

〔1〕选自《诗经·周颂》。这是周人在春天祭祀土神和谷神以祈求丰年的乐歌。载：语助词，有"开始"之义。芟（shān）：除草。

〔2〕柞（zé）：原指柞木，常绿灌木。此处用作动词，指砍伐树木。泽泽：

通"释释",泥土松散润泽的样子。

〔3〕耦(ǒu):二人并耕。耘(yún):除草,这里指耕耘。

〔4〕徂(cú):往。隰(xí):低湿的土地。畛(zhěn):田间的小路。

〔5〕侯:发语词。主:家长。伯:长子。亚:次,指长子以下诸子。旅:众,指众晚辈子弟。

〔6〕强:指身体强壮的人。以:指老弱的人。

〔7〕噉(tǎn):吃饭时发出的声音。饁(yè):送到田间的饭菜。

〔8〕思:语助词。媚:美好。

〔9〕依:借为"殷",壮盛的样子。以上二句说,到田间来送饭的妇人美丽可爱,耕作的男人身强力壮。

〔10〕略:利,形容耜之刃非常锋利。耜(sì):古代一种翻土的农具,类似今之犁铧(huá)。

〔11〕俶(chù):始。载:从事,耕种。南亩:泛指田地。

〔12〕百谷:各种谷物。

〔13〕实:种子。函:同"含"。斯:语助。活:生命。这句意思是说每一颗种子都含着饱满的生命,会在土地中生根发芽。

〔14〕驿驿:借为"绎绎",陆续出苗的样子。达:苗破土而出。

〔15〕厌:美好的样子。杰:杰出,指先长出来而又粗壮的禾苗。

〔16〕厌厌:形容禾苗茂盛整齐。苗:一般的禾苗。

〔17〕绵绵:接连不断的样子。麃(biāo):除草。

〔18〕获：收获。济济：众多的样子，指所收谷物众多。

〔19〕"有实"句：谷物堆积得满满的。实，形容满满。积，堆积。

〔20〕亿：古时以十万为亿。秭（zǐ）：十亿为秭。

〔21〕醴（lǐ）：一种甜酒。

〔22〕烝：进献。畀（bì）：献给。祖妣：男女祖先。

〔23〕洽：备。百礼：各种祭祀的礼仪。

〔24〕苾（bì）：形容酒食祭品香气浓郁。

〔25〕"邦家"句：五谷丰收、祭品优富，为我们邦家增添了荣光。

〔26〕椒：香气浓厚的样子。椒，一种芳香植物。馨（xīn）：传播很远的香气。

〔27〕胡考：长寿老人。之：是。宁：安宁。

〔28〕匪：非。且：此，此处。有且：有此，有稼穑之事。

〔29〕今：今时。斯今：有今，有今之丰收。以上二句是说："非独此处有此稼穑之事，非独今时有丰庆之年，盖自极古以来，已如此矣。"

〔30〕振古如兹：自古以来就是这样。振，自。

鉴赏

中国古时有"藉田"之礼，春耕时节，帝王临田亲耕以表示劝农。在典礼仪式上，周人要将一年辛苦的劳动过程演示一遍，以显示自己的勤劳，以祈求上天赐福。这就是此诗所描述的内容，从春天的垦荒、播种到庄稼的生长，从秋天的收获到丰收后的祭祀，一一写来、顺序演示。这既是祭祀场景的真实再现,更是对农业生产的生动描述,表达了周人对生活的热爱和对理想的期待,富有浓厚的生活气息。《诗经》中的颂诗用于宗庙祭祀表演,是与歌舞相结合的综合艺术,这里所记录的歌词只是其中的文本形态。读者欣赏时需要考虑到它的文化背景,将它放置于宗教歌舞的场景,结合诗句进行丰富的想象,才能体会到它的妙处。

那[1]

猗与那与[2]!置我鞉鼓[3]。奏鼓简简[4],衎我烈祖[5]。汤孙奏假[6],绥我思成[7]。鞉鼓渊渊[8],嘒嘒管声[9]。既和且平[10],依我磬声[11]。於赫汤孙[12]!穆穆厥声[13]。庸鼓有斁[14],万舞有奕[15]。我有嘉客[16],亦不夷怿[17]。自古在昔[18],先民有作[19]。温恭朝夕[20],执事有恪[21]。顾予烝尝[22],汤孙之将[23]。

注 释

〔1〕选自《诗经·商颂》,这是一首祭祀殷商开国之王成汤的乐歌。

〔2〕猗那(ē nuó):同"婀娜",美丽多姿的样子。与:同"欤",感叹词。

〔3〕鞉（táo）鼓：一种有柄的小摇鼓。

〔4〕奏鼓：击鼓。简简：鼓声。

〔5〕衎（kàn）：快乐。烈祖：有功业的祖先。此句为用歌舞取悦先祖，让他们快乐。

〔6〕汤孙：成汤的孙子，诗中的主祭者。奏假：请祖先的神灵降临。

〔7〕绥：通"馁"，赐予。思：所思所想，愿望。成：实现。

〔8〕渊渊：形容鼓声深远。

〔9〕嘒嘒：声音清亮。管：管类乐器。

〔10〕既和且平：形容乐声和谐舒畅。

〔11〕依：依从。磬声：玉磬敲打的声音节奏。

〔12〕於（wū）：感叹声。赫：显耀。

〔13〕穆穆：乐声和美。

〔14〕庸：借为"镛"，大钟。斁（yì）：盛大的样子。这句是说钟鼓齐鸣，声音洪大。

〔15〕万舞：古代的大型舞蹈，包括武舞（干舞）和文舞（羽舞）。有：语助词。奕：舞姿美好的样子。

〔16〕嘉客：前来助祭的人。

〔17〕不：通"丕"，大。夷怿（yì）：喜悦。

〔18〕自古：自古以来。在昔：指在遥远的过去。

〔19〕先民：远古祖先。作：开始举行祭祀。

〔20〕温恭朝夕：从早到晚都保持温和恭敬。

〔21〕执事：从事祭祀者。恪：恭敬。

〔22〕顾：光顾。顾予：指神灵降临享用祭祀。烝、尝：古代祭祀之名。冬祭为烝，秋祭为尝。

〔23〕将：献祭。

鉴赏

  这是殷商后裔祭祀先祖成汤的宗庙乐歌。按古人举行祭祀的目的，就是通过取悦祖先的方式，祈求得到他们的福佑，带来生活的幸福。所以在祭祀中都要伴有大型的歌舞。据考古发掘，殷商时代已经有大量的乐器产生，非常精美，还有不少专门从事歌舞的乐人。相关的先秦文献也多有记载。这首乐歌就生动地把这一场景展现在我们面前，祭祀者带着恭敬虔诚的心情，祈福于先祖先王，跳着婀娜多姿的舞蹈，手里还摇动着小鼓，磬管齐鸣，钟鼓并作，场面宏大。让我们一睹三千多年前的殷商王朝宗庙祭祀盛况，实属珍贵难得。

《楚辞》

"楚辞"原指战国时代以屈原为代表的楚国人创作的诗歌，它是《诗经》三百篇以后的一种新诗体。西汉时代，人们把模仿屈原《离骚》的一部分作品也称之为"楚辞"。据文献记载，把"楚辞"辑成专书的，是西汉末年的刘向。他把屈原、宋玉、东方朔、严忌、淮南小山、王褒等人的辞赋和自己写的《九叹》，合成一集，名叫"楚辞"。到了东汉的王逸，为"楚辞"作章句，又增加了自己写的《九思》，从此，"楚辞"成为中国文学史上一个专有名称。本书所选《楚辞》作品，均为屈原所作。正文选自宋洪兴祖《楚辞补注》，中华书局1983年新校点本。

离 骚（节选）[1]

帝高阳之苗裔兮[2]，朕皇考曰伯庸[3]。摄提贞于孟陬兮[4]，惟庚寅吾以降[5]。皇览揆余初度兮[6]，肇锡余以嘉名[7]。名余曰正则兮，字余曰灵均[8]。纷吾既有此内美兮[9]，又重之以修能[10]。扈江离与辟芷兮[11]，纫秋兰以为佩[12]。汨余若将不及兮[13]，恐年岁之不吾与[14]。朝搴阰之木兰兮[15]，夕揽洲之宿莽[16]。日月忽其不淹兮[17]，春与秋其代序[18]。惟草木之零落兮[19]，恐美人之迟暮[20]。不抚壮而弃秽兮[21]，何不改乎此度[22]？乘骐骥以驰骋兮[23]，来吾道夫先路[24]！

昔三后之纯粹兮[25]，固众芳之所在[26]。杂申椒与菌桂兮[27]，岂维纫夫蕙茝[28]？彼尧舜之耿介兮[29]，既遵道而得路[30]。何桀纣之猖披兮[31]，夫唯捷径以窘步[32]。惟党人之偷乐兮[33]，路幽昧以险隘[34]。岂余身之惮殃兮[35]，恐皇舆之败绩[36]！忽奔走以先后兮[37]，及前王之踵武[38]。荃不察余之中情兮[39]，反信谗以齌怒[40]。余固知謇謇之为患兮[41]，忍而不能舍也[42]。指九天以为正兮[43]，夫唯灵修之故也[44]。曰黄昏以为期兮[45]，羌中道而改路。初既与余成言兮[46]，后悔遁而有他[47]。余既不难夫离别兮[48]，伤灵修之数化[49]。

余既滋兰之九畹兮[50]，又树蕙之百亩[51]。畦留夷与揭车兮[52]，杂杜衡与芳芷[53]。冀枝叶之峻茂兮[54]，愿俟时乎吾将刈[55]。虽萎绝其亦何伤兮[56]，哀众芳之芜秽[57]。众皆竞进以贪婪兮[58]，凭不厌乎求索[59]。羌内恕己以量人兮[60]，各兴心而嫉妒[61]。忽驰骛以追逐兮[62]，非余心之所急[63]。老冉冉其将至兮[64]，恐修名之不立[65]。朝饮木兰之坠露兮[66]，夕餐秋菊之落英[67]。苟余情其信姱以练要兮[68]，长顑颔亦何伤[69]。揽木根以结茞兮[70]，贯薜荔之落蕊[71]。矫菌桂以纫蕙兮[72]，索胡绳之纚纚[73]。謇吾法夫前修兮[74]，非世俗之所服[75]。虽不周于今之人兮[76]，愿依彭咸之遗则[77]。

长太息以掩涕兮[78]，哀民生之多艰[79]。余虽好修姱以鞿羁兮[80]，謇朝谇而夕替[81]。既替余以蕙纕兮[82]，又申之以揽茝[83]。亦余心之所善兮[84]，虽九死其犹未悔[85]。怨灵修之浩荡兮[86]，终不察夫民心。众女嫉余之蛾眉兮[87]，谣诼谓余以善淫[88]。固时俗之工巧兮[89]，偭规矩而改错[90]。背绳墨以追曲兮[91]，竞周容以为度[92]。忳郁邑余侘傺兮[93]，吾独穷困乎此时也。宁溘死以流亡兮[94]，余不忍为此态也[95]。鸷鸟之不群兮[96]，自前世而固然。何方圜之能周兮[97]，夫孰异道而相安[98]？屈心而抑志兮[99]，忍尤而攘诟[100]。伏清白以死直兮[101]，固前圣之所厚[102]。

悔相道之不察兮[103]，延伫乎吾将反[104]。回朕车以复路兮[105]，及行迷之未远[106]。步余马于兰皋兮[107]，驰椒丘且焉止息[108]。进不入以离尤兮[109]，退将复修吾初服[110]。制芰荷以为衣兮[111]，集芙蓉以为裳[112]。不吾知其亦已兮[113]，苟余情其信芳[114]。高余冠之岌岌兮[115]，长余佩之陆离[116]。芳与泽其杂糅兮[117]，唯昭质其犹未亏[118]。忽反顾以游目兮[119]，将往观乎四荒[120]。佩缤纷其繁饰兮[121]，芳菲菲其弥章[122]。民生各有所乐兮[123]，余独好修以为常[124]。虽体解吾犹未变兮[125]，岂余心之可惩[126]。

注释

〔1〕屈原（约前340—前278），战国时期楚国人。出身于楚国贵族，曾做过三闾大夫和左徒等官职，因为与楚王政见不合而被流放，后沉江而死。主要作品有《离骚》《九歌》《九章》《天问》等。《离骚》是屈原最重要的代表作品，也是中国古代篇幅最长最为宏伟的抒情诗篇。此处为节选。离骚：遭遇忧愁。离：通"罹"（lí），遭遇。骚：忧愁。

〔2〕高阳：远古帝王颛顼（zhuān xū）的称号。苗裔（yì）：后代子孙。兮：语气词。

〔3〕朕（zhèn）：我。先秦时代，人人皆可自称"朕"；从秦始皇开始，为帝王所专用。皇考：屈原的父亲。皇，大。考，对死去父亲的敬称。

伯庸：屈原父亲的字。

〔4〕摄提：摄提格，指代寅年，古代记年的术语。贞：正当。孟陬（zōu）：夏历正月的别名，亦称为寅月。

〔5〕惟：发语词。庚寅：庚寅日，干支记日的术语。降：出生。以上几句是屈原自述他生于寅年、寅月、寅日，这是一个吉祥而又特殊的时间，预示屈原出生就不平凡。

〔6〕皇：皇考，屈原的父亲。览：观察。揆（kuí）：估量，审度。初度：初生时的种种吉祥征兆。

〔7〕肇（zhào）：开始。锡：同"赐"，送给。嘉名：美好的名字。

〔8〕"名余"二句：给我命名叫正则，取字曰灵均。古人有名有字。这里"名"和"字"皆用作动词。根据《史记·屈原贾生列传》，屈原名平字原，"正则""灵均"当是与"平""原"二字意义相应的化名。清人王夫之说："平者，正之则也；原者，地之善而均平者。"（《楚辞通释》）

〔9〕纷：盛多的样子。内美：内在的美好品质。这句是说，我有很多内在的美好品质。《楚辞》往往把状语提到句前，形成其独特的句法。这里"纷"字即是状语提前的例子。

〔10〕重（chóng）：增加。修能：美好的才能。修，美好。

〔11〕扈（hù）：披，楚地方言。江离：一种香草。辟芷（zhǐ）：一种香草，即白芷。

〔12〕纫（rèn）：连缀。秋兰：一种香草，即兰草，因秋季开花，所以称为"秋

163

兰"。佩：佩带的饰物。

〔13〕汩（yù）：水流迅疾的样子。这里比喻时间流逝之快，是状语提前的句式。不及：来不及。

〔14〕不吾与：不等待我。这是否定宾语提前句式。与，给、等待。

〔15〕搴（qiān）：摘取。阰（pí）：土坡。木兰：一种香木，这里指木兰花。

〔16〕揽：采。洲：水中的陆地。宿莽：经冬不枯的草。以上二句是说，我早晚采摘芳香而又有坚强生命力的植物来装饰自己，比喻屈原不断地进德修业，培养自己的德才。

〔17〕日月：时光。忽：过得很快的样子。淹（yān）：停留。

〔18〕代序：循环更替。

〔19〕惟：思。

〔20〕美人：喻有道德才能的人。迟暮：时光流逝而青春易老。

〔21〕抚壮弃秽：趁着年轻而改变恶行。抚：持有，引申为凭借。壮：壮盛之年。秽：脏东西，比喻恶行。

〔22〕度：法度，此指行为的准则。以上二句是说，（楚王）何不趁着壮盛之年而抛弃恶行，何不改变他的失道行为？

〔23〕"乘骐骥"句：比喻任用贤能而大有作为。骐骥（qí jì），骏马。

〔24〕吾：指屈原。道：同"导"，引导。夫：语助词。先路：前面的路。

〔25〕三后：指楚国历史上三位贤明的君主。纯粹：事物没有杂质，这里形容"三后"的德行纯美。

〔26〕固：本来。众芳：喻众多的贤臣。

〔27〕杂：兼有。申椒：落叶灌木，结的子即为花椒，是一种香物。菌桂：肉桂，是桂树的一种，亦是一种香物。

〔28〕维：同"唯"，只。纫：连缀。蕙：一种香草，和兰草同类。茝（chǎi）：白芷。以上二句以香木香草喻贤臣，说明"三后"不拘一格任用贤能。

〔29〕耿介：光明正大。

〔30〕道：正道。路：治国的正路。

〔31〕何：何等，多么，这是状语提前。桀：夏桀，夏朝的暴君。纣：商纣，商朝的暴君。猖披：猖狂放肆。

〔32〕捷径：喻政治上的邪道。捷，速。径，小路。窘步：举步艰难。

〔33〕党人：结党营私的小人。偷乐：苟安享乐。偷，苟且。

〔34〕路：国家的兴盛之路。幽昧：幽深昏暗。险隘：艰险狭窄。

〔35〕惮：害怕。殃：灾祸。

〔36〕皇舆：国君乘坐的车，这里借指楚国。败绩：战车倾覆，喻国家败亡。

〔37〕忽：急忙的样子，这里是状语提前。先后：奔前跑后。

〔38〕及：赶上。踵（zhǒng）武：足迹。以上二句说，我急急忙忙奔前跑后以辅助楚王，期望他效法先王，光大楚国。

〔39〕荃（quán）：一种香草，喻楚王。中情：内情。

〔40〕齌（jì）怒：暴怒。齌，本义是用急火煮食物，这里作"怒"修饰语，表示怒火之盛。

〔41〕謇(jiǎn)謇：正直敢言的样子。謇，本义是发语很难，所以口吃亦称"謇吃"，这里用"謇謇"状忠直极谏之貌。为患：造成祸害。

〔42〕舍：放弃。

〔43〕九天：上天。传说天有九重，上帝在最上一层。正：通"证"，证明。

〔44〕灵修：指楚王。以上二句是说，我（屈原）对天发誓，所做的一切都是为了楚王。

〔45〕"曰黄昏"二句：当初已约定黄昏时亲迎，不知为什么半路上忽然改道。

〔46〕初：当初。成言：说定，约定。

〔47〕悔：翻悔。遹：变迁，这里指变心。他：他志，别的主意。以上二句说，楚王当初已同我约定，后来却翻悔变心，又有别的主意。

〔48〕难：为难。

〔49〕数(shuò)：屡次。化：变化。以上二句是说，我并不难于离开楚王，痛心的是他反复无常的变化。

〔50〕滋：培植，培育。畹(wǎn)：田地面积单位，一畹是十二亩。

〔51〕树：种植。

〔52〕畦(qí)：田垄，这里用作动词，分垄栽种。留夷、揭车：皆是香草。

〔53〕杜衡：一种香草，亦名杜葵，俗名马蹄香。芳芷：白芷。以上四句是以种植培育各类香草以喻培养各种人才。

〔54〕冀：希望。峻茂：高大茂盛。

〔55〕俟(sì)：等待。刈(yì)：收割。

〔56〕萎绝：枯萎凋落，喻培养的人才受到摧残。

〔57〕众芳：上面所说的各种香草。芜秽：长满乱草而荒废。以上二句是说，自己所栽培的贤才遭受摧残原不足伤，可悲的是他们的变节与堕落。

〔58〕竞进：竞相追逐权势利益。竞：争。进：追逐。

〔59〕凭：满，这是《楚辞》中常见的状语提前句式。厌：饱，满足。以上二句说，众人争夺权利而极其贪婪，总不满足。

〔60〕羌(qiāng)：发语词。内恕己：对自己宽容。量人：以己之心度量他人。

〔61〕兴心：心生是非好恶。

〔62〕忽：急忙的样子，用作状语。驰骛(wù)：狂奔迅跑。

〔63〕所急：急于做的事。

〔64〕冉冉：渐渐，指岁月流逝。

〔65〕修名：美好的声名。

〔66〕坠露：木兰花凝结的露水，洁净香甜。木兰树于晚春开花，木兰正与下句"秋菊"相对。

〔67〕落英：初生之花。落，始。以上二句是说，从春到秋，不论早晚，我服食的都是芳美之物，喻自己始终追求高洁的道德人格，与竞进贪婪的人形成鲜明的对比。

〔68〕苟：只要。信：确实。姱（kuā）：美好。练要：精诚专一。

〔69〕顑颔（kǎn hàn）：饿得面黄肌瘦的样子。以上二句是说，只要我的思想情感确实美好而精诚专一，虽饿得面黄肌瘦也没有什么悲伤。

〔70〕揽：持。木根：香木之根。

〔71〕贯：串连。薜荔（bì lì）：常绿灌木，蔓生，亦名木莲。落蕊：始绽开的花蕾。

〔72〕矫：举起。

〔73〕索：绳索，这里用作动词，搓绳索。胡绳：一种蔓生香草。纚（xǐ）纚：绳子又长又好的样子。

〔74〕謇（jiǎn）：楚方言，发语词。法：效法。前修：前代贤人。

〔75〕服：用。

〔76〕不周：不合。今之人：世俗之人。

〔77〕彭咸：传说是殷代的贤臣，因谏劝君王不成，投水而死。遗则：留下的榜样。以上二句是说，我的行为虽不合于世俗之人，但我愿意以彭咸为榜样。

〔78〕太息：叹息。掩涕：揩拭眼泪。

〔79〕民生：民众的生活。多艰：多灾多难。

〔80〕好（hào）：喜爱。修姱（kuā）：这里指美德。姱，美好。羁（jī）：马缰绳。羁：马络头。羁、羁皆用作动词，比喻对自己的约束。

〔81〕谇（suì）：遭谗言毁伤。替：废弃，此指不被楚王任用。

〔82〕以：因，表示原因。纕（xiāng）：佩饰。

〔83〕申：加上。以上二句是说，废弃不用我，是因为我以蕙草和白芷为佩饰，意味抛弃修养高雅的贤才之人。

〔84〕善：爱好。

〔85〕九死：死亡多次，极言自己为理想而奋斗，决不屈服、妥协。

〔86〕浩荡：本义是形容水面广大，这里指放纵于礼法之外。

〔87〕众女：借指谄佞的小人。蛾眉：喻女子之眉像蚕蛾须那样弯细美好。这里屈原以女性自比，以美貌比喻美质。

〔88〕谣诼（zhuó）：造谣诽谤。以上二句是说，那些女人嫉妒我的美貌，造谣诽谤我善于淫邪。

〔89〕工巧：善于投机取巧。

〔90〕偭（miǎn）：违背。规矩：比喻礼法。错：通"措"，措施。

〔91〕绳墨：木工用的墨线，是定直线的工具，这里比喻正道。追：随。

〔92〕周容：苟合求容。度：常规，法度。

〔93〕忳（tún）：忧愁的样子。郁邑：忧郁烦闷。侘傺（chà chì）：怅然失意的样子。

〔94〕宁：宁可。溘（kè）死：忽然死去。流亡：形体遗迹的消亡。

〔95〕此态：苟合求容之态。

〔96〕鸷（zhì）鸟：凶猛的鸟。不群：不与凡鸟同群。

〔97〕何：如何。圜：同"圆"。周：合。

〔98〕"夫孰"句：方和圆怎能相合，不同之道如何能相安？

〔99〕屈心而抑志：委屈、压抑自己的心志。

〔100〕忍尤：忍受罪过。尤：罪过。攘诟：遭到侮辱。

〔101〕伏：通"服"，保持。死直：为直道而死。

〔102〕厚：看重。

〔103〕相（xiàng）道：看路。相：视。察：明察。

〔104〕延伫：长久站立。反：同"返"。以上二句是说，后悔没有看清前路，伫立良久，我将返回原路。

〔105〕朕：我。复路：回复原来所行的道路。

〔106〕及：趁着。行迷：迷路。

〔107〕步：慢行。兰皋（gāo）：长满兰草的水边高地。皋：水边的高地。

〔108〕椒丘：花椒丛生的小山。且焉：暂且于此。止息：休息。

〔109〕进不入：进仕于朝廷而未被楚王信任和接纳。离：通"罹"，遭到。

〔110〕退：隐退。初服：初未仕进时的服饰，比喻原来的志趣、品德。

〔111〕芰（jì）：菱，这里指菱叶。荷：荷叶。衣：上衣。

〔112〕芙蓉：荷花。裳（cháng）：下装。芰荷为衣，芙蓉为裳，极言"初服"的高洁。

〔113〕已：止，罢了。

〔114〕苟：只要。以上二句是说，不理解我也就罢了，只要我内心真正的高洁芬芳。

〔115〕高：使之高。岌（jí）岌：高耸的样子。

〔116〕长：使之长。佩：佩带的饰物。陆离：曼长的样子。

〔117〕芳：香洁。泽：润泽。杂糅（róu）：混杂在一起。

〔118〕昭质：洁白光明的品质。以上二句是说，服饰的芬芳与佩玉的润泽交织在一起，洁白光明的品质愈显突出而没有亏损。

〔119〕反顾：回顾。游目：纵目远望。

〔120〕往观四荒：离开朝廷而流浪四野。四荒，四方远处。

〔121〕缤纷：盛多的样子。

〔122〕菲菲：形容香气很浓。弥：愈加。章：明，显著。

〔123〕乐：喜欢。

〔124〕修：美好的品德。常：常规，习惯。

〔125〕体解：肢解，古代的一种酷刑。

〔126〕惩：悔恨。以上二句是说，粉身碎骨不能改变我的志向，我的内心也决不会悔恨。

鉴赏

　　《离骚》是一首带有自传性质的叙事体长篇抒情诗，这里选录的是全诗的第一大部分，可分为四段。第一段，自"帝高阳之苗裔兮"至"来吾导夫先路"。作者通过自叙的笔法，追溯世系，表明自己是楚国宗室之臣；详记自己的生年和名、字的由来，强调禀赋的纯美灵异和才能的不凡。接着讲自己的人生观。他天赋迥异，志向高远，特别感到时间的易逝和生命的短暂，因而孜孜不倦地培养品德，锻炼才能，这一切都是为了实现一个伟大的社会理想，同时力求做

一个人格完美的人。这是我们理解屈原精神的核心与关键。

第二段,自"昔三后之纯粹兮"至"伤灵修之数化"。承接上文,阐明自己的政治理想和事君不合的经过。首先述三后以戒今王,接着陈尧舜以示典范。"昔三后之纯粹兮,固众芳之所在",这句话表明了屈原对圣君的向往,也说明他对楚王所抱有的寄托和期待。"岂余身之惮殃兮,恐皇舆之败绩。忽奔走以先后兮,及前王之踵武",这是屈原以身许国的誓言,也是他所追求的政治理想。但不幸的是,楚王并不理解屈原的满腔热血,他反而相信那些"偷乐"的"党人",听信他们的谗言,改变了原初信任屈原的态度,反过来将他迁怒,这使他失去了政治的依托,也是他的政治理想破灭之始。这让屈原大失所望,也万分悲伤。

第三段,从"余既滋兰之九畹兮"至"固前圣之所厚"。叙述自己在政治上的遭遇,并分析其原因。屈原感伤自己所培养的人才变节,叙述小人们的钻营投机和对他的嫉妒。是楚王的昏庸不察,党人的谗言陷害,使屈原遭遇前所未有的困境,为此受尽委曲,但是他决不改自己的清白之志。此段之中,屈原四次提到了"死",一曰"愿依彭咸之遗则",二曰"虽九死其犹未悔",三曰"宁溘死以流亡兮",四曰"伏清白以死直兮",反复申明自己的志向和品格,其实也是在诉说自己内心里无尽的痛苦。

第四段,从"悔相道之不察兮"到"岂余心之可惩"。承上文述说自己另一方面的内心矛盾与痛苦。他后悔自己选错了道路,恨自己所托非人,早知如此,何必当初。一个"悔"字,将他的这一矛盾心情表达的生动之极。既然理想不能实现,则退隐可以独善其身;无论如何,也决不委曲自己的人格,宁死也不会为此而改变节操。

总之,这一大段先叙自己身世,次叙自己修德之行、忠贞之志与奋发图强的精神;再叙群邪蔽贤、壮怀难伸的遭遇;再表白自己的决心:尽管环境恶劣,但自己清白的操守和正直的人格始终不变。即便是社会理想不能实现,也要做一个独善其身的人,哪怕用死也要捍卫自己的人生理想。《离骚》之所以感人至深,不仅因为他叙述了一个感动人心的故事,还塑造了一个杰出的主人公形象。他有伟大的理想,高尚的节操,超凡的素质,优雅的仪容。他含英咀华、佩兰饰玉,高冠峨峨,衣袂飘飘。他身上流淌着高贵的血液,不屑于与小人为伍。他犹如超越凡间世俗的圣人,凌驾于后世所有的诗人之上。全诗结构宏伟,构思奇特,感情回环激荡,辞章华美,风格浪漫,具有巨大的艺术感染力量。

湘 君[1]

君不行兮夷犹[2],蹇谁留兮中洲[3]?美要眇兮宜修[4],

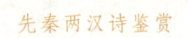

沛吾乘兮桂舟[5]。令沅湘兮无波，使江水兮安流。望夫君兮未来，吹参差兮谁思[6]？

驾飞龙兮北征[7]，邅吾道兮洞庭[8]。薜荔柏兮蕙绸[9]，荪桡兮兰旌[10]。望涔阳兮极浦[11]，横大江兮扬灵[12]。扬灵兮未极[13]，女婵媛兮为余太息[14]！横流涕兮潺湲[15]，隐思君兮陫恻[16]。

桂棹兮兰枻[17]，斲冰兮积雪[18]。采薜荔兮水中，搴芙蓉兮木末[19]。心不同兮媒劳，恩不甚兮轻绝[20]。石濑兮浅浅[21]，飞龙兮翩翩。交不忠兮怨长[22]，期不信兮告余以不闲[23]。

朝骋骛兮江皋[24]，夕弭节兮北渚[25]。鸟次兮屋上[26]，水周兮堂下[27]。捐余玦兮江中[28]，遗余佩兮澧浦[29]。采芳洲兮杜若[30]，将以遗兮下女[31]。时不可兮再得，聊逍遥兮容与[32]。

注 释

〔1〕本诗和下一首诗都选自《楚辞·九歌》。《九歌》是在楚国流传已久的一组乐歌，屈原根据原始《九歌》进行了改编，共十一篇。湘君、湘夫人是一对湘水配偶神。《湘君》《湘夫人》这两首诗为一组，分别抒写了这对夫妇对纯真爱情的热烈追求和对美好生活的深情向往。

其中《湘君》是一位女巫饰为湘夫人的独唱。

〔2〕君：湘君。湘君是男性湘水神。不行：湘君不来赴约。夷犹：犹豫不决。

〔3〕蹇（jiǎn）：通"謇"，楚方言，发语词。谁留：湘君为谁而留？或湘君被谁留住？这是湘夫人发出的猜想和疑问。中洲：洲中。

〔4〕要眇（yāo miǎo）：美好的样子。宜修：修饰打扮得恰到好处。

〔5〕沛：水流迅急的样子，这里形容船行之速。桂舟：用桂木制造的舟。以上二句是说，我容貌美丽而又装扮适宜，乘着桂舟急速而行，去赴湘君的约会。

〔6〕"望夫"二句：盼望湘君，他却不来，我吹着箫管，叙说着对他的无尽思念。参差，古乐器，由长短不齐的竹管编排而成，类似于笙或排箫；参差长短不齐，发出的声音复杂变化，喻指湘夫人复杂的思绪。谁思，思念谁，意谓思念湘君。

〔7〕飞龙：龙舟，即上文所说的桂舟。北征：北行，湘夫人在约会地点久等湘君不来，于是乘船北行，迎接湘君。

〔8〕邅（zhān）：楚方言，回转，改变航向。以上二句是说，湘夫人从湘水出发北行，横渡洞庭湖而未遇到湘君，于是转向进入长江。

〔9〕薜荔（bì lì）：常绿蔓生植物，亦称木莲。柏：旗帜之类。蕙绸：以蕙草缠绕旗杆。蕙，一种香草，与兰草同类。绸，缠绕。

〔10〕荪桡（sūn ráo）：旗杆的曲柄上装饰着荪草。荪，一种香草，俗称石菖蒲。桡，曲木，指旗杆上的曲柄。以上二句是说，湘夫人其所

乘之舟的仪仗、装饰美丽芬芳。

〔11〕涔（cén）阳：地名，在今湖南澧县涔水的北岸。极浦：遥远的水边。

〔12〕"横大江"句：湘夫人显神，发出灵光，充满大江。横，充满。扬灵，显灵。

〔13〕极：已，终止。湘夫人为了呼唤湘君，不停地显神，发出灵光。

〔14〕女：湘夫人身边的侍女。婵媛（chán yuán）：楚方言，叹息的样子。余：湘夫人自指。

〔15〕横流涕：涕泪交集。潺湲（chán yuán）：水徐徐流动的样子，形容泪流不止。

〔16〕隐：内心深藏。悱恻：忧思悲伤的样子。以上二句说，湘夫人涕泪横流，痛苦地思念等待湘君。

〔17〕棹（zhào）：划船用的长桨。枻（yì）：划船用的短桨。

〔18〕"斫冰"句：在积雪中凿冰行船（这是虚写，比喻会见湘君之路艰难）。斫（zhuó）：砍凿。

〔19〕搴（qiān）：摘取。木末：树梢。

〔20〕"心不同"二句：我们彼此不同心，媒人徒劳而无功；你恩爱之情不深，所以轻易地抛弃了我。

〔21〕濑（lài）：沙石上的急流。浅浅：水流疾速的样子。

〔22〕交：结交，交往。怨长：怨恨深长。

〔23〕期：约会。不信：不守信约。以上二句是说，相交而不忠诚，使我

忧怨不已；约会不守信用，反而托词说没有空闲。

[24] 朝：早晨。骋骛（chěng wù）：奔驰。江皋：江边的水泽之地。皋，湾曲的水泽之地。

[25] 弭（mǐ）节：这里指停船。弭，停止。渚（zhǔ）：水中小洲。

[26] 次：止宿，停留。

[27] 周：环绕。

[28] 捐：抛弃。玦（jué）：环形而有缺口的佩玉，此玦是湘君所赠。

[29] 遗：丢弃。佩：佩玉。澧浦：澧水之滨。澧，澧水，源出湖南桑植，经澧县入洞庭湖。以上二句是说，湘夫人丢弃了湘君所赠的玦、佩信物，表示怨忿决绝之意。

[30] 杜若：一种香草，又名杜衡，气味芬芳。宋人谢翱《楚辞芳草谱》："杜若之为物，令人不忘；搴采而赠之，以明其不忘也。"

[31] 遗下女：托侍女赠予湘君。遗，赠。下女，湘君的侍女。以上二句是说，湘夫人丢弃湘君所赠的信物，但她对湘君仍一往情深，所以她采了芳草，托湘君的侍女送给湘君，以期他回心转意。

[32] "时不可"二句：相会的时机很难再得，我姑且逍遥漫步以排遣忧思。聊，姑且。容与，安逸闲暇的样子，此指无可奈何地徘徊漫步。

湘夫人[1]

　　帝子降兮北渚[2]，目眇眇兮愁予[3]。袅袅兮秋风[4]，洞庭波兮木叶下[5]。登白薠兮骋望[6]，与佳期兮夕张[7]。鸟何萃兮蘋中[8]？罾何为兮木上[9]？沅有茝兮澧有兰[10]，思公子兮未敢言[11]。荒忽兮远望，观流水兮潺湲[12]。

　　麋何食兮庭中[13]？蛟何为兮水裔[14]？驰余马兮江皋[15]，夕济兮西澨[16]。闻佳人兮召予，将腾驾兮偕逝[17]。筑室兮水中，葺之兮荷盖[18]。荪壁兮紫坛[19]，播芳椒兮成堂[20]。桂栋兮兰橑[21]，辛夷楣兮药房[22]。罔薜荔兮为帷[23]，擗蕙櫋兮既张[24]。白玉兮为镇[25]，疏石兰兮为芳[26]。芷葺兮荷屋[27]，缭之兮杜衡[28]。合百草兮实庭[29]，建芳馨兮庑门[30]。九嶷缤兮并迎[31]，灵之来兮如云[32]。

　　捐余袂兮江中[33]，遗余褋兮澧浦[34]。搴汀洲兮杜若[35]，将以遗兮远者[36]。时不可兮骤得[37]，聊逍遥兮容与[38]。

注　释

　　〔1〕此是男巫饰为湘君所唱的恋慕湘夫人的歌辞。

〔2〕帝子：指湘夫人。相传帝尧之二女娥皇、女英为帝舜的二妃。舜到南方巡视，死于苍梧。二妃追至洞庭，得到舜死的消息，悲痛欲绝，遂投湘水而死，为湘水女神。楚人感而为之立祠祭祀。渚（zhǔ）：水中高地。

〔3〕眇（miǎo）眇：极目远望的样子。愁予：使我忧愁。"帝子"二句：湘夫人降临于北渚，渺茫遥远，望之不来，使我忧愁不已。

〔4〕袅（niǎo）袅：微风吹拂的样子。

〔5〕洞庭：洞庭湖，在今湖南北部。波：这里用作动词，指微波泛动。"袅袅"二句：湘君所望见的只是洞庭湖的一派萧瑟秋景，衬托出他此时悲凉、怅惘、愁苦的心情。

〔6〕登白薠（fán）：站在长满薠草的湖岸。薠，一种水草，秋季生长。骋望：放眼远望。

〔7〕佳：佳人，指湘夫人。期：约会。夕张：为黄昏时的约会尽心准备。张，陈设。

〔8〕"鸟何"句：鸟为什么聚集在水草中？萃（cuì）：聚集。蘋（pín）：一种水草，叶浮于水面，根连于水底。

〔9〕罾（zēng）：渔网。木上：挂在树上。"鸟何"二句都是违背常理之事，暗示湘君所求不得，事与愿违。

〔10〕沅（yuán）：沅水，是湖南境内流入洞庭湖的大河。茝（chǎi）：白芷，一种香草。澧：澧水。沅茝和澧兰都是用香草比喻湘夫人。

〔11〕公子：即"帝子"，指湘夫人。

〔12〕荒忽：即"恍惚"，神志迷乱的样子。潺湲（chán yuán）：水流缓慢而不断的样子。流水潺湲喻指湘君对湘夫人的情感缠绵不断。

〔13〕麋（mí）：一种鹿类动物。

〔14〕蛟：古人认为是龙一类的动物。水裔：水边。"麋何"二句与上文"鸟何"二句的用意相同，皆暗示湘君追求湘夫人而不得，事与愿违。

〔15〕江皋：江边高地。

〔16〕济：渡。澨（shì）：水边。

〔17〕腾驾：驾车奔驰。以上四句是说，我清晨骑马驰过江皋，傍晚又渡过西河，听说湘夫人召唤我，我要与她一起创造美好的生活。下面一段是湘君的想象。

〔18〕葺（qì）：覆盖，这里指用茅草盖屋。荷盖：用荷叶作房顶。

〔19〕荪（sūn）壁:用荪草装饰屋壁。荪，一种香草，俗名石菖蒲。紫坛：用紫贝壳铺砌的庭院。

〔20〕这句是说，把芳香的花椒和到泥里，用来涂饰堂壁。播，散布。椒，花椒，一种芳香性的植物，常以之涂闺房的墙壁。成，饰。

〔21〕桂栋:以桂木为房梁。栋，房梁。兰橑（lǎo）:用木兰作屋橑。橑，屋椽。

〔22〕辛夷：一种香木。楣（méi）：门上横木，代指门。药房：用白芷装饰卧室。药，一种香草，即白芷。

〔23〕网：作动词用，编织。薜荔：一种香草。帷：帐幔。

〔24〕擗（pǐ）蕙櫋（mián）：把蕙草分开，制成屋檐板。擗，剖开。櫋，屋檐板。

〔25〕镇：镇席，压住坐席之物。

〔26〕疏：分布。石兰：兰草的一种，即山兰。

〔27〕芷（zhǐ）：白芷，一种香草。荷屋：荷叶做的屋顶。清蒋骥《山带阁注楚辞》曰："谓前荷盖之屋复葺以芷。"

〔28〕缭：缠绕。杜衡：一种香草。

〔29〕合：聚集。百草：各种香草。实：充满，布满。

〔30〕馨（xīn）：散布很远的香气。庑（wǔ）：厅堂四周的廊屋。

〔31〕九嶷（yí）：山名，又名苍梧，在今湖南宁远东南，这里是指九嶷山的众神。缤：纷纷然，形容众多。

〔32〕灵：指九嶷山的诸神，因来者众多，所以说"如云"。以上十六句是湘君追述他怎样向往与湘夫人共同生活，然而因为两人最终没有相会，一切美好的生活理想都破灭了，留下的只有无尽的忧伤和怅惘。

〔33〕捐：丢弃。袂（mèi）：衣袖。

〔34〕褋（dié）：单衣。澧浦：即澧水之滨。以上二句说：因湘夫人失约，湘君失望、气愤而将湘夫人所赠的定情之物"袂""褋"抛到水里，以示决绝之意。

〔35〕搴（qiān）：摘。汀：水中或水边平地。杜若：一种香草。

〔36〕遗（wèi）：赠送。远者：指湘夫人。以上四句表现了湘君矛盾复杂

的心情：一方面，湘君因湘夫人失约，故在气愤和失望之余，将湘夫人所赠的定情之物抛入江中；另一方面，他仍然眷念湘夫人，期望他们能够重新相好，他采摘香草赠给远方的湘夫人，以表达其思慕和爱恋之情。

〔37〕骤得：屡次得到；一说突然得到。

〔38〕聊：姑且。容与：悠闲自得的样子。以上二句说：相见的机会不能屡次得到，我姑且在汀洲上漫步散心，以排遣心中的愁思。

鉴赏

　　湘君和湘夫人为配偶，是楚国境内最大的河流湘水之神，其形成最早当来自人们对于自然神的崇拜，后来则与帝舜死于苍梧和他的妃子娥皇女英投湘水而死的神话相结合，从而使湘水之神由原来模糊的自然面孔变为亲切形象的人间帝王与王妃，还有一段打动人心的生离死别的爱情故事，供人们永远的怀念和祭享。诗人将这一故事再做加工，分别以男女主人公的身份写他们之间的追寻、等待、最终不得见的悲剧故事。诗人展开了充分的想象，用细致入微的笔法，分别刻画了湘夫人、湘君由期待到幻想、再到失望、并由失望而产生的哀怨之情，缠绵悱恻、凄婉动人。其中，湘夫人为等待和寻找湘君，在洞庭湖上的驾龙北征、徘徊怅望；湘君为迎接湘夫人而筑室水中、隆重迎接的铺排描写，语言华丽，意象丰富，具有浓郁的浪漫色彩。两首诗中都有对人物复杂微妙的心理刻画，真切感人。洞庭湖上的烟云迷茫，秋风木叶的袅袅飘落，环境气氛的有效渲染，增加了这一故事的悲剧氛围。这是中国文学史上最富有浪漫色彩的优美的爱情诗篇。

东　君[1]

暾将出兮东方[2]，照吾槛兮扶桑[3]。抚余马兮安驱，夜皎皎兮既明[4]。驾龙辀兮乘雷[5]，载云旗兮委蛇[6]。长太息兮将上[7]，心低徊兮顾怀[8]。羌声色兮娱人[9]，观者憺兮忘归[10]。緪瑟兮交鼓[11]，箫钟兮瑶簴[12]。鸣篪兮吹竽[13]，思灵保兮贤姱[14]。翾飞兮翠曾[15]，展诗兮会舞[16]。应律兮合节[17]，灵之来兮蔽日[18]。青云衣兮白霓裳，举长矢兮射天狼[19]。操余弧兮反沦降[20]，援北斗兮酌桂浆[21]。撰余辔兮高驰翔[22]，杳冥冥兮以东行[23]。

注　释

〔1〕选自《楚辞·九歌》。这是一首祭祀太阳神的祭歌。东君：太阳神。

太阳每天从东方出来。

〔2〕暾（tūn）：温暖、明朗的样子。

〔3〕槛：栏干。扶桑：传说中的神树，太阳初生之处。

〔4〕晈晈：拂晓时天色开始明亮的样子。

〔5〕辀（zhōu）：本是车辕横木，泛指车。龙辀：以龙为车。雷：乘龙辀时发出的雷声。

〔6〕委蛇：即逶迤，曲折而行。

〔7〕将上：指太阳将要升起之时。

〔8〕低徊：徘徊不前。顾怀：心有所恋。

〔9〕羌：楚方言，发语词。声色：指太阳初升时光采夺目的样子。

〔10〕憺（dàn）：指心情安定。

〔11〕緪（gēng）：急促地弹奏。交：对击。交鼓：鼓声相交。

〔12〕箫：通"搛"，击。瑶：通"摇"，震动。簴（jù）：悬钟的架。瑶簴：指钟声响动使簴也发出震动的声音。

〔13〕篪（chí）和竽：古代的两种管类吹奏乐器。

〔14〕灵保：指祭祀时的神巫。贤姱（kuā）：贤淑美好。

〔15〕翾（xuán）飞：轻轻的飞扬。翠：翠鸟。曾：飞起。

〔16〕展诗：演唱诗歌。会舞：合舞。

〔17〕应律：歌声协律。合节：舞姿合拍。

〔18〕灵：神。

〔19〕青云霓：以青云为霓，以白云为裳。指太阳神的穿戴。矢：箭。天狼：天狼星，相传为侵害他人的恶星。旧说认为比喻秦国。

〔20〕弧矢：弓和箭，这里指弧矢星，古代属于二十八宿的井宿，位于天狼星的东南，共有九星，形似弓箭，据说是专门射天狼的弓箭。反：指返身西向。沦降：沉落。

〔21〕援：引。北斗七星似勺。酌：饮。桂浆：桂花酿的酒。

〔22〕撰：控制。

〔23〕杳：幽深。冥冥：黑暗。

鉴赏

　　此诗的祭祀对象是东君，即太阳神，他是威严英武的男神，也是战神。诗以太阳的东升西落为线索，描写了他的神姿，歌颂了他的伟大。他从东方升起，给万物带来光明，带来温暖。他的出场也带着威严，乘着飞龙，挟着雷声。人们欢呼太阳神的到来，唱歌跳舞，管乐合奏，钟鼓齐鸣，众神相迎，场面热烈。而太阳神就像一个英勇的战士，他以青云为霓，白云为裳，手持弓箭，射落天狼。然后向西方降落，手持北斗，酌酒庆祝。再乘车远举，返回东方。此诗将自然神人格化，并结合其特点而进行描写，把太阳神的雍容、尊贵、威严、英武，和人们对于太阳神的热烈崇拜，生动地展现出来，可谓祭祀诗中的杰作。

山　鬼[1]

　　若有人兮山之阿[2]，被薜荔兮带女罗[3]。既含睇兮又宜笑[4]，子慕予兮善窈窕[5]。乘赤豹兮从文狸[6]，辛夷车兮结桂旗[7]。被石兰兮带杜衡[8]，折芳馨兮遗所思[9]。余处幽篁兮终不见天[10]，路险难兮独后来[11]。

　　表独立兮山之上[12]，云容容兮而在下[13]。杳冥冥兮羌昼晦[14]，东风飘兮神灵雨[15]。留灵修兮憺忘归[16]，岁既晏兮孰华予[17]？采三秀兮于山间[18]，石磊磊兮葛蔓蔓[19]。怨公子兮怅忘归，君思我兮不得闲。

　　山中人兮芳杜若[20]，饮石泉兮荫松柏。君思我兮然疑作[21]。雷填填兮雨冥冥[22]，猿啾啾兮狖夜鸣[23]。风飒飒兮木萧萧[24]，思公子兮徒离忧[25]。

注　释

〔1〕此诗选自《楚辞·九歌》。山鬼，即山神。此诗中的"山鬼"是个多情的女子。

〔2〕若：仿佛，形容山鬼飘忽不定、若隐若现的神态。人：山鬼自指。

山之阿（ē）：山丘弯曲处。阿，弯曲之处。

〔3〕被：通"披"。薜荔（bì lì）：常绿灌木，蔓生，又名木莲。带女罗：以女罗作衣带。女罗，同"女萝"，即松萝，常由树梢垂悬。

〔4〕含睇（dì）：美目含情流盼。睇，斜视。宜笑：笑的情态美丽动人。

〔5〕子：山鬼思慕的恋人。下文之"公子"、"君"与此同义。予：山鬼自指。窈窕：娇美的姿态。以上二句是说，我美目流盼笑容迷人，你爱慕我美好的姿态容颜。

〔6〕乘赤豹：乘坐赤豹驾的车。从文狸：让文狸当随从。从，使随从。文狸，有花纹的野猫。

〔7〕辛夷车：以辛夷香木为车。辛夷，木兰一类的香树。结桂旗：用桂花树枝扎的旌旗。结，系、扎。

〔8〕石兰：兰草的一种，又名山兰。杜衡：同"杜蘅"，香草名。

〔9〕芳馨：芳香的花草。遗（wèi）：赠送。所思：所思念的人，即山鬼的恋人。

〔10〕幽篁（huáng）：幽深的竹林。篁，竹林。

〔11〕后来：迟到。以上二句是说，我（山鬼）住在幽深的竹林里，总见不到天光，又因山路陡峭崎岖，所以来迟了。

〔12〕表独立：卓然特立。表，突出的样子。

〔13〕云容容：云像流水一样的浮动。容容，通"溶溶"，浮动的样子。

〔14〕杳冥冥：深沉而幽暗的样子。羌（qiāng）：楚方言，语助词。昼晦：

白天也昏暗不明。

〔15〕神灵：雨神。雨：作动词用，降雨。以上四句是说，山鬼没有见到所恋之人，心情非常沉重。她独立于山巅，但见云海翻滚、风骤雨疾。

〔16〕留灵修：希望能留住恋人。灵修，指山鬼的恋人。憺（dàn）忘归：安然地忘记归去。憺，安心的样子。

〔17〕"岁既晏（yàn）"句：年岁已大，青春流逝，谁能使我重新变得年轻貌美。晏，迟、晚。华，美、爱。

〔18〕三秀：灵芝的别名。植物开花结穗叫"秀"，灵芝一年开三次花，故称"三秀"。

〔19〕磊（lěi）磊：乱石堆积的样子。葛：一种蔓生植物，茎中纤维可织成葛布。蔓蔓：藤蔓纠缠的样子。

〔20〕"山中"句：我这山中人像杜若一样芬芳（喻她的品格高洁美好）。山中人，山鬼自谓。杜若，一种香草。

〔21〕"君思我"句：一会儿觉得公子真的在思念我，一会儿又觉得可能不是这样。这表达了山鬼的疑虑心情。然疑作，信与疑交替产生。然，真是这样。

〔22〕填填：雷声。冥冥：昏暗的样子。

〔23〕啾（jiū）啾：猿的叫声。

〔24〕飒飒：风声。萧萧：风吹叶落的声音。

〔25〕徒：白白地。离：同"罹"，遭受。"雷填填"四句，情景交融。在

电闪雷鸣、风雨交加而天色昏暗的夜晚,听着猿的悲鸣和萧瑟的风声。山鬼苦苦地思念自己的恋人,更显得孤寂悲凉、黯然神伤。

鉴赏

　　诗歌以自述的方式刻画了一位美丽善良、坚贞纯洁的女神形象。她是山的精灵,在幽暗的山林里过着孤寂的生活,却对纯真的爱情和美好的生活有着强烈的追求和向往。她服饰奇丽,柔美多姿,眉目传情,仪态动人。她心有所属,献花定情,盛装而来,期望与之相会,也唯恐自己来晚,心情急切。但是她所思所念之人终究未来,这让她惆怅、徘徊,内心充满了矛盾,心情无比复杂。此诗运用多种手法塑造了山鬼美丽动人的形象:有对山鬼仪态姿容的正面描写,也有对其复杂内心世界的精细刻画,还有对环境气氛的渲染,把景物描写与惆怅缠绵的情怀有机地融为一体,产生了极佳的悲剧效果。

国　殇[1]

　　操吴戈兮被犀甲[2],车错毂兮短兵接[3]。旌蔽日兮敌若云[4],矢交坠兮士争先[5]。凌余阵兮躐余行[6],左骖殪兮右刃伤[7]。霾两轮兮絷四马[8],援玉枹兮击鸣鼓[9]。

天时怼兮威灵怒[10]，严杀尽兮弃原野[11]。

　　出不入兮往不反[12]，平原忽兮路超远[13]。带长剑兮挟秦弓[14]，首身离兮心不惩[15]。诚既勇兮又以武[16]，终刚强兮不可凌[17]。身既死兮神以灵[18]，魂魄毅兮为鬼雄[19]。

注　释

〔1〕此诗选自《楚辞·九歌》。国殇(shāng)：为国捐躯者，此诗是祭祀为国牺牲者的祭歌。

〔2〕操：持。吴戈：吴地生产的戈，以锋利著称。戈，古代打仗所用的长兵器。被：同"披"。犀(xī)甲：犀牛皮制成的铠甲。

〔3〕错毂(gǔ)：古代战车的车轴两端都露出毂外，双方战车接近时，往往就车毂交错。毂，车轮中心安插车轴的部分，相当于现在的轴承。短兵：短兵器，指刀剑。

〔4〕旌(jīng)：用五色羽毛装饰的旗帜，这里指军旗。蔽日：形容旌旗极多，遮天蔽日。敌若云：喻敌人众多。

〔5〕矢交坠：两军对射，流矢交相坠落。矢，箭。士争先：战士奋勇争先。

〔6〕"凌余阵"句：敌人的进攻异常猛烈，冲击践踏了我方的阵势和行列。凌，侵犯。躐(liè)，践踏。行，行列。

〔7〕骖(cān)：驾车的边马。古时一车驾四马，中间两马叫"服"，两边

的马称"骖"。殪(yì):倒地而死。右刃伤:右骖马为兵器所伤。

〔8〕霾:同"埋"。絷(zhí):绊住。

〔9〕援:持,拿着。玉枹(fú):用玉装饰的鼓槌。鸣鼓:声音特别响亮的鼓。

〔10〕怼(duì):怨恨。威灵怒:阵亡将士的威武灵魂仍然愤怒不屈。

〔11〕"严杀尽"句:经过一场惨烈的战斗,将士全部牺牲,尸横遍野,无人收葬。严杀尽,残酷地杀死了全部将士。

〔12〕反:同"返"。

〔13〕平原:战场。忽:荒忽渺茫的样子。超:远。以上二句说,将士离家出征,一去不归,全部牺牲在遥远的战场上。

〔14〕挟:夹在腋下。秦弓:秦地制造的弓,指好弓。

〔15〕首身离:头与身分离,即牺牲。惩:戒惧,悔恨。

〔16〕诚:确实。勇:勇敢。武:武艺高强。

〔17〕终:自始至终。不可凌:不可侵犯,不可夺其志。以上二句说:我们的战士确实既勇敢又武艺高强,他们是不可侵犯的。

〔18〕神以灵:将士虽死,但神灵犹显,精神永存。

〔19〕魂魄毅:英雄死后魂魄依然刚毅坚强。以上二句说:英雄已经战死,而死后为神亦将威灵显赫;魂魄武毅刚强,作鬼也是鬼中雄杰。

鉴赏

此诗祭祀的对象是为国捐躯的将士。这首诗可分为两部分,前

一部分是扮演受祭者之主巫的独唱,自述战场上激烈战斗的场面。诗用夸张的语言,描写了战场上将士们奋勇争先,殊死搏斗,以至最后壮烈牺牲的悲壮情景。后一部分是群巫的合唱,是对为国牺牲将士的追思和赞颂。他们战死疆场,一去不还。但是他们的英武形象永存人间,他们的战斗精神永不可没,他们死后也是鬼中豪杰。此诗将叙事抒情融为一体,场面宏大,气氛浓烈,感情深挚,形成了慷慨悲壮、质朴刚健的风格特征,充分表现了楚国人民同仇敌忾的慷慨意气和强烈的爱国精神,具有深刻感人的艺术力量。

涉 江 [1]

余幼好此奇服兮[2],年既老而不衰。带长铗之陆离兮[3],冠切云之崔嵬[4]。被明月兮珮宝璐[5]。世溷浊而莫余知兮[6],吾方高驰而不顾。驾青虬兮骖白螭[7],吾与重华游兮瑶之圃[8]。登昆仑兮食玉英。与天地兮同寿,与日月兮同光。哀南夷之莫吾知兮,旦余济乎江湘[9]。

乘鄂渚而反顾兮[10],欸秋冬之绪风[11]。步余马兮山皋[12],邸余车兮方林[13]。乘舲船余上沅兮[14],齐吴榜以击汰[15]。船容与而不进兮[16],淹回水而凝滞[17]。

朝发枉陼兮[18]，夕宿辰阳[19]。苟余心其端直兮[20]，虽僻远之何伤！

入溆浦余儃徊兮[21]，迷不知吾所如[22]。深林杳以冥冥兮[23]，乃猿狖之所居[24]。山峻高以蔽日兮，下幽晦以多雨[25]。霰雪纷其无垠兮[26]，云霏霏而承宇[27]。哀吾生之无乐兮，幽独处乎山中[28]。吾不能变心而从俗兮，固将愁苦而终穷[29]。

接舆髡首兮[30]，桑扈裸行[31]。忠不必用兮，贤不必以[32]。伍子逢殃兮[33]，比干菹醢[34]。与前世而皆然兮[35]，吾又何怨乎今之人！余将董道而不豫兮[36]，固将重昏而终身[37]。

乱曰[38]：鸾鸟凤皇[39]，日以远兮[40]。燕雀乌鹊，巢堂坛兮[41]。露申辛夷[42]，死林薄兮[43]。腥臊并御[44]，芳不得薄兮[45]。阴阳易位[46]，时不当兮[47]。怀信侘傺[48]，忽乎吾将行兮[49]。

注 释

〔1〕此诗选自《楚辞·九章》。是屈原于流放途中所作。

〔2〕奇服：异于世人的服饰。比喻志行高洁，与众不同。

〔3〕长铗（jiá）：长剑。陆离：长长的样子。

〔4〕冠切云：帽子很高，好像与云相齐。崔嵬（wéi）：高耸的样子。

〔5〕被：同"披"。明月：宝珠名，夜光珠。珮：通"佩"。璐（lù）：美玉。

〔6〕溷（hùn）浊：即"混浊"，混乱污浊。莫余知：没有人理解我。

〔7〕虬（qiú）：传说中有角的龙。骖（cān）：古时的车子用四匹马拉，两边的马叫作骖。这里用作动词，驾驭。螭（chī）：传说中无角的龙。

〔8〕重华：虞舜之名。瑶之圃：产美玉的地方，这里指昆仑。昆仑以产玉闻名，神话中认为昆仑是天帝的园囿。

〔9〕济：渡。江：长江。

〔10〕乘：登上。鄂渚（è zhǔ）：地名，在洞庭湖附近。反顾：回头看。

〔11〕欸（āi）：叹息。绪风：余风。绪，残余。

〔12〕步余马：使我的马慢行。步，漫步徐行。山皋（gāo）：山弯。

〔13〕邸（dǐ）：同"抵"，到达。方林：树林。

〔14〕舲（líng）：有窗的船。上：溯流而上。沅（yuán）：沅水。

〔15〕齐：同时用力。吴：吴国。榜：船桨。汰（tài）：水波。

〔16〕容与：徘徊难进的样子。

〔17〕淹：停留。回水：回流，打着漩涡的急流。凝滞：停滞不前。

〔18〕枉陼（zhǔ）：地名，在今湖南常德南。

〔19〕辰阳：地名，故址在今湖南辰溪西。

〔20〕"苟余心"二句：如果我的心正直无邪，即使放逐到荒僻遥远的地方，我又有什么伤害呢？苟，如果。端，正直。

〔21〕溆（xù）浦：地名，在今湖南溆浦。儃佪（chán huái）：徘徊不前的样子。

〔22〕迷：迷惑。如：往。

〔23〕杳（yǎo）：深远。冥冥：幽暗的样子。

〔24〕猨狖（yòu）：猿猴。

〔25〕下：山下。幽晦：昏暗幽深。

〔26〕霰（xiàn）：空中降落的白色不透明的雪粒，俗称霰子。纷：盛多的样子。垠（yín）：边际。

〔27〕霏（fēi）霏：盛多的样子。承：承接。宇：天空。

〔28〕"哀吾生"二句：可怜我活着没有快乐，孤零零地幽居于深山之中。幽独：孤独地隐居。

〔29〕"我不能"二句：我不能改变志向而追随世俗，愁苦和穷困将一直伴随我到死去。终穷：穷困至死。

〔30〕接舆：春秋时楚国的隐士，佯狂避世。髡（kūn）：古代剃去头发的一种刑罚。

〔31〕桑扈：古代隐士，其事不详。裸行：赤身露体而行。

〔32〕以：用。

〔33〕伍子：伍子胥，名员，春秋时楚国人。他曾劝吴王夫差灭越，夫差不听，反而相信小人的谗言，逼其自杀（事见《史记·伍子胥列传》）。逢殃：遭遇祸殃，指被逼自杀之事。

〔34〕比干：殷纣王叔父。纣王荒淫残暴，比干谏之，纣王怒，杀比干，剖其心（事见《史记·宋微子世家》）。菹醢（zū hǎi）：剁成肉酱，古代的一种酷刑。

〔35〕与：通"举"，全。

〔36〕董道：遵守正道。豫：犹豫。

〔37〕重昏而终身：在重重的昏暗中度过一生。

〔38〕乱：乐曲的尾声，有总括全诗主旨的意义。

〔39〕鸾：凤凰一类的神鸟。凤皇：凤凰。鸾凤皆是祥瑞之鸟，比喻贤士。

〔40〕日：一天天。

〔41〕燕雀乌鹊：燕子、麻雀、乌鸦、喜鹊等常见的凡鸟，比喻小人。巢：鸟窝。这里用作动词，搭窝。堂：殿堂。坛：高台，祭祀、朝会之所。

〔42〕露申：一种香草。辛夷：香木名。这里用露申、辛夷比喻贤人。

〔43〕林薄：草木丛杂之处。薄，丛生的草。

〔44〕腥臊：恶臭污浊的气味，比喻小人。并御：兼收并蓄。御，进用、重用。

〔45〕芳：芳香气味，比喻君子。薄：靠近。

〔46〕阴阳易位：忠邪颠倒，小人得志，君子不受重用。

〔47〕时不当：生不逢时。

〔48〕怀信侘傺（chà chì）：怀抱忠信而怅然失意。侘傺：怅然失意的样子。

〔49〕忽：失意的样子。吾将行：吾将远行他方。

鉴赏

　　这首诗记叙了诗人屈原渡江南下的历程和当时的心情。屈原出身于楚国贵族，自幼有高远的志向和独立的节操，也有高洁的人品。他立志为楚国的强盛而贡献自己的一生，但是最终却得不到楚王的信任，并遭遇小人的谗言而被放逐，不但治国理想不能实现，而且还给他的人格人品带来污辱，这是对他的沉重打击。此诗为屈原放逐途中所写，情调低回，心情沉重。他重申自己的宏伟志向，表明自己宁肯高翔远举也要坚持独立节操的决心。他描写了流放江南的苦难，道路艰险，山高林密，人烟稀少，气候多变。在艰苦的旅途中，也让他有更为清醒的头脑来思考历史，审视现实，让他进一步认清楚国的黑暗，黑白颠倒，善恶不分，小人得志，贤人遭殃。此次南行，他已经预知永难回返的结局，他的余生将永远流浪在充满苦难的路上，但是无论遇到什么困难，他都不会改变自己的节操，都会坚守自己高尚的灵魂和伟大的理想。诗歌运用了比喻象征的手法，将自然景物描写和深沉复杂的感情抒发融为一体，生动感人。

哀　郢 [1]

皇天之不纯命兮 [2]，何百姓之震愆 [3]？民离散而相失兮，方仲春而东迁[4]。去故乡而就远兮[5]，遵江夏以流亡[6]。出国门而轸怀兮[7]，甲之朝吾以行[8]。发郢都而去闾兮[9]，怊荒忽其焉极[10]？楫齐扬以容与兮[11]，哀见君而不再得。望长楸而太息兮[12]，涕淫淫其若霰[13]。过夏首而西浮兮[14]，顾龙门而不见[15]。心婵媛而伤怀兮[16]，眇不知其所蹠[17]。顺风波以从流兮，焉洋洋而为客[18]。凌阳侯之泛滥兮[19]，忽翱翔之焉薄[20]？心絓结而不解兮[21]，思蹇产而不释[22]。

将运舟而下浮兮[23]，上洞庭而下江[24]。去终古之所居兮，今逍遥而来东[25]。羌灵魂之欲归兮，何须臾而忘反[26]！背夏浦而西思兮[27]，哀故都之日远。登大坟以远望兮[28]，聊以舒吾忧心[29]。哀州土之平乐兮[30]，悲江介之遗风[31]。

当陵阳之焉至兮[32]，淼南渡之焉如[33]？曾不知夏之为丘兮[34]，孰两东门之可芜[35]？心不怡之长久兮[36]，忧与愁其相接。惟郢路之辽远兮，江与夏之不可涉。忽若去不信兮，至今九年而不复[37]。惨郁郁而不通兮[38]，蹇侘傺而含慼[39]。

外承欢之汋约兮[40]，谌荏弱而难持[41]。忠湛湛而愿进兮[42]，妒被离而鄣之[43]。尧、舜之抗行兮[44]，瞭杳杳而薄天[45]。众谗人之嫉妒兮，被以不慈之伪名[46]。憎愠恰之修美兮[47]，好夫人之忼慨[48]。众踥蹀而日进兮[49]，美超远而逾迈[50]。

乱曰[51]：曼余目以流观兮[52]，冀壹反之何时[53]？鸟飞反故乡兮，狐死必首丘[54]。信非吾罪而弃逐兮，何日夜而忘之？

注释

〔1〕本篇选自《楚辞·九章》。哀郢（yǐng）：哀念郢都。郢，楚国都城，在今湖北荆州市江陵东北。这是屈原在流放途中听说楚国都城被秦人攻破时所作。

〔2〕皇：大，美。不纯命：天命无常。

〔3〕震愆（qiān）：震惊不安，遭灾受罪。震，震动、受惊。愆，罪过。

〔4〕"民离散"二句：百姓散失别离，正当仲春之时，我也向东迁移。方，当。迁，迁徙。

〔5〕去：离开。就远：到远方去。

〔6〕遵：沿着。江夏：长江和夏水。以上二句是说，离开故都到很远的地方，我沿着长江、夏水而流亡。

〔7〕国门：郢都的城门。轸（zhěn）怀：因挂念而心痛。轸，痛。

〔8〕甲：甲日那一天。朝：早晨。

〔9〕发：出发，启程。去：离开。间：里门，这里指郢都。

〔10〕怊（chāo）：惆怅、失意的样子。荒忽：通"恍惚"，神志不清的样子。焉：哪里。极：尽头，终点。

〔11〕楫（jí）：船桨。齐扬：同举。容与：徘徊不进的样子。

〔12〕长楸（qiū）：高大的落叶乔木，这里指代郢都。太息：长叹。

〔13〕涕：泪水。淫淫：流而不止的样子。霰（xiàn）：雪珠，这里比喻泪珠纷纷下落。

〔14〕夏首：夏水口。西浮：乘船向西漂流。

〔15〕顾：回头看。龙门：郢都之东门。

〔16〕婵媛（chán yuán）：眷恋、牵挂的样子。

〔17〕眇（miǎo）：通"渺"，辽远。所蹠（zhí）：所走的路。蹠，踏。以上二句是说，心中眷恋郢都而满怀悲伤，我不知道走向何方。

〔18〕"顺风波"二句：船儿随风漂流而下，我从此成为漂泊无归的孤客。洋洋，漂泊无所归依。

〔19〕凌：乘。阳侯：大波，古代传说陵阳国之侯，溺死于水，其神为大波。泛滥：形容大水横流漫溢。

〔20〕忽：迅疾。翱翔：鸟回旋飞舞，这里指船在风浪中颠簸。薄（bó）：停止。

〔21〕絓（guà）结：牵挂，郁结。

〔22〕蹇（jiǎn）产：屈曲纠缠。释：放开，舍去。以上二句是说，我心之挂念忧愁像绳结一样解不开，思绪屈曲郁结而不能消解。

〔23〕运舟：驾船。下浮：顺流东下。

〔24〕上洞庭：右边是洞庭湖。下江：左边是长江。古人以右为上，以左为下。诗人乘船行至洞庭湖入江处，则右边是洞庭湖，左边是长江。

〔25〕"去终"二句：离开了世代居住的地方，如今漂流到东方。逍遥，原意是安闲自得的样子，这里指漂泊不定。来东，来至东方。

〔26〕羌：楚地方言，发语词。反：同"返"，即返回郢都。

〔27〕背：背离。夏浦：夏口。西思：思念郢都。屈原向东行，郢都在西。

〔28〕大坟：水边高地。

〔29〕聊：姑且。舒：抒发。

〔30〕州土：楚国的土地。平乐：安定而康乐。

〔31〕江介：江边，指长江两岸地区。遗风：古代遗留下来的淳朴民风。以上二句是说，看到这里安定康乐、民风淳朴，想到楚国濒临危亡，使人感到无限的悲伤。

〔32〕当：面对。陵阳：地名，故址在安徽青阳南。焉：哪里。

〔33〕淼：同"渺"，大水一望无际。如：往。

〔34〕曾不知：岂不知。夏：同"厦"，此指楚国宫室。丘：丘墟，废墟。

〔35〕"孰两东门"句：谁使郢都变为荒芜之地呢？暗指楚君昏聩无能，不能抵御外患。两东门：郢都的两个东城门，代指郢都。

〔36〕怡：快乐。

〔37〕"忽若"二句：时间快得令人难以置信，至今九年了，仍然不能返回。

忽，形容时间过得很快。复，返。

〔38〕惨郁郁：忧愁郁闷的样子。不通：中心堵塞不通畅。

〔39〕蹇(jiǎn)：通"謇"，发语词。侘傺(chà chì)：失意彷徨的样子。戚(qī)：忧愁，悲伤。

〔40〕外：外表。承欢：奉承迎合，讨人喜欢。汋(chuò)约：同"绰约"，美好柔媚。这里指谗害忠良的小人讨好君王的媚态。

〔41〕谌(chén)：的确。荏(rěn)：软弱，懦弱。持：把持。以上二句是说，群小表面上做出种种媚态，以讨君欢心，其实内心怯懦，实不可靠。

〔42〕湛(zhàn)湛：厚重的样子。愿进：愿意进用，为君王效力。

〔43〕被离：通"披离"，多而杂乱的样子，比喻嫉妒之多而杂。鄣：同"障"，蔽塞。以上二句是说，忠贞之士忠心耿耿为国效力，嫉妒的小人们却多方设置障碍加以阻拦。

〔44〕抗行：高尚的德行。抗，通"亢"，高。

〔45〕瞭：眼光明亮。杳杳：高远的样子。薄：接近。

〔46〕被：通"披"，加上。不慈之名：不爱其子。相传尧认为自己的儿子丹朱不贤而传位于舜，舜认为自己的儿子商均不贤而传位于禹，小人们认为尧舜不慈爱他们的儿子。

〔47〕愠惀(yùn lǔn)：忠诚的样子。修美：美好。

〔48〕好：喜欢。夫：那。人：奸佞的小人。忼慨：同"慷慨"，情绪激昂的样子。这二句是说，国君憎恶品德高尚的忠贞之士，却喜欢那些

夸夸其谈的奸佞小人。

〔49〕众:谗佞小人。踥蹀（qiè dié）:小步快走的样子，引申为奔走钻营之义。

〔50〕美:修美，指贤人、君子。超远:疏远。逾:同"愈"，更加。迈:远。以上二句是说，群小奔走钻营，越来越受到重用；贤人却一天天被放逐疏远。

〔51〕乱:乐曲的末章，也有总括全诗主旨之义。

〔52〕曼:展开。流观:四面观望。

〔53〕冀:希望，期待。壹反:即"一返"，指返回郢都一趟。

〔54〕首丘:传说狐狸死时头向着自己的窟穴，以表示不忘本。首，用作动词，头朝向。这二句表现了屈原对故国深深的眷恋之情。

鉴赏

　　顷襄王十三年，屈原从郢都被放逐到陵阳，顷襄王二十一年，秦将白起攻破郢都。屈原在流放之地听到消息，回忆九年之前他离开郢都的情景，想象郢都为秦所破而人民离散零落的惨状，感叹自己放离郢都九年而不得还归的不幸遭遇，他写下了这首沉重的诗篇。诗中表达了诗人对于故国无比的怀念。他在外流放九年，无时无刻不在想着何时重归故国。但是现在却突然传来了郢都被秦人攻破的消息，这等于断绝了诗人的归国之梦，也击垮了他的政治理想，他

为此而感到无比的悲伤。遥望故乡，痛哭流涕，心神恍惚，不知所止。他由此更加沉痛地追问国破家亡的原因，那都是由于君王昏庸、小人得志、忠良被逐的结果。如今自己无罪而被放逐，无家可归，但鸟恋故乡，狐死首丘，故国之情永难忘怀。全诗以纪行为线索，实则借此抒情，将叙事、写景、抒情、议论熔于一炉，把诗人缠绵而复杂的感情表现得真切深挚，具有强大的感染力量。

橘　颂 [1]

后皇嘉树 [2]，橘徕服兮 [3]。受命不迁 [4]，生南国兮。深固难徙 [5]，更壹志兮 [6]。绿叶素荣 [7]，纷其可喜兮 [8]。曾枝剡棘 [9]，圆果抟兮 [10]。青黄杂糅，文章烂兮 [11]。精色内白 [12]，类任道兮 [13]。纷缊宜修 [14]，姱而不丑兮 [15]。

嗟尔幼志 [16]，有以异兮 [17]。独立不迁，岂不可喜兮。深固难徙，廓其无求兮 [18]。苏世独立 [19]，横而不流兮 [20]。闭心自慎 [21]，终不失过兮。秉德无私 [22]，参天地兮 [23]。愿岁并谢 [24]，与长友兮。淑离不淫 [25]，梗其有理兮 [26]。年岁虽少，可师长兮。行比伯夷 [27]，置以为像兮 [28]。

注 释

〔1〕选自《楚辞·九章》。这是一首咏物言志诗。通过对橘树的赞美,也表现了诗人的高洁人格和崇高志向。

〔2〕后皇:天地。后,后土。皇,皇天。后皇,地和天的代称。嘉:美好。这句是说,橘树生于天地间,是树木中美好的品种。

〔3〕橘徕服兮:橘树生长于南国就习惯这里的气候和土壤。徕,同"来"。服,习惯,适应。

〔4〕受命:受命于天地。迁:迁移。

〔5〕深固难徙:橘树是多年生灌木,根深蒂固。

〔6〕更:更加。壹志:专一。橘树是南国特产,不能北迁。

〔7〕素荣:橘树初夏时开五瓣的白色小花。

〔8〕纷:美盛的样子。

〔9〕曾枝:一重一重的树枝。曾,同"层"。剡(yǎn)棘:锐利的刺。剡,锐利。

〔10〕抟(tuán):通"团"。

〔11〕文章:文采,指橘子的颜色。烂:灿烂。

〔12〕精色:鲜明的颜色。内白:白色的内瓤。

〔13〕类任道兮:橘子有鲜明的外表和洁白的内质,正与任道的君子相同。

〔14〕纷缊(yūn):同"纷纭",繁盛。宜修:美好。

〔15〕姱（kuā）：美好。不丑：不群，与众不同。丑，通"俦"，同类。

〔16〕嗟（jiē）：赞叹。尔：你，指橘树。幼志：天生的本性。

〔17〕异：不同于一般的树木。

〔18〕廓：空阔，指心胸阔大超脱。

〔19〕苏世独立：清醒地独立于世。苏，醒。

〔20〕横而不流：不因世俗的好尚而改变自己的志向行为。横，横绝。

〔21〕闭心：坚贞自守，不为外力所动摇。自慎：与"闭心"同义。

〔22〕秉德：怀德。

〔23〕参天地：与天地相合。古人认为，天地是无私的，故有德之人与天地相配合。参，配合。

〔24〕愿岁并谢：希望我与橘树一同度过岁月年华，终身作为朋友。

〔25〕淑：善。离：通"丽"，美好。

〔26〕梗：橘的枝干坚直。理：橘树的木材有纹理。

〔27〕行：品性。伯夷：殷末孤竹国君的长子，因为反周武王灭殷，不食周粟，饿死在首阳山。古代一直把他看作有节操的人物。一说，这里的伯夷指的是舜时的秩宗，主管宗教礼仪，品格高尚。《尚书·舜典》："汝作秩宗。夙夜惟寅，直哉惟清。"

〔28〕置以为像兮：把橘树种在园中，朝夕相伴，作为榜样来勉励自己。置，植。像，榜样。

鉴赏

这是中国现存第一首咏物诗。将自然物与人相类比,源自于中国人万物一体的自然观。《诗经》中常用的"比兴"手法就与此紧密相关,如《周南·桃夭》中以桃的花盛、实多、枝繁叶茂,来比喻新嫁娘的美丽和她将带给新婚家庭的幸福。这首诗则进一步将物人化,借颂橘来颂人,为后世中国咏物诗创作提供了典范。此诗有对橘树习性的细心观察,因而把握了它的特点并给以精到的描写,从而具有了象征意义:它生于南方,不习北土,象征着诗人对故土家园的热爱;它绿叶素荣,层枝剡棘,象征着诗人苏世独立,横而不流的个性;它的果实青黄杂糅,精色内白,象征着诗人的坚贞自守和任道独行的品格。咏橘就是咏人,因为橘树有如此多的美好品质,所以诗人将它作为自己的人生榜样。诗的语言典雅、简洁;立意高妙,蕴含丰富。只有了解了中国人的自然观,才能体会中国咏物诗的奥妙所在。

汉代乐府诗

乐府本是汉代朝廷的礼乐机关，在秦代就已经设立，汉承秦制，自汉初就有乐府机构，其主要职能是用于宫廷内部的音乐活动，因此与掌管朝廷雅乐的太乐官署有别。汉武帝时期将其职能扩大，同时承担了郊祀天地之乐的制作，用新声为这些乐歌配曲，并有意识地搜集"赵代之讴，秦楚之风"等各地歌诗，在乐府中得到保存。

我们现在所说的汉代乐府诗，是一个比较宽泛的概念。既包括汉代乐府搜集保存下来的作品，也包括两汉时代所有可以歌唱的诗篇。既有用于朝廷宗庙祭祀礼仪燕飨之作，也有社会各阶层用于娱乐欣赏、抒情写志、讽喻批判式的作品。它们基本上没有具体作者，内容广泛，大都"感于哀乐，缘事而发"，艺术上也有很高的成就，对后世产生了深远的影响。

有 所 思 [1]

有所思，乃在大海南[2]。何用问遗君[3]？双珠玳瑁簪[4]，用玉绍缭之[5]。闻君有它心，拉杂摧烧之[6]。摧烧之，当风扬其灰[7]。从今以往，勿复相思。相思与君绝[8]！鸡鸣狗吠[9]，兄嫂当知之。妃呼狶[10]，秋风肃肃晨风飔[11]，东方须臾高知之[12]。

注释

〔1〕此诗属于汉乐府《鼓吹铙歌》，现存最早记载于《宋书·乐志》，录有十八曲，此为其中之一。鼓吹之名所起，和秦汉之际的少数民族有关。据《乐府诗集》所引，秦末班壹在称雄朔野时而有之。其乐曲的特点是"鸣笳以和箫声"。又据《汉书·叙传》，班壹在秦末住在楼烦国地界，楼烦属于北狄的一支，可见这种音乐带有鲜明的北方民族音乐特点。现存十八首的内容非常丰富，题材多样。所选这一首和下一首，均为情歌。以下所选乐府诗均出自郭茂倩编《乐府诗集》，中华书局校点新排本，1979年。

〔2〕在大海南：形容距离遥远。

〔3〕何用：何以。问遗（wèi）：赠送。

〔4〕玳瑁（dài mào）：一种龟类动物，其壳可作为装饰品。簪：一种头饰。此句是说用双珠和玳瑁制成的簪。

〔5〕绍缭（liáo）：缠绕。用玉绍缭之：簪的一端镶着玉。这二句是说赠送的礼品贵重。

〔6〕拉：折断。杂：弄碎。摧：毁坏。

〔7〕当风：迎风。

〔8〕绝：断。

〔9〕"鸡鸣"二句：写当初与心上人约会时的情景。

〔10〕妃呼豨（xī）：表声字，叹息声。

〔11〕肃肃：风声。晨风：一种鸟。飔（sī）：鸣叫声。

〔12〕高：同皓，指天亮。

鉴赏

  这是一首爱情诗，写一个女子与情人从相恋到断绝的情感变化。女子所爱之人在远方，她痴痴地恋着，准备送给他一份珍贵的礼物以表达思念之情。可是却突然听到了他变心的消息，于是愤而将礼品毁掉，表示她的决绝之心。但是转而又想起以往热恋之时的情景，兄嫂皆知，不免有些心乱如麻，不知所措。诗的语言朴素无华，情感表达既真挚热烈，又细腻委婉，历历如在目前，读来真实亲切。

上　邪 [1]

  上邪！我欲与君相知 [2]，长命无绝衰 [3]。山无陵 [4]，江水为竭[5]，冬雷震震[6]，夏雨雪[7]，天地合，乃敢与君绝[8]！

注释

〔1〕此诗属于汉乐府《鼓吹铙歌》。上：指上天。邪（ya）：读如今语"呀"字。此句犹言"天啊"，是女子指天为誓。

〔2〕相知：相亲相爱。

〔3〕命：令、使的意思。无绝衰：要使这种相知相爱永远不绝不衰。

〔4〕陵：山峰。

〔5〕竭：枯竭。

〔6〕震震：雷声。

〔7〕雨（yù）：降、落。

〔8〕合：合并。以上几句誓词的意思是：上天啊！我要与心上人相亲相爱，永远不绝不衰。除非高山变成平地、江水断流、冬天打雷、夏天下雪、天地合并，我才会和他的恩爱断绝！

鉴赏

此诗写女子对天发誓，以五种不可能发生的自然现象，当作断绝爱情的先决条件，可见其爱情之坚贞。诗的想象奇特，用语夸张，感情真挚热烈，充分表现了一个女子对爱情的执着和心地的纯洁，

是千古传诵的名诗。

战 城 南[1]

战城南,死郭北[2],野死不葬乌可食[3]。为我谓乌[4]:"且为客豪[5],野死谅不葬[6],腐肉安能去子逃?"水深激激[7],蒲苇冥冥[8]。枭骑战斗死[9],驽马徘徊鸣[10]。梁筑室,何以南,何以北?[11]禾黍不获君何食?愿为忠臣安可得?[12]思子良臣[13],良臣诚可思。朝行出攻,暮不夜归[14]。

注 释

〔1〕此诗属于汉乐府《鼓吹铙歌》。

〔2〕郭:外城。城南与郭北互文,形容战争惨烈。

〔3〕"野死句":意谓死后无人埋葬,成为乌鸦的食物。

〔4〕我:战死者自称。为我谓乌:请代我向乌说句话。

〔5〕豪:借为"嚎",大声哀哭。

〔6〕谅:料想。

〔7〕激激:水流清澈。

〔8〕冥冥：因密集而幽暗。

〔9〕枭骑（xiāo jì）：良马，代指勇敢的战士。

〔10〕驽马：枭骑的反义词，不好的马，代指战场上的幸存者。

〔11〕梁：桥梁。何以北：一作"梁何北"。"梁筑室"三句，桥梁本为通行所用。梁上筑室，则无法通行南北。

〔12〕愿为忠臣安可得：此为激愤语。为国战死而成为忠臣，但是成为忠臣又有何用？死在沙场连尸体都没有人埋葬。

〔13〕良臣：指战死者。上文说难为忠臣，故下文用"良臣"代指。

〔14〕暮不夜归：夜晚没有归来。

鉴赏

  这是一首哀悼战死者之歌，充满了怨愤之情，有强烈的社会批判意识。诗的想象奇警，以战死者的口吻来和乌鸦对话。说他已经战死，无论如何也跑不掉被吃掉的命运，请乌鸦在吃掉自己的尸体之前，先为自己哭号几声以为哀悼。下面就战场上的苍凉景象抒发议论。那些为国而英勇捐躯的将士们，在"愿为忠臣"的口号激励之下，奋勇杀敌而死于疆场，但最终并没有获得"忠臣"的待遇，战死之后连尸体都没有人收拾，任凭其腐烂之后成为乌鸦的食物，想想这是多么可悲啊！原来所谓"忠臣"的许诺，不过是统治者骗人为其卖命的谎言而已！诗中用奇特的想象揭示了这一道理，可谓

意味深长。

江　南

　　江南可采莲[1]，莲叶何田田[2]，鱼戏莲叶间。鱼戏莲叶东，鱼戏莲叶西，鱼戏莲叶南，鱼戏莲叶北。

注释

〔1〕此诗在《乐府诗集》中属于《相和歌辞·相和曲》。相和歌是汉代的一种音乐演唱方式，其特点是"丝竹更相和，执节者歌"，即用丝竹类乐器伴奏，演唱者手里还要拿着一种名叫"节"的乐器打着拍子。据说这种音乐演唱方式最早出自汉代的街头巷尾，最初只是徒歌唱和，后来才加上了音乐的伴奏。莲，水中生长的一种植物。莲，谐音"怜"。怜，爱。

〔2〕田田：茂盛的样子。

鉴赏

　　此诗语言甚为简单，但音韵和谐，形象鲜明，生意盎然，一片欢乐。前三句以采莲起兴，但并没有写采莲的具体活动，也没有写莲,只是写叶之茂盛,则莲之可爱自可想见。后四句回环往复,用"东""西""南""北"四句写鱼戏莲叶间的欢快场景,尤其生动,历历如在目前。它会让读者感受到大自然的勃勃生机,感受到生活的美好,并进而感发人的情志。自然天成,实为奇作。

乌 生[1]

乌生八九子,端坐秦氏桂树间[2]。唶我[3]!秦氏家有游遨荡子[4],工用睢阳强[5],苏合弹[6],左手持强弹,两丸出入乌东西。唶我!一丸即发中乌身,乌死魂魄飞扬上天。阿母生乌子时,乃在南山岩石间。唶我!人民安知乌子处,蹊径窈窕安从通[7]?白鹿乃在上林西苑中,射工尚复得白鹿脯[8]。唶我!黄鹄摩天极高飞,后宫尚复得烹煮之。鲤鱼乃在洛水深渊中,钓钩尚得鲤鱼口。唶我!人民生各各有寿命,死生何须复道前后。

注 释

〔1〕《乌生》,一名《乌生八九子》,此诗在《乐府诗集》中属于《相和歌辞·相和曲》。

〔2〕端坐：安然的栖息。

〔3〕嗟（jiē）：嗟叹词。嗟我：歌中感叹句。

〔4〕荡子：四处游荡的人。

〔5〕工：善于。强：弓。睢（suī）阳强：睢阳产的弓。

〔6〕苏合：西域苏合国产的香料。苏合弹：用苏合香和泥制成的弹丸。

〔7〕窈窕：幽深。

〔8〕脯（fǔ）：肉干。

鉴赏

  这是一首寓言诗。以乌的无端被害比喻下层百姓人生的无常。乌的生活本来是安定的，它在桂树上筑巢安家，孵育子女，但是却不幸被秦氏家的游邀荡子用弹弓打死。它起初责怪自己藏身不严，后来发现并非这样，而是这个世界存在着弱肉强食的严重不公。白鹿、黄鹄、鲤鱼藏身很严，还是被射工、后宫、钓钩捕获而成为人家的桌上美餐，以此可见人世险恶。在这个强权横行的社会里，有权有势者无法无天，可以随意残害下层百姓，以满足自己的私欲和奢侈享乐；而下层百姓的生活和生命却没有任何保障，有苦难诉，有冤难伸。结尾的两句表现了自己生命难以把握的无奈，只好听从命运的安排。此诗借禽言物语来叙事抒情言理，想象奇特，寄寓深长。

陌上桑[1]

日出东南隅,照我秦氏楼[2]。秦氏有好女,自名为罗敷[3]。罗敷喜蚕桑[4],采桑城南隅。青丝为笼系,桂枝为笼钩[5]。头上倭堕髻[6],耳中明月珠[7]。缃绮为下裙[8],紫绮为上襦[9]。行者见罗敷,下担捋髭须[10]。少年见罗敷,脱帽著帩头[11]。耕者忘其犁,锄者忘其锄。来归相怨怒,但坐观罗敷[12]。一解[13]

使君从南来[14],五马立踟蹰[15]。使君遣吏往,问是谁家姝[16]。"秦氏有好女,自名为罗敷[17]。""罗敷年几何?""二十尚不足,十五颇有余[18]。""使君谢罗敷,宁可共载不[19]?"罗敷前置辞[20]:"使君一何愚!使君自有妇,罗敷自有夫。!"二解

"东方千余骑,夫婿居上头[21]。何用识夫婿[22]?白马从骊驹[23],青丝系马尾,黄金络马头,腰中鹿卢剑,可值千万余[24]。十五府小史[25],二十朝大夫[26],三十侍中郎[27],四十专城居[28]。为人洁白皙,鬑鬑颇有须[29],盈盈公府步,冉冉府中趋[30]。坐中数千人,皆

言夫婿殊[31]。"三解

注释

〔1〕《陌上桑》，一名《日出东南隅行》，属于《乐府诗集》中的《相和歌辞·相和曲》。这首诗叙述一个太守路遇采桑美女罗敷，便想邀她为婚，却遭到罗敷拒绝的故事，有很强的喜剧色彩，历来被视为汉乐府中的名篇。诗中所反映的社会生活、人物形象以及汉人的审美情趣，都值得注意。采桑女的故事，在汉以前有较多的流传，大抵皆说一个采桑女子路遇某一男子的遭际，女子用各种方式回应，从而对女子德才貌的某一方面进行赞美与歌颂，可能出于同一文化原型。

〔2〕隅（yú）：指方位。我：作者自述口吻。前二句为通篇开头，以引起下文。

〔3〕自名：本名。

〔4〕喜：一作善。

〔5〕青丝：青色丝绳。笼：篮子。系：系物的绳。钩：篮上提柄。

〔6〕倭堕髻（wō duò jì）：一名堕马髻，其髻斜在一边，呈似堕非堕之状，为当时时髦发式。

〔7〕明月珠：即夜光珠，以之作耳珰。

〔8〕缃：杏黄色。绮：一种有花纹的绫。

〔9〕襦（rú）：短袄。以上六句是用夸饰的手法写罗敷的服饰器具之精美，从侧面写出了罗敷的美丽非凡。

〔10〕捋（lǔ）：摸弄。髭（zī）：口上须。

〔11〕著：在这里有整理之意。帩（qiào）头：古代男子包头发的纱巾。著帩头：意思是说少年们见了罗敷，为她的美貌所倾倒，故意脱下帽子整理发巾。

〔12〕坐：因。以上二句是说，耕者、锄者归来互相抱怨，只因为看罗敷而误了工作。一说，因为男子看罗敷之美，回家后怨妻室之陋。也有的人认为这二句是说因为男子贪看罗敷引起妻子的愤怒，回家后发生口角。总之，以上八句是从侧面反衬罗敷之美。

〔13〕解：汉乐府演唱中的一章，或一个段落。

〔14〕使君：汉时对太守的称呼。

〔15〕五马：汉太守驾车用五马。踟蹰：徘徊不前。此句是说使君的车马停止不进。

〔16〕姝（shū）：美女。

〔17〕以上二句是吏人询问罗敷之后向使君的回复。

〔18〕以上是吏人与罗敷的对答。

〔19〕谢：问。共载：同车共行。

〔20〕置辞：致辞。

〔21〕东方：夫婿居官之所。千余骑：盛夸夫婿随从之多。上头：位列队伍最显要处。

〔22〕何用：何以。

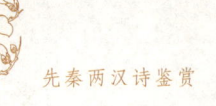

〔23〕骊（lí）：深黑色的马。

〔24〕鹿卢：即辘轳，井上汲水用具。鹿卢剑，剑把作辘轳形。

〔25〕府小史：太守府中的小吏。史，一作吏。

〔26〕朝大夫：朝廷的中级官吏。

〔27〕侍中郎：汉代侍从皇帝左右之官。

〔28〕专城居：一城之主，如汉代州牧太守。

〔29〕鬑（lián）鬑：须发稀疏貌。

〔30〕盈盈、冉冉：都是美好而舒缓的样子，此处形容贵人的步法。公府：官府。

〔31〕殊：出众。

鉴赏

　　此为汉乐府名篇，叙述了一个耐人寻味的故事。说的是一个名叫罗敷的女子外出采桑，其美丽倾倒了所有见到她的人，连使君也停下马来向她求婚，然而却遭到她的拒绝，她告诉使君，自己早已有了一个比他更为出众的丈夫。通过这种方式，诗歌嘲笑了太守的荒唐和愚蠢，塑造了一个坚贞美丽的女性形象。

　　通过采桑的劳动来歌颂女子，这与中国的文化传统有关。中国很早就发明了养蚕业，采桑纺绩是女子的职业，从《诗经》时代开始，描写和歌颂采桑女的情爱生活以及她们的美貌，就成为诗歌创作的重要内容。《陌上桑》这首诗所描写和颂扬的也正是这样一个符合中国道德传统和审美标准的美女形象。

另一方面，罗敷这一形象，又充分体现了汉代的审美情趣。她梳的是当时最流行的发式——倭堕髻，戴的是当时最珍贵的首饰——明月珠，穿的是缃绮的下裙和紫绮的上襦，甚至她提的篮子，也是"青丝为笼系，桂枝为笼钩"。而她所夸耀的丈夫，不但从十五岁时就为府中小吏，二十为朝中大夫，三十侍中郎，四十专城居，而且仪表非凡，举止得体，正是当时人们心目中的理想男子。如此说来，这首诗的主题不但是歌颂罗敷的贞静专一和批判使君的不知廉耻，而且还借一个传统的题材来表现汉人追求享乐、夸耀富贵的审美情趣。

此诗为汉乐府中的《相和歌辞》，是汉代在城市街头和富贵之家由歌舞艺人演唱，以供时人娱乐观赏的艺术。所以这首诗一改原来采桑女故事的严肃风格，更有轻松活泼的喜剧色彩，以适合于表演观赏。全诗从结构上分为三解，第一解以夸张和映衬的手法，极写罗敷之美，她出外采桑，衣着华丽，让所有见到她的人都为她的美貌而倾倒。第二解写使君也被罗敷的美貌吸引，他中途停马，派人与罗敷对答，邀她共载，但是却被罗敷婉拒。第三解则通过罗敷夸夫，说明像她这样的美貌守礼女子，所配的也自然是才德并举的堂堂丈夫，并以此来调笑"使君"，以见其"愚"。从而在轻松的欢笑声中结束全诗演唱,给人以无穷的回味。

长 歌 行[1]

青青园中葵[2],朝露待日晞[3]。阳春布德泽,万物生光辉。常恐秋节至,焜黄华叶衰[4]。百川东到海,何时复西归。少壮不努力,老大徒伤悲[5]。

注 释

[1] 此诗属《乐府诗集》中的《相和歌辞·平调曲》。何谓"长歌"?崔豹《古今注》说:"长歌、短歌,言人寿命长短,各有定分,不可妄求。"但是古诗中有"长歌正激烈"的诗句,魏文帝《燕歌行》说"短歌微吟不能长",晋傅玄《艳歌行》说"咄来长歌续短歌"。因此郭茂倩认为长歌、短歌,应该指的是"歌声有长短,非言寿命也"。

[2] 葵:菜名,又叫冬葵。

[3] 晞(xī):晒干。

[4] 焜(kūn)黄:颜色枯黄。

[5] 徒:白白地。

鉴赏

青春易老，生命易逝，这是人类共有的体会。这首诗以园中之葵起兴，连用几个比喻。朝露经太阳一晒即干，万物在春天蓬蓬勃勃，到秋天便枯黄凋零。生命犹如东流入海的河水，永不复返。只有珍惜光阴，少年努力，到老才不至于后悔伤悲。语短意长，充满哲理，发人深思。"少壮不努力，老大徒伤悲"两句，由此而成为千古名言。

东门行[1]

出东门，不顾归[2]。来入门，怅欲悲[3]。盎中无斗米储[4]，还视架上无悬衣[5]。拔剑东门去，舍中儿母牵衣啼[6]："他家但愿富贵，贱妾与君共餔糜[7]。上用仓浪天故[8]，下当用此黄口儿[9]。今非！""咄[10]！行！吾去为迟！白发时下难久居[11]。"

注释

〔1〕此诗属《乐府诗集》中的《相和歌辞·瑟调曲》。东门：指诗中主人所居城市的东门。

〔2〕顾：愿。

〔3〕怅：愁。此二句说已出东门，不想回来，但由于内心矛盾，终于又回来了。可是回来之后，看到家中如此，又不禁怅悲伤。

〔4〕盎（àng）：大腹小口的容器。

〔5〕还视：回视。架：一作"桁"，挂衣服用。

〔6〕儿母：诗中主人公妻子。

〔7〕餔糜（bū mí）：吃粥。

〔8〕用：为。仓：苍的省字。仓浪天：苍天。

〔9〕黄口儿：幼儿。

〔10〕咄（duō）：呵斥声。

〔11〕白发时下：白头发不断地往下掉。此句的意思是说，我已忍耐到此时，这样的日子再也过不下去了。

鉴赏

汉乐府是用于歌唱表演的艺术，往往会通过说唱的方式讲述故事，表现现实生活，语言简短却内涵丰富。此诗的开头显得很突兀，说诗中的主人公不知道什么原因，到了东门之外不想回家，回到家里却又因愁而悲。原来他的家里已经没有一粒粮食，衣架上也没有一件衣服，他是因为无法维持正常的生活，所以要到东门之外去做违法之事，可是他又不想这样做，因故而徘徊往返犹豫不决，几次出门之后又返回家来。最后他终于下定决心，要"拔剑东门去"铤而走险。他的妻子牵衣而哭，表示愿与他共守贫寒，要他看在老天和孩子的份上，千万不要以身试法。可是，诗中的主人公看到家里一贫如洗的现实，再也不顾妻子的劝阻，并对妻子大声呵斥，表示自己的决心已经下得太晚，忍耐已经到了极限，因为这样的苦日子实在过不下去了。诗中没有更多的叙述，只抓住现实生活中的一个典型镜头来进行细节描写，就充分展现下层百姓家庭生活的艰难。以斑窥豹，如见其景，如闻其声，生动传神，具有强大的社会批判力量。

妇 病 行 [1]

妇病连年累岁 [2]，传呼丈人前一言 [3]。当言未及得言，不知泪下一何翩翩 [4]。"属累君两三孤子，莫我儿饥且寒，有过慎莫笪笞 [5]，行当折摇 [6]，思复念之"。

乱曰：抱时无衣，襦复无里 [7]。闭门塞牖 [8]，舍孤儿到市，道逢亲交 [9]，泣坐不能起。从乞求与孤买饵 [10]，对交啼泣泪不可止。"我欲不伤悲不能已"。探怀中钱持授交 [11]。入门，见孤儿啼索其母抱。徘徊空舍中，行复尔耳 [12]，弃置勿复道 [13] ！

注释

〔1〕此诗属《乐府诗集》中的《相和歌辞·瑟调曲》。

〔2〕连年累岁:好多年。

〔3〕丈人:丈夫。

〔4〕一何:何其,多么。翩翩:泪流不止的样子。

〔5〕笪(dá):答,击。笪答:鞭打。

〔6〕折摇:即折夭,小孩子未成年而死。

〔7〕襦:短袄。

〔8〕牖:窗户。

〔9〕亲交:亲戚好友。

〔10〕饵:食物。

〔11〕探:取出。

〔12〕行复尔耳:指孩子即将夭折了。

〔13〕"弃置勿复道"一句,意味这些苦处说也无用,不要再说了,是无可奈何的伤感语。

鉴赏

　　此诗写一个家庭的苦难生活。病妇临终前嘱托丈夫,要他照顾好自己的孩子,但丈夫却无能为力。诗歌捕捉了几个典型的画面。

第一是病妇临终前向丈夫的交待，殷殷母爱，无限深情，执手相托，泪流满面，叮咛切切，感人肺腑。第二是丈夫将孤儿留在家中，到市上为孤儿乞食。丈夫家贫如洗，无力抚养，见到亲朋好友泪流不止，将自己仅有的一点钱拿出来交与亲朋好友，恳请帮助。第三是他回到家中的情景，看到孤儿正在哭喊着妈妈，他束手无策，在屋中徘徊，想到孤儿可能即将夭折，无限悲痛，伤心的话不想再说。诗句简洁，但是描摹情景如在目前，人物形象生动传神，情感表达深切感人。与上一首诗一样，揭示了汉代社会下层百姓的苦难生活，同样具有强烈的社会批判意义。

孔雀东南飞[1]

汉末建安中[2]，庐江府小吏焦仲卿妻刘氏，为仲卿母所遣[3]，自誓不嫁。其家逼之，乃没水而死[4]。仲卿闻之，亦自缢于庭树。时人伤之，为诗云尔。

孔雀东南飞，五里一徘徊[5]。十三能织素，十四学裁衣，十五弹箜篌，十六诵诗书[6]。十七为君妇，心中常苦悲。君既为府吏，守节情不移[7]。贱妾留空房，相见常日稀。

鸡鸣入机织，夜夜不得息。三日断五疋[8]，大人故嫌迟[9]。非为织作迟，君家妇难为。妾不堪驱使，徒留无所施[10]。便可白公姥[11]，及时相遣归[12]。

府吏得闻之，堂上启阿母[13]："儿已薄禄相[14]，幸复得此妇。结发同枕席[15]，黄泉共为友。共事二三年[16]，始尔未为久[17]。女行无偏斜，何意致不厚[18]？"阿母谓府吏："何乃太区区[19]！此妇无礼节，举动自专由[20]。吾意久怀忿，汝岂得自由！东家有贤女，自名秦罗敷。可怜体无比[21]，阿母为汝求。便可速遣之，遣之慎莫留！"府吏长跪答，伏惟启阿母[22]："今若遣此妇，终老不复取[23]！"阿母得闻之，槌床便大怒："小子无所畏，何敢助妇语！吾已失恩义，会不相从许[24]！"

府吏默无声，再拜还入户。举言谓新妇[25]，哽咽不能语[26]："我自不驱卿[27]，逼迫有阿母。卿且暂还家，吾今且报府[28]。不久当归还，还必相迎取。以此下心意[29]，慎勿违吾语！"新妇谓府吏："勿复重纷纭[30]！往昔初阳岁[31]，谢家来贵门[32]。奉事循公姥[33]，进止敢自专？昼夜勤作息，伶俜萦苦辛[34]。谓言无罪过，供养卒大恩[35]。仍更被驱遣，何言复来还？妾有绣腰襦[36]，葳蕤自生光[37]。红罗复斗帐[38]，四角垂香囊[39]。箱帘六七十[40]，绿碧青丝绳。物物各自异，种种在其中。人贱物亦鄙，不足迎后人。留待作遗施[41]，于今无会因[42]。时时为安慰，久久莫相忘[43]。"

鸡鸣外欲曙，新妇起严妆[44]。著我绣夹裙，事事四五通[45]。足下蹑丝履，头上玳瑁光[46]。腰若流纨素[47]，耳著明月珰[48]。指如削葱根，口如含朱丹[49]。纤纤作细步，精妙世无双。上堂谢阿母[50]，母听去不止。"昔作女儿时，生小出野里[51]。本自无教训，兼愧贵家子。受母钱帛多[52]，不堪母驱使。今日还家去，念母劳家里。"却与小姑别[53]，泪落连珠子："新妇初来时，小姑始扶床；今日被驱遣，小姑如我长[54]。勤心养公姥，好自相扶将[55]。初七及下九[56]，嬉戏莫相忘。"出门登车去，泪落百余行[57]。

府吏马在前，新妇车在后。隐隐何甸甸[58]，俱会大道口。下马入车中，低头共耳语："誓不相隔卿[59]。且暂还家去，吾今且赴府。不久当还归，誓天不相负。"新妇谓府吏："感君区区怀[60]。君既若见录[61]，不久望君来。君当作磐石，妾当作蒲苇。蒲苇纫如丝[62]，磐石无转移。我有亲父兄[63]，性情暴如雷。恐不任我意[64]，逆以煎我怀[65]。"举手长劳劳[66]，二情同依依[67]。

入门上家堂，进退无颜仪[68]。阿母大拊掌[69]："不图子自归[70]！十三教汝织，十四能裁衣，十五弹箜篌，十六知礼仪，十七遣汝嫁，谓言无誓违[71]。汝今无罪过，不迎而自归？"兰芝惭阿母[72]："儿实无罪过。"阿母大悲摧[73]。

　　还家十余日，县令遣媒来。云"有第三郎，窈窕世无双[74]。年始十八九，便言多令才[75]。"阿母谓阿女："汝可去应之。"阿女衔泪答："兰芝初还时，府吏见丁宁[76]，结誓不别离。今日违情义，恐此事非奇。自可断来信[77]，徐徐更谓之[78]。"阿母白媒人："贫贱有此女，始适还家门[79]。不堪吏人妇，岂合令郎君？幸可广问讯，不得便相许[80]。"

　　媒人去数日，寻遣丞请还[81]。说"有兰家女[82]，承籍有宦官[83]。云有第五郎[84]，娇逸未成婚[85]。遣丞为媒人，主簿通语言[86]。直说太守家，有此令郎君，既欲结大义[87]，故遣来贵门。"阿母谢媒人："女子先有誓，老姥岂敢言？"阿兄得闻之，怅然心中烦。举言谓阿妹："作计何不量！先嫁得府吏，后嫁得郎君。否泰如天地[88]，足以荣汝身。不嫁义郎体[89]，其往欲何云[90]？"兰芝仰头答："理实如兄言。谢家事夫婿，中道还兄门。处分适兄意[91],那得自任专?虽欲府吏要[92],渠会永无缘[93]。登即相许和,便可作婚姻[94]。"

媒人下床去,诺诺复尔尔[95]。还部白府君[96]:"下官奉使命,言谈大有缘。"府君得闻之,心中大欢喜。视历复开书[97],便利此月内,六合正相应[98]。"良吉三十日,今已二十七,卿可去成婚。"交语速装束[99],骆驿如浮云[100]。青雀白鹄舫[101],四角龙子幡[102],婀娜随风转[103],金车玉作轮[104]。踯躅青骢马[105],流苏金镂鞍[106]。赍钱三百万[107],皆用青丝穿。杂彩三百匹,交广市鲑珍[108]。从人四五百,郁郁登郡门[109]。阿母谓阿女:"适得府君书[110],明日来迎汝。何不作衣裳?莫令事不举[111]。"阿女默无声,手巾掩口啼,泪落便如泻。移我琉璃榻[112],出置前窗下。左手执刀尺,右手执绫罗。朝成绣夹裙,晚成单罗衫。晻晻日欲暝,愁思出门啼[113]。

府吏闻此变,因求假暂归[114]。未至二三里,摧藏马悲哀[115]。新妇识马声,蹑履相逢迎。怅然遥相望,知是故人来。举手拍马鞍,嗟叹使心伤。"自君别我后,人事不可量[116]。果不如先愿,又非君所详。我有亲父母,逼迫兼弟兄[117]。以我应他人,君还何所望?"府吏谓新妇:"贺卿得高迁!盘石方且厚,可以卒千年。蒲苇一时纫,便作

旦夕间[118]。卿当日胜贵[119]，吾独向黄泉。"新妇谓府吏："何意出此言！同是被逼迫，君尔妾亦然。黄泉下相见，勿违今日言。"执手分道去，各各还家门。生人作死别，恨恨那可论！念与世间辞，千万不复全[120]。

府吏还家去，上堂拜阿母："今日大风寒[121]。寒风摧树木，严霜结庭兰。儿今日冥冥[122]，令母在后单。故作不良计[123]，勿复怨鬼神！命如南山石，四体康且直[124]。"阿母得闻之，零泪应声落[125]。"汝是大家子，仕宦于台阁[126]。慎勿为妇死，贵贱情何薄[127]！东家有贤女，窈窕艳城郭[128]。阿母为汝求，便复在旦夕。"府吏再拜还，长叹空房中，作计乃尔立[129]。转头向户里，渐见愁煎迫[130]。

其日马牛嘶[131]，新妇入青庐[132]。奄奄黄昏后[133]，寂寂人定初[134]。"我命绝今日，魂去尸长留。"揽裙脱丝履，举身赴清池。府吏闻此事，心知长别离。徘徊庭树下，自挂东南枝[135]。

两家求合葬，合葬华山傍[136]。东西植松柏，左右植梧桐。枝枝相覆盖，叶叶相交通。中有双飞鸟，自名为鸳鸯。仰头相向鸣，夜夜达五更。行人驻足听，寡妇起彷徨。多谢后世人，戒之慎勿忘[137]！

注 释

〔1〕此诗最早见《玉台新咏》,题为《无名人古诗为焦仲卿妻作》,在《乐府诗集》中属《杂曲歌辞》,是中国古代最长的叙事诗。诗中讲述了汉末建安时期一个凄情哀婉的爱情悲剧故事。诗前有一小序,对故事的原委和创作过程作了简单说明。此诗叙事得体,语言流畅,人物形象生动,是历来广为传诵的名诗。本诗选自徐陵编,吴兆宜注,程琰删补,穆克宏点校《玉台新咏笺注》,中华书局1985年版。以下诗出《玉台新咏》者皆依此版。

〔2〕建安:汉献帝年号(196—220)。

〔3〕庐江府:东汉末置,故治在今安徽省潜山市。遣:逐回娘家。

〔4〕没水:投水。以上为全诗小序。

〔5〕首二句以孔雀东南飞不停徘徊而起兴,给全诗创造了一个悲凉的气氛。

〔6〕十三等句,写刘兰芝从小受过很好的教育。

〔7〕节:节操,这里指兰芝的爱情贞节。一说,指焦仲卿忠于职守的臣节。

〔8〕断:把织好的布从织机上截下来。疋:同匹,四丈为一匹。

〔9〕大人:指焦仲卿母亲。故:故意。

〔10〕徒:徒然。施:用。

〔11〕白:告诉。公姥(mǔ):公婆,这里是偏义复词,专指婆婆。

〔12〕遣归:休弃使之归家。本段写由于焦母的故意挑剔,兰芝在婆家难

以生活下去，被迫提出回家。

〔13〕启：禀告。

〔14〕薄禄相：古人迷信相术，认为人的富贵贫贱是命中注定的，并能在人的相貌上看出来。薄禄相，也就是说禄命骨相俱薄，一生不会有福。

〔15〕结发：指成年。

〔16〕共事：共同生活。

〔17〕尔：如此。意为开始过这样的幸福生活还不久。

〔18〕何意：不料。致：招致。不厚：不爱。

〔19〕区区：小貌，这里指愚蠢。

〔20〕自专由：自作主张。

〔21〕可怜：可爱。体：身体面貌。

〔22〕伏惟：古代对尊长的恭敬语。

〔23〕终老：终身。取：同娶。

〔24〕会不：决不。本段写焦仲卿要求母亲不要驱遣兰芝，焦母大怒，坚决不答应。

〔25〕举言：发言。新妇：指刘兰芝，因结婚时间不长，故称新妇。

〔26〕哽咽：因悲痛而气结。

〔27〕自：本。卿：夫妇间的亲昵称谓。

〔28〕报：赴。

〔29〕下心意：安心。一说，指低心下气，即忍耐一些。

〔30〕纷纭：多事，自找麻烦。

〔31〕初阳：指冬至节。

〔32〕谢家：辞家。

〔33〕循：遵循。

〔34〕伶俜（pīng）：孤单。萦：缠绕，这里可引申为遭受或伴随。

〔35〕卒：完成。

〔36〕绣腰襦：绣花齐腰短袄。

〔37〕葳蕤（wēi ruí）：原指草木茂盛。此处形容衣服上刺绣之美。

〔38〕复斗帐：双人帐。一说，双层的帐子。

〔39〕香囊：装有香料的袋子。

〔40〕奁：即奁（lián），中国古代女子存放梳妆用品的箱子。

〔41〕遗（wèi）施：赠送。

〔42〕会因：会面的机会。

〔43〕以上写焦刘二人的对话和刘兰芝作回家的准备。

〔44〕严妆：精心打扮。

〔45〕通：遍。

〔46〕玳瑁光：玳瑁的首饰发着光彩。

〔47〕流纨素：腰际的纨素像流水一样轻盈流畅，喻体型之美。

〔48〕明月珰：明月珠做的耳坠。

〔49〕朱丹：红色的宝石。

〔50〕谢：告辞。

〔51〕野里：荒僻乡里，这是兰芝谦称自己出身低下。

〔52〕钱帛：指聘礼。

〔53〕却：退下堂。

〔54〕"新妇"下四句，有人疑为唐人顾况诗的混入。有的本子无"小姑"和"今日"二句。

〔55〕扶将：照应。

〔56〕初七：农历七月七，旧时风俗每年逢此日晚上供祭织女，乞巧。下九：古代以每月二十九日为上九，初九为中九，十九为下九。妇女常在下九集会，做藏钩等游戏。

〔57〕本段写兰芝离开焦家，与焦母、小姑告别，挥泪登车。

〔58〕隐隐、甸甸：都是车声。何：语助词。

〔59〕隔：绝。

〔60〕区区怀：诚挚专一的心怀。

〔61〕录：收留。

〔62〕纫：同韧。

〔63〕亲父兄：胞兄。

〔64〕任：随。

〔65〕逆：违反心意。煎我怀：煎熬我的内心。

〔66〕举手：分手告别。劳劳：忧伤貌。

〔67〕依依：不舍貌。本段写二人分手，立誓互不相负。

〔68〕无颜仪：脸上无光。

〔69〕拊（fǔ）掌：拍掌，表示吃惊。

〔70〕不图：没想到。

〔71〕誓违：或作"諐（qiān）违"，过失。

〔72〕惭阿母：惭愧地面对母亲。

〔73〕悲摧：悲伤。以上写兰芝回家与母亲相见，令母亲吃惊又悲伤。

〔74〕窈窕：美好。

〔75〕便言：有口才。令才：美好的才能。

〔76〕丁宁：同叮咛。

〔77〕断：回绝。信：媒人。

〔78〕徐徐：慢慢地。更谓之：以后再说这件事。

〔79〕适：出嫁。

〔80〕幸可：希望。以上写兰芝第一次拒绝媒人说亲。

〔81〕寻：随即。遣丞：派遣县丞。请还：请求再来刘家。原来县丞是为县令作媒人，本已被刘母拒婚而去，此时太守又命他为自己儿子求婚，所以说"请还"。

〔82〕兰家女：兰芝姑娘。一说，兰家，即某家。

〔83〕承籍：继承祖先仕籍。宦官：即官宦人家。

〔84〕云：媒人传太守之言。第五郎：太守的第五个儿子。

〔85〕娇逸：娇美文雅。

〔86〕"主簿通语言"句：主簿，官名。汉时府县中都有主簿，这里指太守主簿，是他传太守的话给县丞，让县丞作媒，为太守子说亲。

〔87〕结大义：结为婚姻。

〔88〕否（pǐ）泰：本是《易经》中的两个卦名，否表示坏运，泰表示好运。如天地，言两次婚姻的好坏如天地一样高下不同。

〔89〕义郎：对太守之子的美称。"郎"字此本原作"即"，引据《乐府诗集》改。

〔90〕其往欲何云：你今后将怎么办？

〔91〕适：顺从。

〔92〕要（yāo）：约。

〔93〕渠会：他会。

〔94〕登即：当即。许和：答应。以上写兰芝被迫许婚。

〔95〕诺诺：应答声。尔尔：如此。这二句的意思是："好，好，就这样。"

〔96〕部：衙门。白：告诉。府君：太守。

〔97〕视历复开书：打开历书，选择结婚吉日。

〔98〕六合：古人选择吉日，天干地支都相合叫六合，即子与丑合，寅与亥合，卯与戌合，辰与酉合，巳与申合，午与未合。

〔99〕交语：交待手下人。

〔100〕浮云：喻人多。

〔101〕青雀、白鹄：船头图画。舫：船。

〔102〕四角龙子幡：船的四角用绣龙的旗帜装饰。

〔103〕婀娜（ē nuó）：龙旗随风飘动的样子。

〔104〕金车句：形容车辆豪华。

〔105〕青骢马：青白杂毛的马。

〔106〕流苏：以五彩羽毛做成的下垂装饰品。金缕鞍：用金属雕花的马鞍。

〔107〕赍（jī）：送。

〔108〕交广市鲑珍：从交州和广州等地买来的山珍海味。鲑（xié），古代对鱼类菜肴的总称。

〔109〕郁郁：人多貌。登：上门庆贺。

〔110〕适得：刚刚得到。

〔111〕事不举：事情筹办不及。

〔112〕琉璃榻：嵌琉璃的榻。

〔113〕晻（àn）晻：日落昏暗貌。以上写太守行聘，兰芝被逼出嫁。

〔114〕求假：请假。

〔115〕摧藏：伤心凄怆。马悲哀：马也发出悲鸣。

〔116〕不可量：不能预料。

〔117〕父母：这里单指母。弟兄：这里单指兄。

〔118〕旦夕间：指时间很短。

〔119〕日胜贵：一天比一天贵盛起来。

〔120〕千万：坚决之辞。本段写仲卿闻变，来见兰芝，两人相约同死。

〔121〕大风寒：比喻不幸的事情将发生。

〔122〕日冥冥：日暮，喻生命即将结束。

〔123〕故作不良计：自己有意做出不好的打算。

〔124〕四体康且直：身体健康舒适。

〔125〕零泪应声落：眼泪随着说话的声音流下来。

〔126〕台阁：古代尚书的官署，此处泛指官府。

〔127〕贵贱：焦母意指仲卿贵，兰芝贱。情何薄：把贱人看得很重，这种感情是多么不值钱。

〔128〕艳城郭：在全城最漂亮。

〔129〕乃尔：就这样。立：决定。

〔130〕以上写仲卿回家与母亲告别，准备自杀。

〔131〕其日：结婚之日。牛马嘶：形容当时热闹情景。

〔132〕青庐：以青布幔搭成的婚礼用屋。

〔133〕菴（àn）菴：昏暗。

〔134〕人定初：夜晚亥时初刻，约当晚上九点。

〔135〕以上写兰芝和仲卿的自杀。

〔136〕华山：大概指庐江府附近的小山。

〔137〕多谢：敬告。以上写两人死后情景。

鉴 赏

  这是一个感人泪下的爱情悲剧故事。诗中的男女主人公本来是一对恩爱夫妻，可是由于媳妇兰芝得不到婆婆的喜欢便被休回家，作为儿子的仲卿不敢抗拒母亲的意旨，他们的幸福婚姻就这样硬生生地被拆散了。分手时两人虽然相约共同坚守，但是兰芝回家后却被兄长逼迫，不得不应允再嫁。两人为了追求属于自己的婚姻幸福尽了最大的努力，但是却抵抗不住强大的家长制度，最后只好以死殉情，用自己的生命谱写了一首爱情的颂歌。刘兰芝从小受过良好的教育，知书识礼，善纺绩，懂音乐，美丽无比。焦仲卿也未尝不是一个孝子。他们都是在那个社会的礼教和家长制下培养起来的理想人物，理应在那个社会很好地生活。可是，这个社会却不许他们有自己的爱情追求，不给他们追求爱情的一点点自由，最终把他们逼上了死路。他们以死亡向命运抗争，批判那个泯灭人性的礼教，呼唤世人对男女爱情的重视，领悟什么才是最有价值的人生。正因为如此，这个故事本身不但具有震撼人性的巨大艺术魅力，而且在客观上也具有批判不合理的婚姻制度和伦理道德的巨大力量。"多谢后世人，戒之慎勿忘"，诗歌结尾这两句语重心长的话，是发人深思的。

  这首诗在艺术上也有突出的特点。叙事清楚，剪裁得当，结构严谨，情节发展自然合理，语言通俗流畅、生动活泼，人物形象鲜

明生动。在具体写作中，善于运用个性化的语言和行动刻画来塑造人物，大大增强了人物形象的生动性。在叙事中适当运用抒情性穿插，再加上巧妙地利用环境或景物描写作衬托渲染等，又使本诗在叙事中带有强烈的抒情色彩，增强了作品的感人性。这也是本诗之所以脍炙人口，历千百年而传诵不衰的重要原因。

汉代文人诗

　　汉代也是中国文人诗歌创作逐渐兴盛的开始。"文人"是中国古代一个有特定内涵的概念，它一般是指汉代社会以后的读书人和通过读书而走上仕途的士大夫。他们是秦汉封建专制官僚制度形成以后的一个特殊文化阶层，也有特殊的情感和人生经历，抒发个体情感是这些诗歌的重要特征。文人诗的产生，标志着中国诗歌从汉代开始由先秦时代的群体歌唱为主发展到以个体抒情为主，从此，文人诗歌逐渐成为后世诗歌创作的主流。我们这里所说的"文人"，指汉代留下作者名字的诗人，包括像刘邦这样的帝王、李延年式的艺术家和刘细君、班婕妤这样的女性，还有虽有名字存世，但是却颇受后人怀疑的"苏李诗"，即传说为李陵和苏武的诗歌创作，相比于后代的"文人诗"还略显庞杂，但是这些诗歌都有鲜明的个性特征，表现了他们作为个体诗人的喜怒哀乐，开后世文人诗先河。

大 风 歌 [1]

刘 邦 [2]

大风起兮云飞 [3] 扬，威加海内兮归故乡 [4]，安得猛士兮守四方！

注释

〔1〕此诗见于《史记·高祖本纪》，为刘邦平定黥布，得胜还乡，在沛县邀集父老乡亲饮酒时所唱。汉人称此歌为《三侯》之章。选自《史记》，中华书局 1959 年新校点本。

〔2〕刘邦（前 256—前 195），沛县丰邑（今江苏省丰县）人，汉朝开国皇帝，在位十二年。

〔3〕风起云飞：比喻秦末群雄逐鹿、天下大乱的局面。

〔4〕威加海内：指自己战胜群雄，统一中国。海内，四海之内，"天下"的意思。

鉴赏

此诗是封建帝王诗中的佳作，虽仅仅三句，但内涵极为丰富。

首句以"风起云飞"比喻秦末天下大乱、群雄逐鹿的局面,次句以"威加海内"写自己征服四海的志得意满,春风无限,洋溢着英雄之气。但结尾一句中又带着居安思危的深深隐忧。刘邦虽一统天下,但国家并未安稳,韩王信、黥布等相继造反,皇室内部的斗争也非常激烈。此诗作于刘邦平定黥布之后,还归故乡,与故老兄弟相乐饮酒之时。当时刘邦年事已高,本不适宜再远出征战,但是因为太子懦弱,其他人又不可信,他只好亲自出马。此战虽然得胜,但是刘邦也身中箭伤。想到汉室江山如此不稳,其忧虑心情可想而知,所以在表面看似欢乐的吟唱中,不免又有谁来守护江山的深深隐忧。

秋 风 辞 [1]

刘 彻 [2]

秋风起兮白云飞,草木黄落兮雁南归。兰有秀兮菊有芳[3],携佳人兮不能忘。泛楼舡兮济汾河[4],横中流兮扬素波[5]。箫鼓鸣兮发棹歌[6],欢乐极兮哀情多。少壮几时兮奈老何。

注 释

〔1〕此诗见于《文选》,选自中华书局 1977 年影印胡刻本李善注《文选》。以下诗出《文选》者皆依此版。

〔2〕刘彻(前 156—前 87),即汉武帝,在位五十四年(前 141 年始)。在位期间大兴礼乐,加强中央集权,罢黜百家,独尊儒术,对外击匈奴,通西域,开疆拓土,使汉帝国达到鼎盛。但好武尚力,耗费民财,汉王朝从此也由盛转衰。

〔3〕秀:植物吐穗开花。

〔4〕舡:"船"的异体字。

〔5〕横:横渡。

〔6〕棹:划船工具。棹歌:引棹而歌。

鉴 赏

据《汉武帝故事》,此诗是汉武帝行幸河东,祠后土途中,泛舟中流,顾视帝京,与群臣宴饮,兴致正高时而作。但是诗人面对着秋风又起、白云飞动、草木黄落、大雁南回的萧瑟秋景,却不由得发出人生短促的无限感慨。作为一代帝王,他手中有无限的权力,可以享受世间所有的富贵,富丽辉煌的宫殿,如花似玉的美姜,还有永远也吃不完的山珍海味。但是,他唯独不能延续自己的生命。最终还是和普通人一样,转眼间就变成了白发老人。因而,他有比一般人更为强烈的乐极生悲之怀,更容易体会到"欢乐极兮哀情多,少壮几时兮奈老何"的悲伤。正所谓触景生情,满目悲凉,慷慨放歌,徒唤无奈。也正因为如此,才突显了这首诗中强烈的生命意识,耐人寻味,成为中国古代帝王诗歌中的名作,并具有了感悟人生的普遍意义。

北方有佳人[1]

李延年[2]

北方有佳人,绝世而独立[3]。一顾倾人城[4],再顾倾人国[5]。宁不知倾城与倾国[6],佳人难再得。

注 释

〔1〕此诗见《汉书·外戚传》。选自《汉书》,中华书局1962年新校点本。下首同。佳人:美女。

〔2〕李延年,汉代著名音乐家。他的妹妹为汉武帝之妃李夫人。

〔3〕绝世:绝代,不会再出现。

〔4〕顾:回头看。倾:倾倒。一顾倾人城:极度夸张女子美丽,她只要对守城将士回头看上一眼,便可令他们弃械投降,城市失守。

〔5〕再顾倾人国：如果这个女子再回头看君王一眼，就会让这个国家灭亡。

〔6〕宁不知：难道不知道。最后二句的意思是：难道不知道这个女子会使国家倾覆吗？可是佳人也实在是难以再得呀！

鉴赏

　　此诗的作者为汉代著名的音乐家李延年，他有音乐天赋，善歌舞，他创作的新声变曲，让所有听到的人都会为之感动。他妹妹长的非常漂亮，他要把她嫁给汉武帝，于是就做了这首歌唱给汉武帝听，打动了汉武帝，于是召见了他的妹妹，一看果然美丽无比，能歌善舞，汉武帝就将她纳为妃子，得幸生子，封为夫人。这首诗歌采用当时刚刚兴起的五言诗形式，文辞简洁，用语夸张，曲调优美，极具感动人的力量，是汉代五言新声初起的杰出代表。"倾城倾国"四字由此而成为中国古代著名的典故和形容女子之美的成语。

悲愁歌[1]

刘细君[2]

　　吾家嫁我兮天一方，远托异国兮乌孙王[3]。穹庐为室兮旃为墙[4]，以肉为食兮酪为浆[5]。居常土思兮心内伤[6]，愿为黄鹄兮还故乡。

注释

〔1〕此诗见于《汉书·西域传》，据说公主到乌孙国之后，自治宫室别居，一年才能与昆莫聚会一两次，昆莫年老，语言不通，公主悲愁，而作此歌。此歌原无标题，沈德潜《古诗源》据《汉书》记载而取此名。

〔2〕刘细君，西汉江都王刘建之女。汉武帝元封（前110—前105）中，汉王朝与乌孙国和亲，武帝以她为公主，嫁与乌孙王昆莫。昆莫年老，又把她嫁给孙子岑陬，后卒于乌孙。

〔3〕托：寄。乌孙：汉代西域诸国之一，其地大约在今新疆伊犁河流域。

〔4〕穹庐：毡帐，圆顶如天穹。旃：同"毡"。

〔5〕肉为食：以肉为饭。酪（lào）为浆：以马、牛、羊奶作饮料。

〔6〕土思：怀念故土。

鉴赏

　　与西域诸国和亲是汉朝的重要国策，对打通西域，安定北方边疆有重要意义。但是却需要有人做出个体的牺牲。刘细君承担了这一重任，这就意味着她要在语言不通、风俗迥异、水土不适的异国他乡度过自己的一生，面对年老力衰的乌孙国王而消耗自己宝贵的青春年华，这不能不说是个人的生命悲剧。这首诗没有华丽的语言，前两句直叙其事，中间两句用白描的方式写自己所面对的陌生环境，后两句发出怀念故乡的深情呼喊。诗人用最为质朴的叙述方式，一方面写出自己为国家所做出的牺牲，一方面也表达了自己个人的不幸，同时发出了对命运抗争的强烈呼声，因而具有感动人心的力量。

良时不再至[1]

李 陵[2]

良时不再至，离别在须臾[3]。屏营衢路侧[4]，执手野踟蹰[5]。仰视浮云驰，奄忽互相逾[6]。风波一失所[7]，各在天一隅[8]。长当从此别，且复立斯须[9]。欲因晨风发[10]，送子以贱躯[11]。

注 释

[1]《文选》里选录了题名李陵的诗三首，题名苏武的诗四首。这几首诗是否为李陵、苏武所作，在当时就有人怀疑，至今仍然无法确定。不过，由于这组诗篇抒写夫妻朋友离别之情，感情真挚，艺术水平很高，对汉代以后的中国诗歌产生了很大影响，很受后人推重，所以后人仍用"李陵诗""苏武诗"或者统称"苏李诗"来称呼这组诗。此处

所选为"李陵诗",故按《文选》仍题为李陵作。良时:好时光,这里指二人相聚之时。

〔2〕李陵(前134—前74):西汉武帝时代的名将,因为战争失败,被匈奴所俘,投降匈奴。苏武也是汉武帝时代的名臣,在通使西域的途中被匈奴扣留十九年。两人在匈奴相遇,结为好友,他们的遭遇得到了人们的同情,从汉代起就有很多关于他们的故事,事见《汉书·李广苏建传》。

〔3〕须臾:形容时间短暂。

〔4〕屏营:彷徨。衢(qú)路:路口,岔道。

〔5〕野:在野外。踟蹰(chí chú):徘徊不前。

〔6〕奄忽:倏忽。互相逾:互相超越。以上二句写天上浮云的瞬息万变,喻示两人的处境与此相同。

〔7〕风波:比喻不幸的遭遇。

〔8〕隅(yú):角落。以上二句写二人的身世飘忽不定,就像天上的浮云一样,随风飘动,转眼各在天涯。

〔9〕斯须:片刻。

〔10〕晨风:早晨的风。

〔11〕贱躯:卑贱的身躯,谦称自己。

鉴 赏

　　这是一首朋友赠别之诗。亲友离别，自然会有感伤，然此诗所写并非是一般的难舍难分之情，而是流离四方的人生感叹。这也许是后人将此诗与李陵、苏武的不幸遭遇联系在一起的原因。其实在中国古代，由于战争破坏、自然灾害、政治混乱所造成的离别多有发生，这样的故事岂止李陵、苏武而已。此诗之感人处，就在于写出了在这一处境之下朋友离别的感伤无奈之情。在这些苦难面前，个人显得是那么弱小无助，任由命运的摆布而无可奈何，就像天上的浮云一样飘忽不定，不知道被风吹到哪里，也不知道自己的结局将在何处。眼下唯一可做的事情，就是在离别之际再稍稍停留片刻，道一声珍重而互相告别。诗的语言质朴无华，感情表达深沉悲痛。衢路徘徊、仰视浮云的描写尤其生动，浮云游子也由此成为中国后世诗歌的常用意象。

结发为夫妻[1]

苏　武[2]

　　结发为夫妻[3]，恩爱两不疑。欢娱在今夕，燕婉及良时[4]。征夫怀往路，起视夜何其[5]。参辰皆已没[6]，去去从此辞。行役在战场,相见未有期。握手一长叹,泪为生别滋[7]。努力爱春华[8],莫忘欢乐时。生当复来归,死当长相思。

注释

〔1〕此诗最早见于《文选》,题为苏武作,后人有争议。此处从旧题。

〔2〕苏武(前140—前60):字子卿。汉武帝时为郎。天汉元年(前100)奉命以中郎将的身份,持节出使到匈奴,被扣留。匈奴贵族多次劝降而不从,后将他迁到北海边牧羊,留居匈奴十九年,持节不屈,历尽艰辛归国。

〔3〕结发:古代成人之礼,男年二十,女年十五时,将发束起,女用笄,男始冠。

〔4〕今夕:《诗经·唐风·绸缪》"今夕何夕",指结婚的日子。燕婉:文雅多情,指男女相悦。

〔5〕夜何其(jī):《诗经·小雅·庭燎》"夜如何其",夜晚到什么时候。

〔6〕参(shēn)辰:参星和辰星,各出现在东西方天空。此处泛指所有的星星。

〔7〕生别:生离死别。滋:溢出。此句为因为想到此去即为生离死别,泪水止不住的流。

〔8〕春华:指青春年少。

鉴赏

　　此诗写夫妻的离别之情。把抒情的场景放在离别的前夜。这是一对正在新婚缠绵中的夫妇。明日即将别离，有多少说不完的话语，爱不够的欢娱，只有抓紧今夜的分分秒秒。正所谓"暮婚晨告别，无乃太匆忙"。但时光还是无情的逝去，转眼间就已经星辰落尽，东方欲晓，征夫只好起身告辞。想到即将奔赴战场，不知何时才能相见，此刻的生离可能就是死别，两人的内心何等痛苦，禁不住握手长叹，泪倾如雨。无奈之中，只好各道珍重，相约不忘旧情，永不负心。生当归来，死则相忆。简洁的描写与质朴的话语，写尽了夫妻别离的无限深情。此诗无论是不是苏武所作，都是一首抒情的经典，这也是它之所以在中国诗歌史被人们赞赏和推重的原因。杜甫的《新婚别》深受此诗的影响。

怨 歌 行[1]

班 婕 妤[2]

　　新裂齐纨素[3]，皎洁如霜雪。裁为合欢扇[4]，团团似明月[5]。出入君怀袖，动摇微风发。常恐秋节至，凉风夺炎热[6]。弃捐箧笥中[7],恩情中道绝。

注释

〔1〕此诗最早著录于《文选》,《玉台新咏》题名《怨诗》。

〔2〕班婕妤:汉成帝妃子,封为婕妤。后来失宠,请求到长信宫供养太后,做此诗以伤悼身世。

〔3〕新裂:刚刚织好的。纨(wán)素:精致洁白的绢。传说齐地的绢织的最好。

〔4〕合欢扇:中国古代的一种圆形扇子,上有对称图案花纹,象征男女欢会。

〔5〕团团:圆圆的,形容扇子的形状。

〔6〕凉风:六臣注本作"凉飙",指秋风。

〔7〕箧笥(qiè sì):收藏衣物等的竹器。

鉴赏

全诗表面上写团扇,其实是以之为比喻,巧妙地表达了一个宫中女子担忧自己命运以及唯恐被弃的复杂心情。团扇以洁白的齐纨所制,象征着自己的品性高洁;团扇如明月般可爱,象征着自己的美丽。但是再美丽再高洁的团扇,其价值也不过是被人用来作为驱暑送凉的工具,这好比那些宫中可怜的女子,无论她们如何得宠恃骄,也难以摆脱花落色衰、被人遗弃的命运。就像团扇一样,一旦

暑气消退，秋风送爽，再好的团扇也没有了使用的价值，只能被人遗弃于箧笥之中。仔细想一想，班婕妤在此诗中所表达的情感是多么细腻，其性格又是多么柔弱，而内心又是多么焦虑与沉重啊。中国古代女子的柔软婉顺与多愁善感，在这首诗中得到了突出的表现。

四 愁 诗[1]

张 衡[2]

一思曰：我所思兮在太山[3]，欲往从之梁父艰[4]。侧身东望涕沾翰[5]。美人赠我金错刀[6]，何以报之英琼瑶[7]。路远莫致倚逍遥[8]，何为怀忧心烦劳[9]。

二思曰：我所思兮在桂林[10]，欲往从之湘水深[11]。侧身南望涕沾襟。美人赠我琴琅玕[12]，何以报之双玉盘。路远莫致倚惆怅，何为怀忧心烦伤[13]。

三思曰：我所思兮在汉阳[14]，欲往从之陇阪长[15]。侧身西望涕沾裳[16]。美人赠我貂襜褕[17]，何以报之明月珠。路远莫致倚踟蹰[18]，何为怀忧心烦纡[19]。

四思曰：我所思兮在雁门[20]，欲往从之雪纷纷[21]。侧身北望涕沾巾。美人赠我锦绣段[22]，何以报之青玉案[23]。路远莫致倚增叹，何为怀忧心烦惋[24]。

注释

〔1〕此诗题名"四愁"，《文选》在此诗之前有序："张衡不乐久处机密，阳嘉中，出为河间相。时国王骄奢，不遵法度，又多豪右并兼之家。衡下车，治威严，能内察属县。奸猾行巧劫，皆密知名，下吏收捕，尽服擒。诸豪侠游客，悉惶惧逃出境。郡中大治，争讼息，狱无系囚。时天下渐弊，郁郁不得志，为《四愁诗》。依（据六臣注本补）屈原以美人为君子，以珍宝为仁义，以水深雪雰为小人。思以道术为报，贻於时君，而惧谗邪不得以通。"此序不知何人所作，但是在萧统编辑《文选》时当已存在，是我们认识这首诗的重要参考。阳嘉为汉顺帝年号（132—135），此诗又提到张衡出任河间相之事，可知当作于张衡晚年。当时的朝政混乱，小人当道，张衡的政治理想不能实现，心有郁闷，于是创作此诗，以抒写内心哀愁。

〔2〕张衡(78—139)：字平子，南阳郡西鄂县（今河南省南阳市石桥镇）人。蜀郡太守张堪之孙。举孝廉出身，历任郎中、太史令、侍中、河间相、尚书等职。永和四年（139）逝世。张衡是东汉著名的文学家，以《二京赋》《归田赋》等为代表，与司马相如、扬雄、班固并称"汉赋四大家"。《隋书·经籍志》有《张衡集》十四卷，已经散佚。明代学者张溥辑有《张河间集》。张衡也是东汉时期杰出的天文学家、数学家、

发明家,为中国天文学、数学等作出了杰出的贡献,发明了浑天仪、地动仪。

〔3〕太山:即泰山,在今山东泰安。

〔4〕梁父:泰山下小山名。

〔5〕沾:六臣注本作"霑"。翰:衣襟。

〔6〕金错刀:王莽时铸币有"一刀平五千",因为"一刀"两字用错金工艺制作,所以称之为"金错刀"。

〔7〕英:"瑛"的借字,美石似玉者。琼瑶:两种美玉。

〔8〕倚:通"猗"(yǐ),语助词,无意义,下同。

〔9〕烦劳:愁闷劳苦。

〔10〕桂林:郡名,在今广西壮族自治区。

〔11〕湘水:源出广西壮族自治区,东北流入湖南,会合潇水后入洞庭湖。

〔12〕琴琅玕(láng gān):琴上用琅玕来装饰。琅玕,一种似玉的美石。

〔13〕烦伤:愁闷忧伤。

〔14〕汉阳:郡名,西汉称天水郡,东汉改为汉阳郡,在今甘肃甘谷。

〔15〕陇阪(bǎn):山坡为"阪"。此处指甘肃陇山。李善注引应劭语:"天水有大阪,名陇阪。"

〔16〕裳(cháng):下裙。

〔17〕襜褕(chān yú):汉服的一种,直襟的便衣。貂襜褕:用貂皮缝制的襜褕。

〔18〕踟蹰（chí chú）：徘徊不前的样子。

〔19〕烦纡（yū）：愁闷郁结。

〔20〕雁门：郡名，在今山西省西北部。

〔21〕纷纷：大雪飘飘。

〔22〕段：同"缎"。

〔23〕案：放食器的小几。

〔24〕烦惋（wǎn）：愁闷叹惜。

鉴赏

　　张衡是东汉著名文人，才气纵横。按传统的说法，这是一首有所寄托的抒情之作，"依屈原以美人为君子，以珍宝为仁义，以水深雪雾为小人。思以道术为报，贻於时君，而惧谗邪不得以通。"表达了诗人满腔的政治抱负不得施展的苦闷心情。这种说法当有所据。以男女之情喻君臣之事，是从屈原开始奠定的一个重要的中国抒情诗传统。此诗将《离骚》中屈原上天入地以求美女的抒怀，转化为向东南西北四方美人的思念与追求。诗人虽然与其早已互相倾慕，赠物定情，但是或路途艰险，或小人当道，或天气恶劣，两人终于不得相会。于是诗人只有侧身四望，泪下涟涟，内心自伤而已。四章诗就这样回环往复连绵不断的咏唱下去，愁苦也步步加深，令人动容。同时，此诗中写求女而不得，东有梁父之艰，南有湘水之深，西有陇阪之长，北有大雪纷飞，处处都有跨越不过的障碍，也让我们想起《诗经》中的《周南·汉广》《秦风·蒹葭》《陈风·月出》诸诗；两人之间的互赠，也颇有《卫风·木瓜》的情韵。此诗显然也深受《诗经》影响。所以清人沈德潜《古诗源》评价此诗："心烦纡郁、低徊情深，风骚之变格也。"说的很有道理。其实，这首诗所抒写的互敬互爱的真诚，路远莫致、爱而不得的愁思，更切合男女之间的恋情，已经超越了诗人主观上所寄托的君臣之思，它更是一首可以做多重理解的抒情之作。

这首诗在形式上也有独特之处。它有模拟楚辞的影子，它每章的第一句用的都是《九歌》句式，其余均是上四下三的七字句，句句押韵，这与汉代流行的镜铭、字书和一些七言歌谣韵语的句式是一样的，这是早期七言的独特形态，多出现于汉代一些应用性的文字当中。而这首诗则是现在我们所看到的东汉文人所创作的较早的一首七言诗。除此诗之外，张衡在《思玄赋》文后也附有一首七言，可见，张衡是东汉文人们最早利用七言这种新的诗体进行抒情诗创作的文人，这使之在文人七言诗体发展史上也具有了特殊重要的地位。

董娇娆[1]

宋子侯[2]

洛阳城东路,桃李生路旁。花花自相对,叶叶自相当。春风东北起,花叶正低昂。不知谁家子,提笼行采桑。纤手折其枝,花落何飘飏[3]。请谢彼姝子[4],"何为见损伤?""高秋八九月,白露变为霜。终年会飘堕,安得久馨香?""秋时自零落,春月复芬芳。何如盛年去,欢爱永相忘?"吾欲竟此曲,此曲愁人肠。归来酌美酒,挟瑟上高堂。

注释

〔1〕此诗选自《玉台新咏》。诗题"董娇娆"三字与内容没有直接联系,可能原是曲调名。

〔2〕宋子侯:身世不详。

〔3〕飘飏:花叶飘飞的样子。

〔4〕谢:辞谢。此处有责问的意思。

鉴 赏

　　此诗兼咏物、叙事、抒情于一体，其主旨是借路旁的桃李之花易被摧残，喻女子易被男子玩弄后遗弃，从而毁灭了美好的青春年华。全诗可分为三个层次，第一层描写花之美和采花者折枝毁花；第二层以拟人的口气写花与折花者的对话；第三层是作者的抒情。诗的语言朴素简练但是却描摹生动，"春风东北起，花叶正低昂"，极为传神。对话明晓却韵味深长，采花者对花毫不怜惜，语调冷漠无情。而"花"对自己青春的珍爱，"秋时自零落，春月复芬芳。何如盛年去，欢爱永相忘？"充满情理，发人深思。结尾抒情忧怨感人，是汉诗中一篇极为优秀的作品。

汉代无名氏五言古诗

汉代还有一些创作，从内容上看也属于文人创作，但是却没有留下作者名字，被后人统称之为"古诗"，辑录于《文选》和《古文苑》等古代的诗文总集里，以《古诗十九首》为代表。这些汉代文人五言古诗，内容丰富，情感复杂，艺术成就极高，有鲜明的文人诗特质，开后世中国文人五言诗先河，在中国诗歌发展史上具有重要意义。

行行重行行 [1]

行行重行行，与君生别离 [2]。相去万余里，各在天一涯 [3]。道路阻且长，会面安可知 [4]？胡马依北风，越鸟巢南枝 [5]。相去日已远，衣带日已缓 [6]。浮去蔽白日 [7]，游子不顾返 [8]。思君令人老，岁月忽已晚 [9]。弃捐勿复道，努力加餐饭。

注 释

〔1〕本诗是《古诗十九首》中的第一首。《古诗十九首》之名，最早见于《文选》，是汉代无名文人的一组诗歌。这组诗在内容和风格上都十分相近，大抵写游子思妇、世态炎凉、人生短促、及时行乐之情，艺术成就相当高，对后世产生了重要影响。本篇写女子对离家远行丈夫的思念。首叙初别，中言道远，再写相思之苦，后以自我宽慰作结，情感真挚而深沉，语言质朴中见文雅，由此可见《古诗十九首》之一斑。重行行：行了又行，走个不停。重迭行行，加重语气。

〔2〕生别离：句意承《楚辞·九歌》"悲莫悲兮生别离"而来，暗寓因别离而带来的深深忧伤。

〔3〕天一涯：天的一边，形容两人相距之远。

〔4〕阻且长二句：意取《诗经·秦风·蒹葭》"溯洄从之，道阻且长"，暗寓和心上人难以相见。

〔5〕胡马：北方之马，古称北方少数民族为胡。越鸟：南方之鸟，越指南方百越。北地所产的马依恋北风，南方所产的鸟巢于南枝，这二句的言外之意是说，动物尚且思恋故乡，何况人乎？

〔6〕已：同"以"。日已远：一天比一天远。缓：宽松。衣带日已缓：表示人因为相思一天比一天瘦。

〔7〕浮云蔽白日：想象游子在外被人所惑，就像白日被浮云蒙蔽一样。

〔8〕顾：念。

〔9〕岁月忽已晚：因相思而感叹时光易逝，转眼又是一个岁末。

鉴赏

  这是一首妇人闺中相思念远之诗。诗从离别开始写起，行行不已，暗示游子到了一个十分遥远的地方，因而这种离别，也就格外让闺中思妇悲伤。以下就紧承此而来，"万里""天涯"二句，极写二人相距之远；"道阻"二句，则是说两人会面之难。以上是第一层意思。接下来写离别后的思念，从两方说起。一方面，她希望游子不要在外面忘了家乡，忘了思念他的亲人。这正是"胡马"二句所含的深意，鸟兽尚且如此恋家，何况人乎？另一方面，她自己的思念也在随着游子的一天天远去而日渐加深，身心憔悴，衣带渐宽，可见其相思之苦。这是第二层意思。最后则写自己因相思而产生的复杂心态。她怀疑游子在外面为人迷惑，从此不想回家；她因为思念之深而感觉自己正在很快变老，在岁末时节更感觉到时光的易逝。但是，她又无法改变自己的处境，也无法改变这种现实。于是，在无可奈何之中，她只好宽慰自己，同时也把同样的宽慰和关切带给对方。

  游子思妇是古代抒情诗中的常见题材，这里面除了男女之情的真实感人之外，还有一个重要的原因，就是在那个时代，因交通不便，疾病的威胁和旅途中缺乏安全，生离在一定的意义上就意味着死别，这在我们今天已经很难体会，却是古人最为真实切肤的生活感受，因而具有极为典型的意义。诗人抓住了具有时代特征的抒情题材和空间意象，又善于在抒情中描绘人物的心理变化，语言含蓄而蕴藉，充分体现了文人的艺术修养。

青青河畔草[1]

青青河畔草，郁郁园中柳[2]。盈盈楼上女[3]，皎皎当窗牖[4]。娥娥红粉妆[5]，纤纤出素手[6]。昔为倡家女[7]，今为荡子妇[8]。荡子行不归。空床难独守。

注释

〔1〕此为《文选·古诗十九首》中的第二首。

〔2〕郁郁：茂盛的样子。

〔3〕盈盈：盛妆。

〔4〕皎皎：光彩照人。

〔5〕娥娥：容貌美丽。

〔6〕纤纤：形容手指纤细。

〔7〕倡：歌舞艺人。

〔8〕荡子：游于四方而不归者，此处指外出游学的读书人。

汉代无名氏五言古诗

> 鉴赏

此诗写闺中少妇对远行之人的思念。那是一个春光明媚的时节，河边的青草绵绵，院中的绿柳成荫，一个盛妆的美丽少妇正站在窗前远眺，盼望着在外游学的行人归来。这美丽的少妇本是能歌善舞的女子，正应该享受美好的春光，夫妻的欢爱，可是她的丈夫却远行不归，这让她如何忍受寂寞的空床。这首诗把男女相思之情写的直白而坦率，是人性的大胆表露，表现出强烈的生命意识，让人深切地体会到人生短促、青春易逝的道理，因而具有特别感人的艺术力量，对中国后世诗歌产生了极大影响。唐代诗人王昌龄有一首《闺怨》诗："闺中少妇不知愁，春日凝妆上翠楼。忽见陌头杨柳色，悔教夫婿觅封侯。"全从此诗中脱胎而来。

今日良宴会[1]

今日良宴会，欢乐难具陈[2]。弹筝奋逸响[3]，新声妙入神[4]。令德唱高言[5]，识曲听其真。齐心同所愿[6]，含意俱未伸[7]。人生寄一世，奄忽若飚尘[8]。何不策高足[9]，先据要路津[10]。无为守贫贱，轗轲长苦辛[11]。

注 释

〔1〕此为《文选·古诗十九首》中的第四首。

〔2〕难具陈:难以一一表述。

〔3〕逸响:欢快奔放的音乐。

〔4〕新声:先秦两汉时代,与传统雅乐相对,新兴起的流行乐曲。

〔5〕令德:有高尚道德的人。高言:高论,美言。

〔6〕所愿:指对富贵的追求。

〔7〕含意俱未伸:理想都没有实现。

〔8〕奄忽:一瞬间。飚尘:狂风卷起的尘埃,极言渺小易逝。

〔9〕策高足:乘骏马,比喻凭借高才。

〔10〕要路津:要道和渡口,比喻显要职位。

〔11〕轗(kǎn)轲:道路不平,比喻困顿、不得志。

鉴 赏

此诗表达了汉代社会一些困顿失志者的愤世嫉俗之情。表面上写的是一场欢乐的宴会,大家都在尽情地唱歌跳舞,高谈阔论。但实际上都是一群不得志的人,每个人都有一肚子的怨言与牢骚。他们感叹人生短促,年华易逝,渴望凭借自己的才华早入仕途,先据要路,不甘心屈居下位,贫苦一生。诗歌坦露了这些落魄读书人的心理,客观上也显示了他们在现实生活中的困境。此诗通过欢乐的场景抒写内心的郁闷，在高兴处突然生出感伤。全诗采用先扬后抑之章法，使诗意的表达更为委婉曲折，意蕴丰厚。

西北有高楼[1]

西北有高楼，上与浮云齐。交疏结绮窗[2]，阿阁三重阶[3]。上有弦歌声，音响一何悲。谁能为此曲，无乃杞梁妻[4]。清商随风发[5]，中曲正徘徊[6]。一弹再三叹[7]，慷慨有余哀[8]。不惜歌者苦，但伤知音稀[9]。愿为双鸿鹄[10]，奋翅起高飞。

注释

〔1〕此为《文选·古诗十九首》中的第五首。

〔2〕疏：刻镂。交疏：交错刻镂的窗棂。绮：有花纹的绫。绮窗：用绮装饰的窗户。

〔3〕阿阁：四周有檐的楼阁。三重阶：三重台阶，阿阁建于台上，形容其高。

〔4〕杞梁妻：春秋时齐国大夫杞梁的妻子，传说其善哭。

〔5〕清商：古乐调名，其声清越哀婉。

〔6〕中曲：乐曲中段。徘徊：乐曲回环往复。

〔7〕叹：乐曲和声。

〔8〕慷慨：失意感伤之气。

〔9〕"不惜"二句，歌者心中有苦，我能惜之。但我心中所苦谁知，谁是我的知音？

〔10〕鸿鹄（hú）：善飞的大鸟。

鉴赏

　　此诗写相思伤怀，又抒知音难遇之情。诗从听曲写起，以抒怀作结。孤独寂寞的女子在高楼弹琴，诉说着离别相思之苦。那缠绵婉转的琴声深深打动了诗人，他由此而产生了深深的共鸣，恨不能与其高翔远举。同时，在诗人听来，这琴声中所抒写的不仅是一般的男女相思之情，还触动了诗人怀才不遇的惆怅和磊落不平的感伤。歌者内心之苦固然少有人懂，可是又有谁懂得我内心之悲伤？同病相怜者，唯有我与歌者也。中国古诗讲比兴寄托，含蓄蕴藉，复杂的内心情感，通过鲜明生动的意象而得以表现，此诗可谓典范。

涉江采芙蓉〔1〕

　　涉江采芙蓉，兰泽多芳草〔2〕。采之欲遗谁〔3〕，所思在远道。还顾望旧乡,长路漫浩浩[4]。同心而离居[5],忧伤以终老。

注释

〔1〕此为《文选·古诗十九首》中的第六首。涉江:跋涉过江。江在这里泛指江河之水。芙蓉:莲花的别称。

〔2〕兰泽:长满兰花的沼泽地。

〔3〕遗:赠送。

〔4〕漫浩浩:道路漫长遥远。

〔5〕同心:表达男女爱情的习语。

鉴赏

此诗写采花赠人又无法寄送的忧伤。首联从"涉江"写起,为采芙蓉而涉江,可见心意之诚。次联却说人在比"涉江"更远之处,欲送而不达。于是诗人只好还顾远望,故乡何在?长路漫漫。最后抒写由此而生之忧伤。夫妻本该同心同居,现在却天各一方,不得相见,忧伤终老。此诗用质朴的语言,写出了刻骨铭心的思念,环环相扣,句句相生。可谓至简而至深的艺术表达,"澄至清,发至情"。以花赠人,是从《诗经》以来开创的传统。《郑风·溱洧》:"维士与女,伊其相谑,赠之以勺药。"到《楚辞》更成为一个系列。《湘君》:"采芳洲兮杜若,将以遗兮下女。"《山鬼》:"折芳馨兮遗所思。"此诗将这一传统化为怀人的象征,极大的增强了它的内含意蕴,典型地体现了"文温以丽,意悲而远"的汉代文人古诗的艺术特色。

冉冉孤生竹 [1]

冉冉孤生竹,结根泰山阿 [2]。与君为新婚,兔丝附女萝 [3]。兔丝生有时,夫妇会有宜 [4]。千里远结婚,悠悠隔山陂 [5]。思君令人老,轩车来何迟 [6]。伤彼蕙兰花,含英扬光辉 [7]。过时而不采,将随秋草萎。君亮执高节 [8],贱妾亦何为。

注 释

〔1〕此为《文选·古诗十九首》中的第八首。冉冉:柔弱的样子。

〔2〕阿:山丘弯曲处。

〔3〕兔丝:别名禅真、豆寄生、金丝藤等。一年生寄生草本。茎缠绕,黄色,纤细,无叶。女萝:一年生寄生草本。茎缠绕,金黄色,纤细,无叶。寄生于田边、路旁的豆科、菊科蒿子、马鞭草科牡荆属等草本或小灌木上。兔丝附女萝:兔丝和女萝缠绕在一起,互相依赖。

〔4〕"兔丝"二句：意思是兔丝和女萝的生长都有一定的季节，夫妇也应该在合适的时间相遇结婚。

〔5〕陂（bēi）：山坡。

〔6〕轩车：有屏障的车，楼车。此处指迎亲的婚车。

〔7〕英：尚未绽放的花朵，即蓓蕾。

〔8〕亮：信，料想。执：坚守。高节：高尚的节操，此处指守节情不移易。

鉴赏

　　此诗抒写夫妻之间的恩爱之情。诗以女性的口吻出之，她把自己比喻成生长在泰山之阿柔弱孤生的绿竹，需要有人浇灌呵护。她又把自己比喻成兔丝，渴望与女萝一起缠绕依存。她渴望及时结婚，因为相思而感觉自己正在变老，但是迎亲的婚车却迟迟不来。她感伤自己就像含苞欲放的花朵，若不及时采摘即将枯萎凋零。她相信丈夫守节不移，自己也愿意与之共同坚守。全诗以生动的比喻和细腻的笔触，写出了一个柔弱女子复杂的内心，她感叹自己的柔弱无助，渴望生命得到呵护，人生有所依托。她有十分敏感的内心，感伤人生易老，青春易逝，但是却柔弱无助，不能把握自己的命运，只好寄希望于他人，真是温婉多情，令人怜惜。用看似平淡的语言写出如此丰富的心理，可谓抒情妙手。

东城高且长[1]

东城高且长,逶迤自相属[2]。回风动地起[3],秋草萋已绿[4]。四时更变化,岁暮一何速。晨风怀苦心[5],蟋蟀伤局促[6]。荡涤放情志[7],何为自结束[8]。燕赵多佳人,美者颜如玉。被服罗裳衣,当户理清曲[9]。音响一何悲,弦急知柱促[10]。驰情整中带[11],沉吟聊踯躅[12]。思为双飞燕,衔泥巢君屋。

注释

〔1〕此为《文选·古诗十九首》中的第十二首。

〔2〕逶迤:连绵不绝的样子。

〔3〕回风:回旋的风,此处指秋风。

〔4〕萋已绿:疑为"绿已萋"的倒文,"绿"与"属"同属"沃"韵。意味在秋风摇落之中,草的绿意已凄然不再。萋,通"凄"。一说草色渐深。

〔5〕晨风:鸟名。怀苦心,因为秋天而心怀愁苦。

〔6〕伤局促:蟋蟀因秋天而移身室内,不能自由生活在野外。按,以上二

句又是用典。《诗经·秦风·晨风》:"鴥彼晨风,郁彼北林。未见君子,忧心钦钦。"《诗经·唐风·蟋蟀》:"蟋蟀在堂,岁聿其莫。今我不乐,日月其除。"两首诗分别表现了怀人和及时行乐之意。

〔7〕荡涤:洗涤,此处意指排除顾虑。放情志:放纵自己的情志。

〔8〕自结束:自我约束。

〔9〕理:弹奏。

〔10〕弦急知柱促:音柱紧促,支弦的音柱移近叫柱促,柱促则弦短,弦上发音必然高而且急。

〔11〕驰情:指纵情遐想。中带:束衣的带子。

〔12〕沉吟:沉思吟咏。聊:姑且。踯躅(zhí zhú):徘徊。

鉴赏

此诗由季节的更替而抒人生感怀。诗人在困顿落寞之中有无限的愁苦,因为偶有触动而有了发泄的渠道,诗情便滚滚而出。由连绵不断的东城上所见的一片秋景,秋风动地,草木黄落,联想到四季更替之快,自然就生发出人生短促之怀;遥想古人借晨风、蟋蟀的抒情,自然又生发出及时行乐之想。反身自问,既然人生如此短促,为何还要自我约束?为什么不能放纵一下自己?此时,诗人的耳边响起了燕赵佳人弹奏的乐曲,从那弦急柱促的声音里,传出的是与自己一样的愁怀。于是,诗人放开自己的想象,沉思低吟,渴

望变成双飞的燕子,与之筑巢同宿。整首诗就这样在兴发感动中环环相生,层层递进,坦露了下层文士心灵的苦闷,揭示了他们充满悲剧的现实生活。

上山采蘼芜[1]

上山采蘼芜,下山逢故夫[2]。长跪问故夫[3]:"新人复何如?""新人虽言好,未若故人姝[4]。颜色类相似,手爪不相如[5]。新人从门入,故人从阁去[6]。新人工织缣[7],故人工织素[8]。织缣日一匹[9],织素五丈馀。将缣来比素,新人不如故。"

注释

〔1〕此诗最早见于《玉台新咏》,题为"古诗"。蘼芜(mí wú):一种双子叶植物,叶呈伞形,根茎可入药,为川芎(xiōng)。

〔2〕故夫:原来的丈夫。从诗中看,女子是被男子所休。

〔3〕长跪:古代的一种礼节,直身而跪,也叫"跽"。古时席地而坐,坐时两膝据地,以臀部贴足跟。长跪则伸直腰股。

〔4〕姝:美好。

〔5〕"颜色"二句：是说"新人"和"故人"相比，虽然在容貌上相似，但是针线、纺织等女红方面不如。

〔6〕阁：此处特指女子婚后的卧房。

〔7〕缣（jiān）：一种质地细致且较厚的织物。《释名·释采帛》："缣，兼也，其丝细致，数兼于绢，染兼五色，细致不漏水也。"

〔8〕素：精白的绢。

〔9〕一匹：古代织物计量单位，二丈为一端，二端为一匹，即四丈。

鉴赏

此诗通过一个特殊的场景，巧妙地赞美了一个被故夫遗弃的女子。她有良好的修养，见到"故夫"之后还向他施"长跪"之礼，向她询问"新人"如何。接着通过"故夫"之口，将她与"新人"的比较，又巧妙地赞美了她善于针线纺绩，真是一个勤劳美丽而又贤惠温柔的女人。可是这样一个优秀女子，竟然还被那个喜新厌旧的"故夫"抛弃，可见在古代社会里女子地位的低下，命运对她们的不公。同时，诗歌通过男子在将"新人"与"故人"的对比话语中所表现出来的怀旧心理与愧疚之情，也对他喜新厌旧的行为给予了批评。诗中只描写了两个人物相见的场景和他们之间的简单对话，无一字直接的褒贬，但是对女子的同情、赞美和对男子的批判、讽喻都蕴含其中，真可谓言浅意深，韵味无穷，尽显古诗的高古风格

和朴素之美。

穆穆清风至[1]

　　穆穆清风至，吹我罗裳裾[2]。青袍似春草[3]，长条随风舒[4]。朝登津梁上[5]，褰裳望所思[6]。安得抱柱信[7]，皎日以为期[8]。

注 释

〔1〕此诗见《玉台新咏》，题为"古诗"。穆穆：春风和煦的样子。

〔2〕罗裳：罗裙。裾（jū）：衣襟，此处指裙的下摆。

〔3〕青袍：青草色的衣袍。

〔4〕"长条"句：指青袍的裙裾像长长的条枝一样在风中摇曳。

〔5〕津梁：渡口和桥梁。

〔6〕褰（qiān）裳：提起衣裾。

〔7〕抱柱信：指坚守信约。《庄子·盗跖》："尾生与女子期于梁下，女子不来，水至不去，抱梁柱而死。"《史记·苏秦列传》也有同样的记载。

〔8〕皎日：太阳。皎日以为期，指对着太阳发誓。《诗经·王风·大车》："谓予不信，有如皦日。"此处用其典。

鉴赏

此篇写女子相思。春天来到，春风拂拂，吹动女子的衣裾，也吹动她的春心。于是她登上渡口和桥梁，提起衣裾远望。她期望她所等待的人能像尾生一样守信，而她也早就对着太阳发下了永不变心的誓言。简洁的描写和抒情，便写活了女子的形象，也道尽了她的痴情。用语朴素自然，描摹生动，妙用典故，颇见汉代文人诗风范。

童童孤生柳[1]

童童孤生柳，寄根河水泥。连翩游客子[2]，于冬服凉衣[3]。去家千里馀，一身常渴饥。寒夜立清庭，仰瞻天汉湄[4]。寒风吹我骨，严霜切我肌。忧心常惨戚，晨风为我悲[5]。瑶光游何速[6]，行愿夫何迟[7]。仰视云间星，忽若割长帷[8]。低头还自怜，盛年行已衰。依依恋明世[9]，怆怆难久怀。

注释

〔1〕此诗见《古文苑》，旧题苏武《答诗》，实为汉代无名氏古诗。选自《古

文苑》，国家图书馆藏宋端平三年常州军刻淳祐六年盛如杞重修本，国家图书馆出版社2003年影印。童童：光秃秃的样子。

〔2〕连翩：原指鸟飞的样子，此处指游子的漂泊不定。

〔3〕凉衣：贴身的内衣，指单薄的衣服。

〔4〕天汉：银河。湄：水边。

〔5〕晨风：鸟名。

〔6〕瑶光：北斗的第七星，位在杓尾。游：指方位变化。

〔7〕行愿：志愿、理想。夫何迟：底本原作"支荷迟"。此句意谓，理想志愿为什么迟迟不能实现。

〔8〕"仰视"二句：指星星在飞来飞去的云间闪现，像划破帷幕，飘浮不定。比喻自己的命运也像云间星一样难以把握。一说指夜晚流星划过天空，如割开天幕。诗人见流星之坠落，联想到生命将逝。

〔9〕明世：开明盛世，此暗有讽意。

鉴赏

此诗写游子孤苦之怀。全诗以一棵生长在河泥中孤独的柳树起兴，触景生情，联想到诗人自身处境，漂泊千里，孤苦伶仃，寒冬无衣，食不果腹。他立身于清冷的庭院，仰观耿耿的银河，寒风彻骨，严霜切肌。不禁又勾起平日里惨惨的忧心，感到晨风鸟都在为自己悲伤。他感叹时光流逝，心愿未了，有家难回，人已衰老，真是既眷恋"明世"又心意难平。全诗见景生情,句句相生,营造出一种浑然天成的结构:孤独的游子,寒冷的冬夜,浮云飘动的星空等客观景物,衬托出诗人凄婉悲凉的心态,也抒发了诗人内心的磊磊不平之气。

十五从军征[1]

十五从军征,八十始得归。道逢乡里人:"家中有阿谁[2]?""遥看是君家,松柏冢累累[3]。"兔从狗窦入[4],雉从梁上飞[5]。中庭生旅谷[6],井上生旅葵[7]。舂谷持作饭,采葵持作羹。羹饭一时熟,不知饴阿谁[8]。出门东向看,泪落沾我衣。

注 释

[1] 此诗在《乐府诗集》中列入《横吹曲辞·梁鼓角横吹曲》,又名《紫骝马歌》,原题为古诗,可能出自汉代。后世采入入乐,描写一个老战士回乡后无家可归的悲惨情景。

[2] 阿谁:谁。阿是语助词,表示亲密的口吻。

[3] 冢(zhǒng):高坟。累累:形容丘坟一个连一个的样子。这二句是

被问者的答辞。以下是主人公回家所见。

〔4〕狗窦（dòu）：给狗出入的墙洞。

〔5〕雉（zhì）：野鸡。梁：屋梁。

〔6〕旅：植物未经播种而野生叫旅生。

〔7〕葵：菜名，又叫冬葵，嫩叶可食。

〔8〕饴（sì）：同"饲"。"不知饴阿谁"，即不知道拿给谁吃。

鉴 赏

　　这是一首反映战争残酷，感叹民生疾苦的诗，在写法上很有特色。一个少小从军的老兵，经过多年的征战侥幸生还，带着热切的希望回到故乡，才知道亲人已经死尽，家园也成了废墟。这是一个多么残酷的现实啊！诗人没有议论，也没有抒情，就抓住了这一典型事件，用极为平常的叙述口吻一一写来，简单的对话，简洁的家园情景描绘，还有主人公采摘旅谷和旅葵做饭这一细节的描述，就为我们生动地再现了一幅极为真实感人的现实生活画面，并在其中蕴含了丰富的思想情感内容，从而深深地打动读者。

组织委员会

主 任：李宇明 刘 利

副主任：韩经太

成 员：杨尔弘 刘晓海 田列朋

专家委员会

主 任：袁行霈

委 员：蔡宗齐 高 昌 顾 青 李宇明
　　　　陶文鹏 吴思敬 詹福瑞 周绚隆